左川ちか モダニズム詩の明星

川村湊・島田龍 責任編集

『左川ちか詩集』書痴版に付された三岸節子肉筆デッサン

左川ちか　モダニズム詩の明星

川村湊・島田龍　責任編集

カバー表　市立小樽文学館蔵
カバー裏　高山美香による「左川ちか人形」
写真・資料提供　森開社／石神井書林

『左川ちか　モダニズム詩の明星』

下記の箇所に執筆者名表記の誤りがございました。
訂正してお詫び申し上げます。

【誤植】
誤：チョン・スヨン
正：チョン・スユン

【該当箇所】
目次
p144
p146
p146　図版キャプション

河出書房新社

左川ちかアルバム

世田谷の自宅にて

自画像

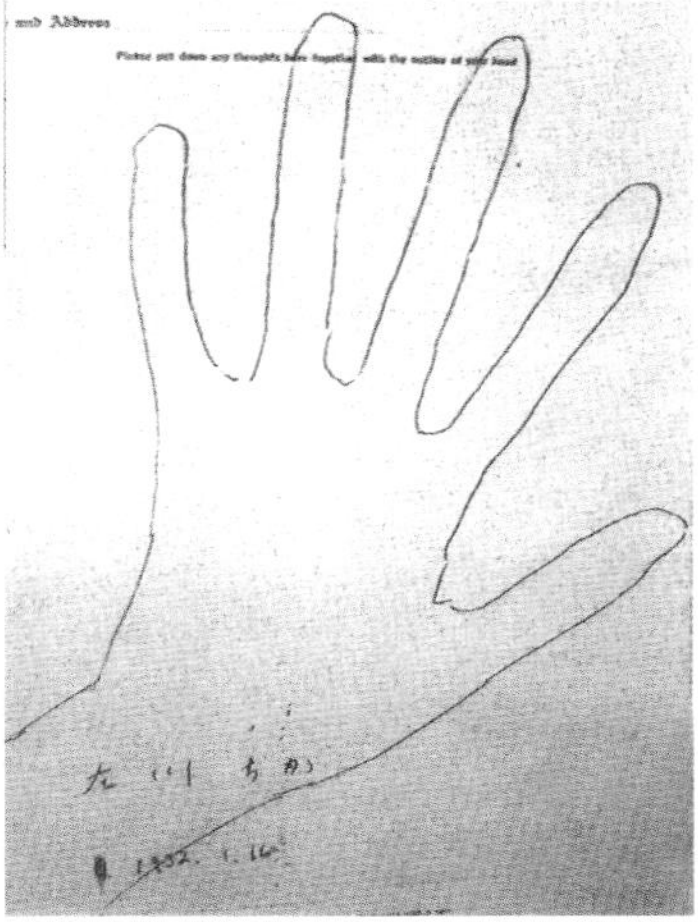

『手形帖』に描いた自身の手

世田谷の自宅庭先にて愛犬レオと

世田谷の兄・昇宅にて

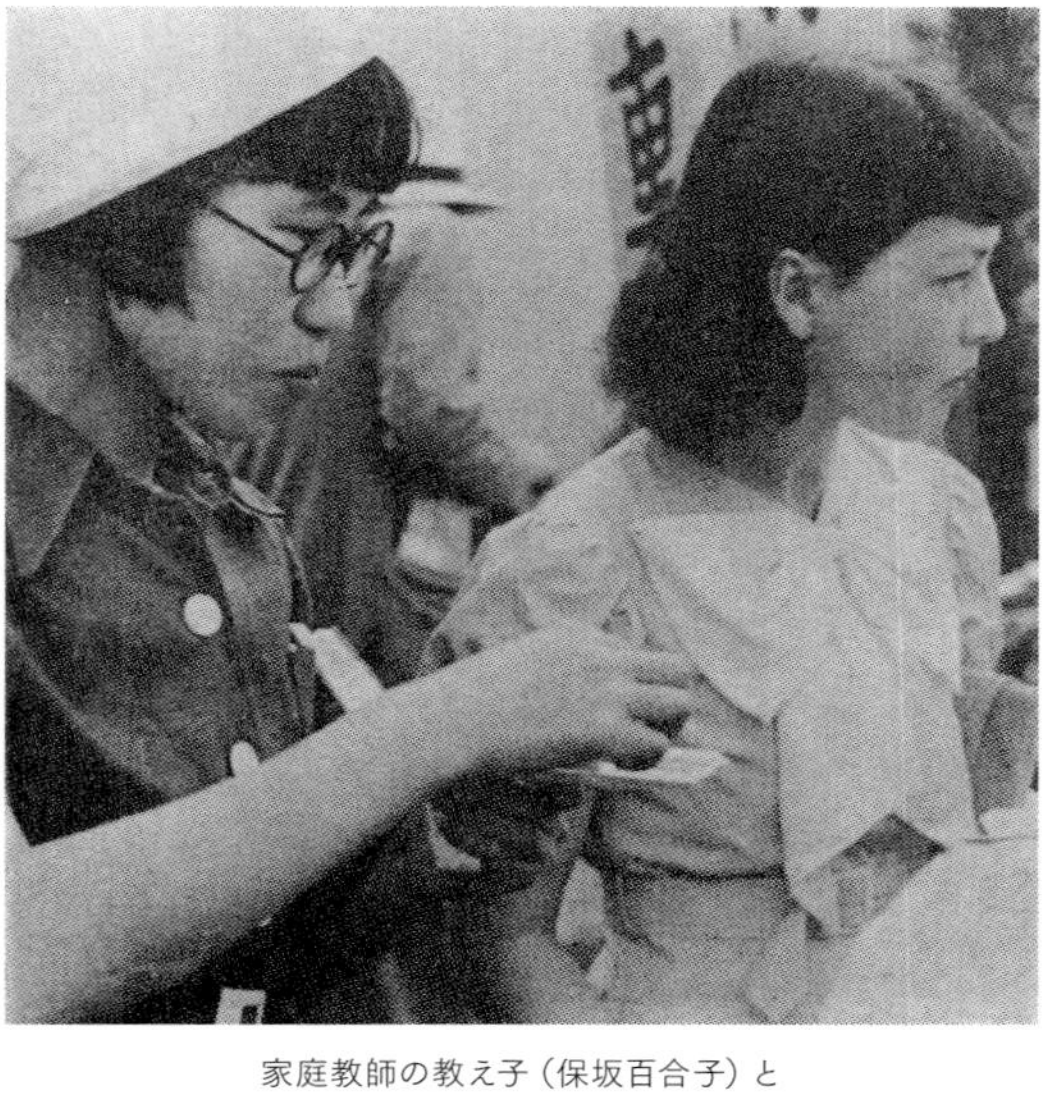

家庭教師の教え子（保坂百合子）と

黒い天鵞絨《ビロード》服

余市町立大川尋常小学校卒業アルバム（1923年3月）

庁立小樽高等女学校入学記念アルバム（1923年4月）

創立20周年記念運動会リレーで２等入賞
（校友会誌『華園』16号・1927年3月）

庁立小樽高等女学校卒業アルバム
（1927年3月）と寄せ書き

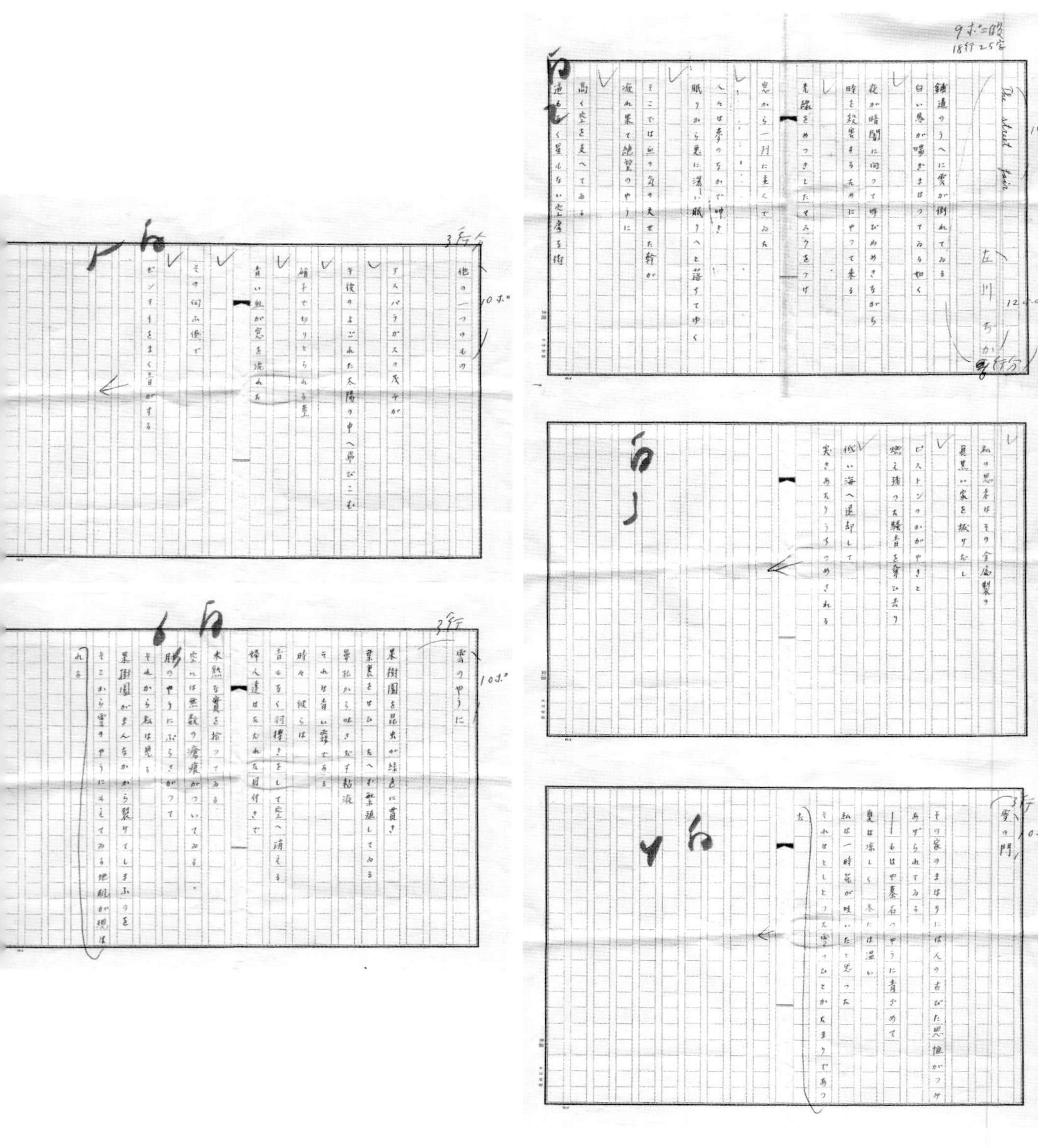

The street fair

左川ちか

鋪道のうへに雲が倒れてゐる
白い馬が嘶きまはつてゐる如く
花が暗闇に向つて叫びわめきながら
時を殺害するためにやつて来る
光線をめつきしたマスクをつけ
窓から一列に並んでゐた
人々は夢のなかで呻き
眠りから更に深い眠りへと落ちてゆく
そこでは血の気の失せた幹が
疲れ果て絶望のやうに
高く空を支へてゐる
道もなく星もない空虚を街

雪の門

その家のまはりには人の古びた思惟がつみあげられてゐる
——もはや墓石のやうに青ざめて
夏は涼しく冬には温い
私は一時花が咲いたと思つた
それはとしとつた雪のひとかたまりであつた

私の思ひはその金属製の
真黒い家を拡げだし
ピストンのかがやきと
燃え残つた騒音を奪ひ去り
低い海へ退却して
突きあたりうちのめされる

他の一つのもの

アスパラガスの茂みが
午後のよごれた太陽の中へ飛びこむ
硝子で切りとられる茎
青い血が窓を流れた
その向ふ側で
ゼンマイをまく音がする

雲のやうに

果樹園を昆虫が緑色に貫き
葉裏をはひ　たへず繁殖してゐる
鼻孔から吐きだす粘液
それは青い霧である
時々　彼らは
音もなく羽搏きをして空へ消える
婦人達はたれた目付きで
未熟な實を拾つてゐる
空には無数の瘡痕がついてゐる。
腸のやうにぶらさがつて
それから私は見る
果樹園がまんなかから裂けてしまふのを
そこから雲のやうにふえてゐる地肌が現はれる

直筆原稿「The street fair」「雪の門」「他の一つのもの」「雲のやうに」
（市立小樽文学館蔵）

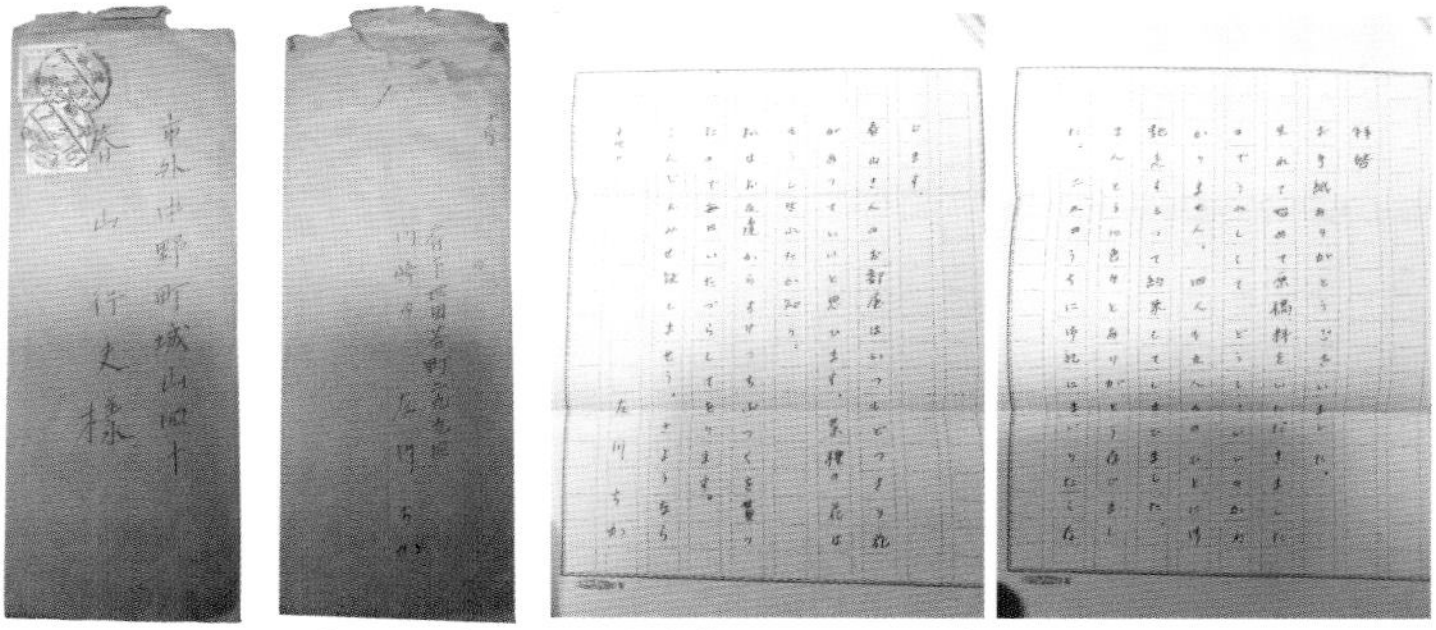

春山行夫宛左川ちか書簡（1932年2月14日）、個人蔵

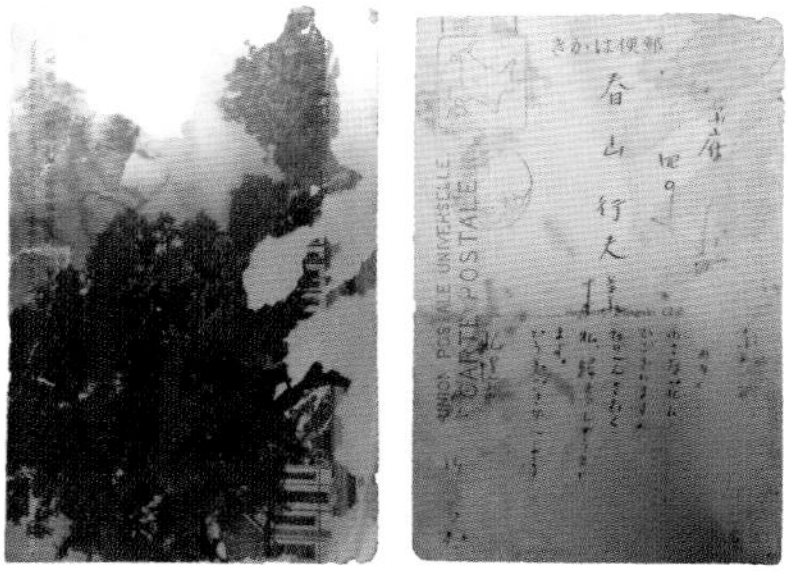

春山行夫宛左川ちか葉書（1932年9月）、個人蔵

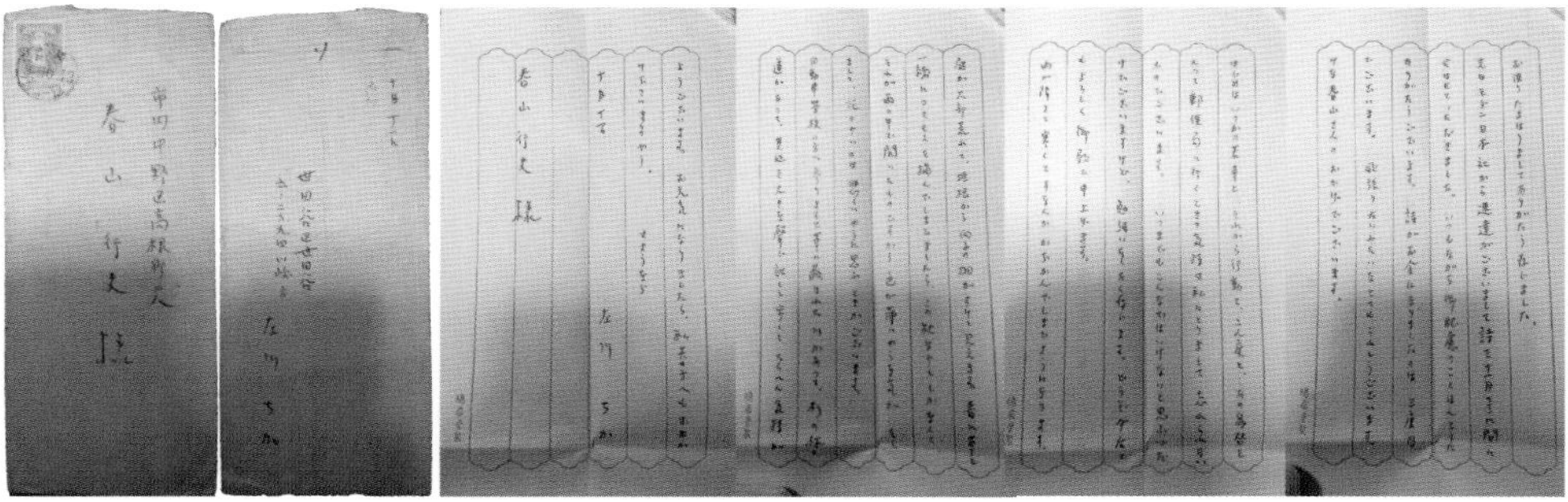

春山行夫宛左川ちか書簡（1934年10月11日）、個人蔵

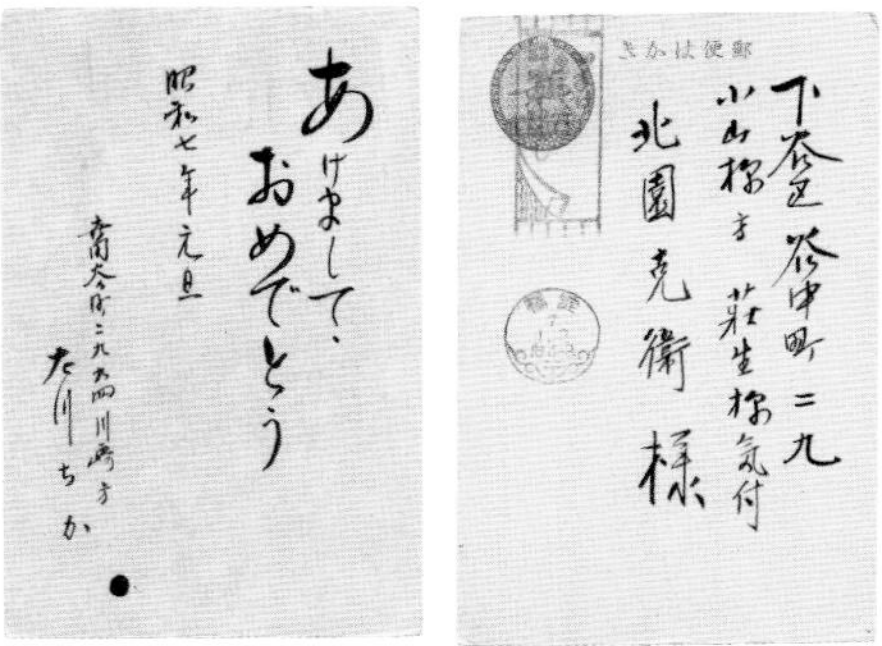

あけまして、おめでとう
昭和七年元旦
左川ちか
北園克衛様

北園克衛宛宛左川ちか葉書（1932年1月1日）、個人蔵

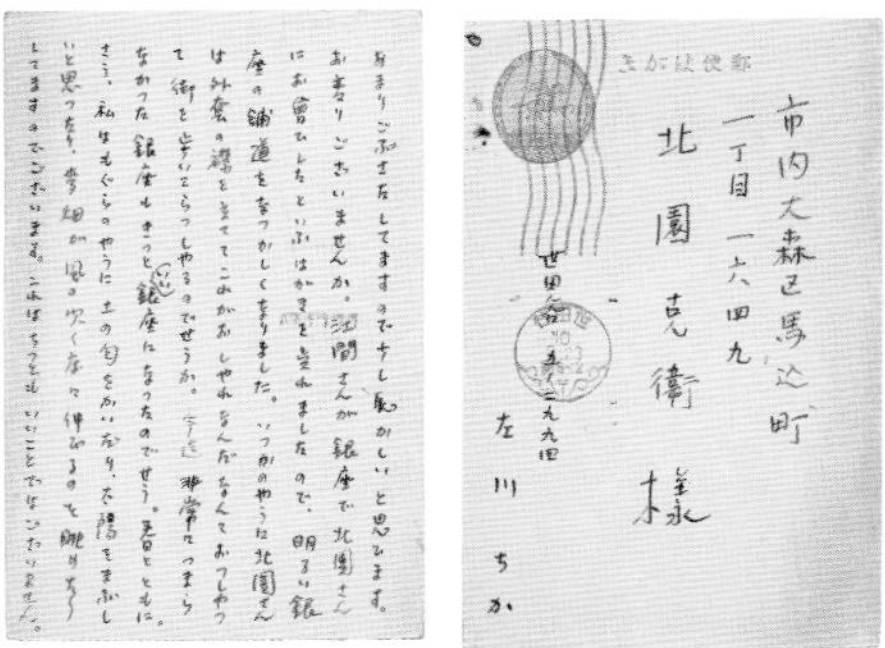

北園克衛様
左川ちか

北園克衛宛宛左川ちか葉書（1935年2月23日）、個人蔵

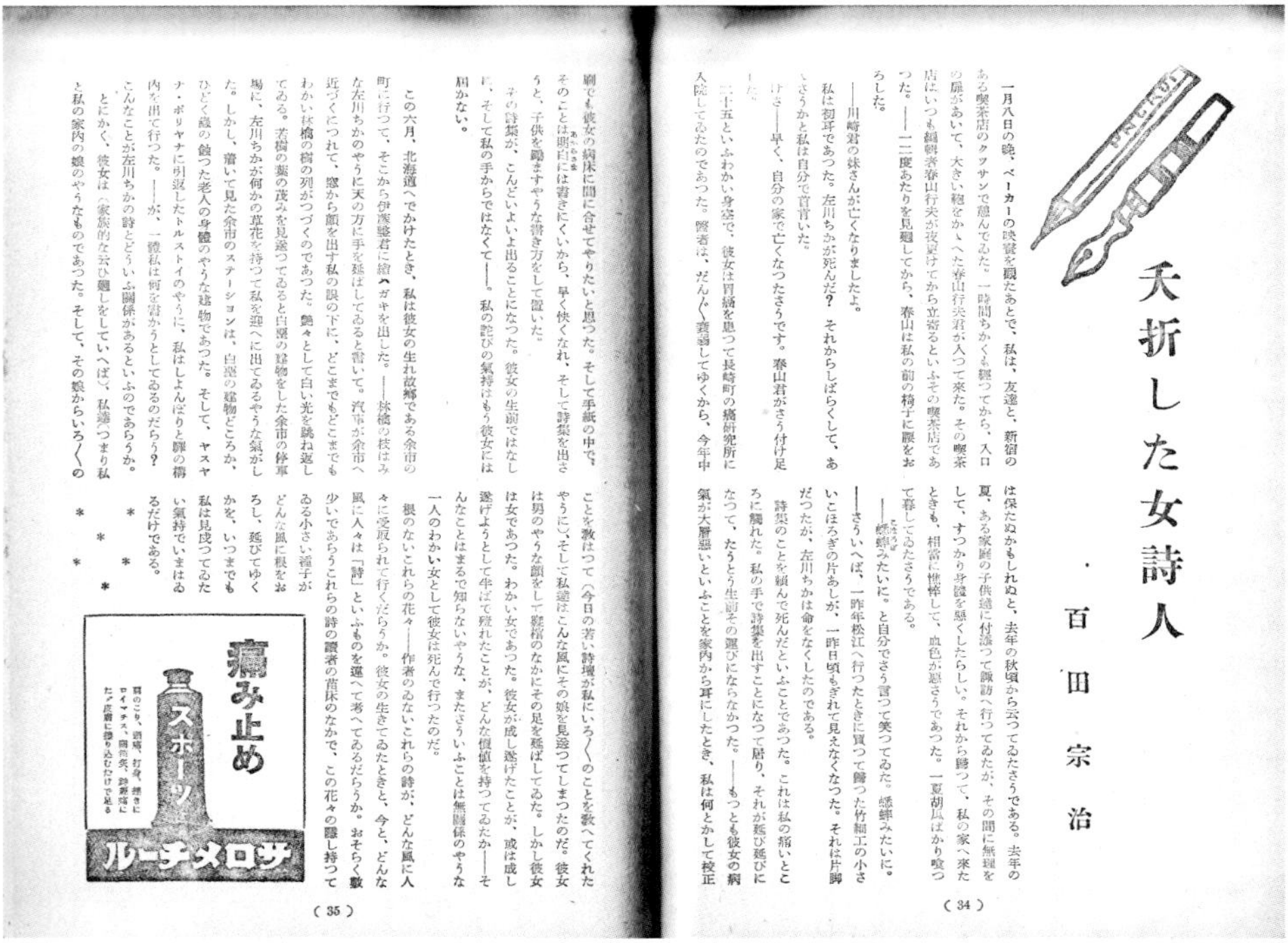

夭折した女詩人

百田宗治

一月八日の晩、ベーカーの映畫を觀たあとで、私は、友達と、新宿のある喫茶店のクッサンで憩んでゐた。一時間ちかくも經つてから、入口の扉があいて、大きい鞄をかゝへた春山行夫君が入つて來た。その喫茶店はいつも編輯者春山行夫が夜更けてから立寄るといふその喫茶店であつた。――二度あたりを見廻してから、春山は私の前の椅子に腰をおろした。

――川崎君の妹さんが亡くなりましたよ。

私は初耳であつた。左川ちかが死んだ？　それからしばらくして、あいさうかと私は自分で首肯いた。

けさ――早く、自分の家で亡くなつたさうです。春山君がさう付け足した。

二十五といふわかい身空で、彼女は胃痛を患つて長崎町の癌研究所に入院してゐたのであつた。醫者は、だんだん衰弱してゆくから、今年中は保たぬかもしれぬと、去年の秋頃から云つてゐたさうである。去年の夏、ある家庭の子供達に付添つて諏訪へ行つてゐたが、その間に無理をして、すつかり身體を惡くしたらしい。それから歸つて、私の家へ來たときも、相當に憔悴して、血色が惡さうであつた。一夏胡瓜ばかり喰つて暮してゐたさうである。

――蟋蟀《こほろぎ》みたいに。と自分でさう言つて笑つてゐた。蟋蟀みたいに。

――さういへば、一昨年松江へ行つたときに買つて歸つた竹細工の小さいこほろぎの片あしが、一昨日頃もぎれて見えなくなつた。それは片脚だつたが、左川ちかは命をなくしたのである。

詩集のことを頼んで死んだといふことであつた。これは私の痛いところに觸れた。私の手で詩集を出すことになつて居り、それが延び延びになつて、たうとう生前その運びにならなかつた。――もつとも彼女の病氣が大層惡いといふことを家内から耳にしたとき、私は何とかして校正

(34)

刷でも彼女の病床に間に合せてやりたいと思つた。そして手紙の中で、そのことは明白《あからさま》には書きにくいから、早く快くなれ、そして詩集を出さうと、子供を勵ますやうな書き方をして置いた。

その詩集が、こんどいよいよ出ることになつた。彼女の生前ではなしに、そして私の手からではなくて――。私の詫びの氣持はもう彼女には屆かない。

この六月、北海道へでかけたとき、私は彼女の生れ故鄕である余市の町に行つて、そこから伊藤整君に繪ハガキを出した。――林檎の枝はみな左川ちかのやうに天の方に手を延ばしてゐると書いて。汽車が余市へ近づくにつれて、窓から顏を出す私の眼の下に、どこまでもどこまでもわかい林檎の樹の列がつづくのであつた。艶々として白い光を跳ね返してゐる。若樹の葉の茂みを見送つてゐると白堊の建物をした余市の停車場に、左川ちかが何かの草花を持つて私を迎へに出てゐるやうな氣がした。しかし、着いて見た余市のステーションは、白堊の建物どころか、ひどく錆の蝕つた老人の身體のやうな建物であつた。そして、ヤスヤナ・ポリヤナに引返したトルストイのやうに、私はしよんぼりと驛の構内を出て行つた。――が、一體私は何を書かうとしてゐるのだらう？

こんなことが左川ちかの詩とどういふ關係があるといふのであらうか。

とにかく、彼女は（家族的な云ひ廻しをしていへば）、私達（つまり私と私の家内の娘のやうなものであつた。そして、その娘からいろいろのことを教はつて（今日の若い詩壇が私にいろいろのことを敎へてくれたやうに）、そして私達はこんな風にその娘を見送つてしまつたのだ。彼女は男のやうな顏をして鞦韆のなかにその足を延ばしてゐた。しかし彼女は女であつた。わかい女であつた。彼女が成し遂げたことが、或は成し遂げようとして半ばで殪れたことが、どんな價値を持つてゐたか――そんなことはまるで知らないやうな、またさういふことは無關係のやうな一人のわかい女として彼女は死んで行つたのだ。

根のないこれらの花々――作者のゐないこれらの詩が、どんな風に人々に受取られて行くだらうか。彼女の生きてゐたときと、今と、どんな風に人々は「詩」といふものを迎へて考へてゐるだらうか。おそらく數少いであらうこれらの詩の讀者の苗床のなかで、この花々の隱し持つてゐる小さい種子がどんな風に根をおろし、延びてゆくかを、いつまでも私は見戍つてゐたい氣持でいまはゐるだけである。

＊　＊　＊

(35)

『目』創刊号（1936年11月）　百田宗治「夭折した女詩人」

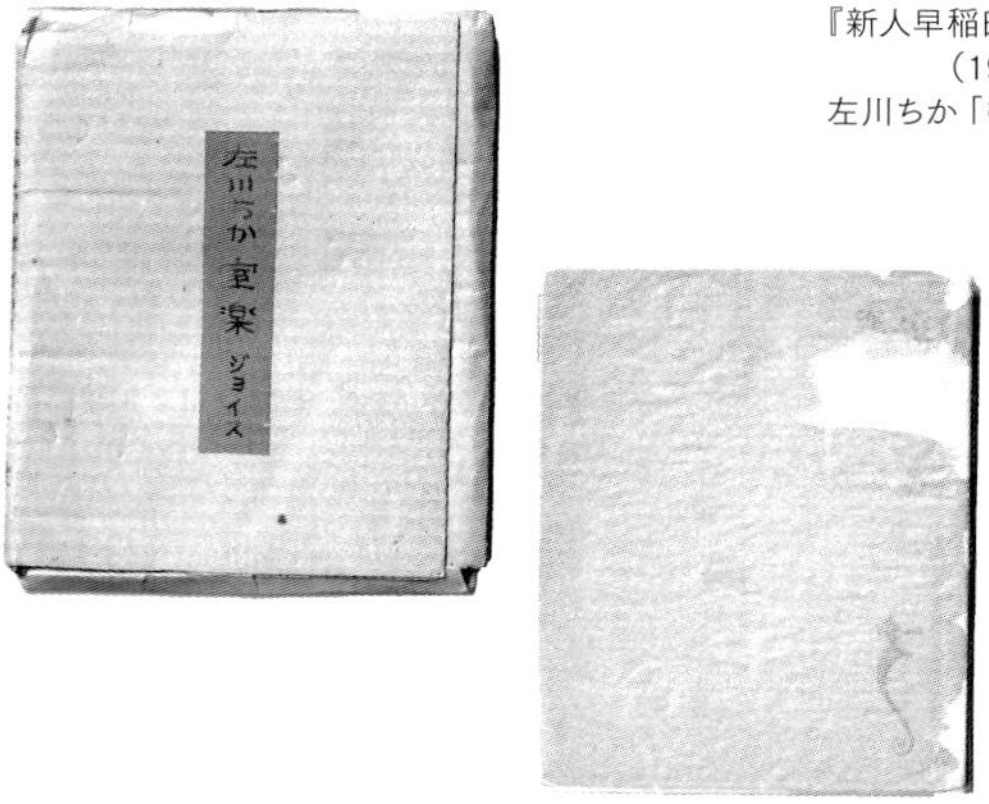

ジェイムズ・ジョイス著／左川ちか訳『室楽』
（椎の木社、1932年8月）
生田耕作旧蔵本

『新人早稲田』1巻4号
（1933年6月）
左川ちか「むかしの花」

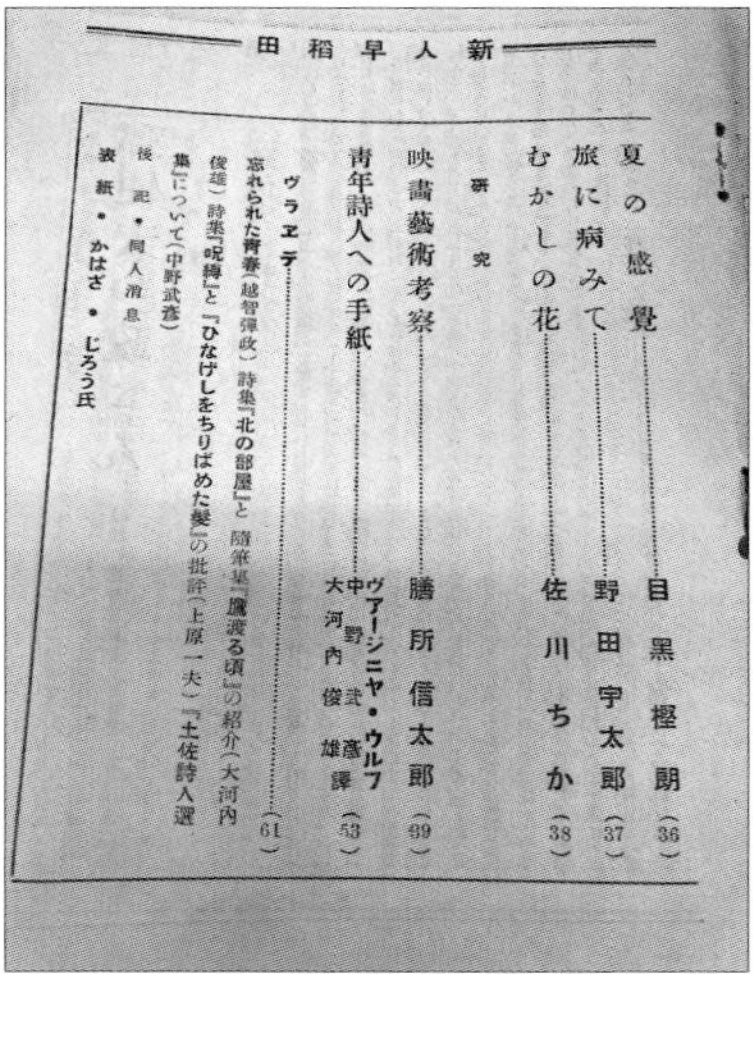

新人早稲田

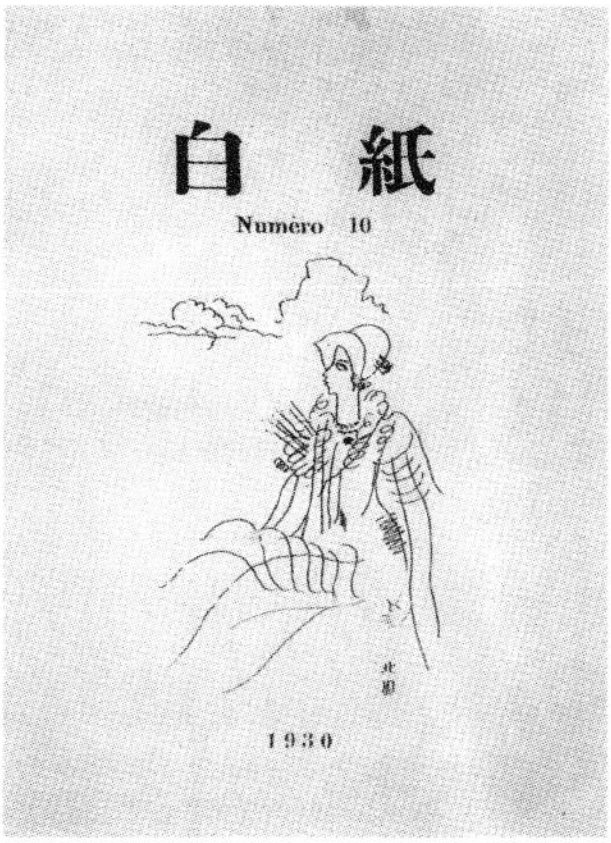

『白紙』10号（1930年8月）左川ちか「青い馬」

『短歌研究』4巻8号（1935年8月）
左川ちか「山脈」「海の天使」

『呼鈴』20＝終刊号（1934年9月）
左川ちか「指間の花」

『新人早稲田』表紙

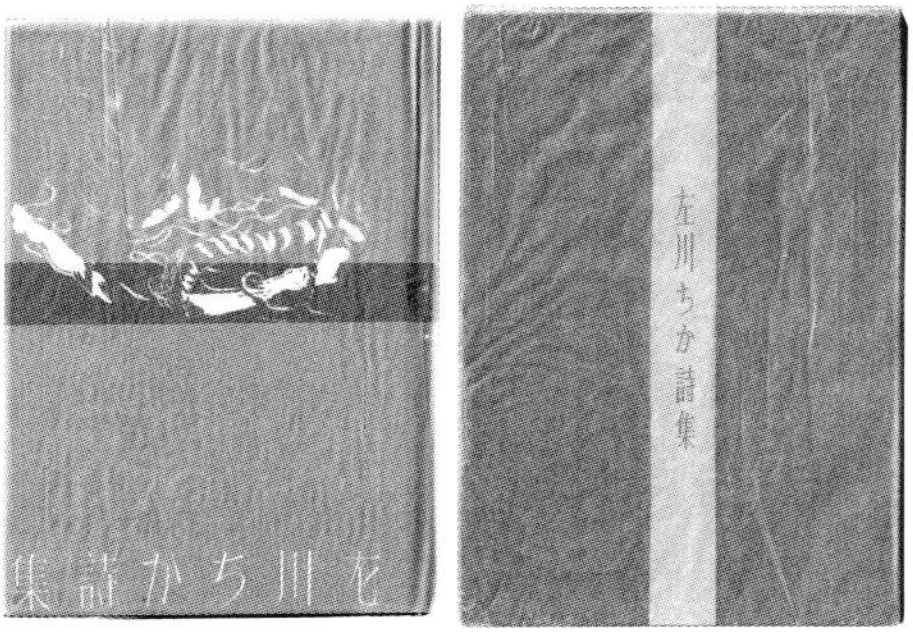

左川ちか著／伊藤整編『左川ちか詩集』（昭森社、1936年11月）
森谷均（昭森社社主）旧蔵の特製本。50部のうち50番。

『左川ちか詩集』（昭森社、1936年11月）

『左川ちか詩集』（ 昭森社）に収録の三岸節子によるデッサン©MIGISHI

自筆年賀状スケッチ　1936年（市立小樽文学館蔵）

三岸節子油彩画『月夜の縞馬』（1936年制作）　©MIGISHI
（一宮市三岸節子記念美術館蔵）

左川ちか　モダニズム詩の明星

川村湊・島田龍　責任編集

日本のモダニズム詩は、「外地」との接触を機に発展した。安西冬衛、北川冬彦らの詩誌『亞』は大連から韃靼《だったん》海峡を渡って届けられた。京城出身の李《イ》箱《サン》は、同国人の誰にも理解されない日本語詩を書いた。台湾出身の饒《ぎょう》正太郎は、孤独な連作詩を書き続けた。黄瀛《こうえい》は、変転する中国の現代史の内側で日本語の詩を忘れなかった。そして、モダニズム詩世界の明星的存在の左川ちかは、津軽海峡の向こう側から「内地」へとやってきた若い娘だった。朔太郎、順三郎、吉岡実に愛された彼女の詩は、新鮮なままで古典となった。

（川村湊）

川崎愛は海の町余市に生まれ、十勝の内陸地本別に育ち、ハイカラな小樽で少女期を過ごし、銀座のモダンガールに変成した。表現者としては、翻訳家左川千賀として出発し、編集者として雑誌を編み、詩人左川ちかになった。その言葉には、故郷の自然と風土、都市生活者の孤独、翻訳の文体と詩想、性の越境と主体の希求といった陰影がある。「モダニズム」とは何か、現代詩の先駆者たる彼女にその鍵があるはずだ。多くの寄稿者を得た本書では、読者とともにいくつもの左川ちかを追っていきたい。

（島田龍）

左川ちかの詩十篇

川村湊・島田龍 選

青い馬

馬は山をかけ下りて発狂した。その日から彼女は青い食物をたべる。夏は女達の目や袖を青く染めると街の広場で楽しく廻転する。

テラスの客等はあんなにシガレットを吸ふのでブリキのやうな空は貴婦人の頭髪の輪を落書きしてゐる。悲しい記憶は手巾のやうに捨てようと思ふ。恋と悔恨とエナメルの靴を忘れることが出来たら！

私は二階から飛び降りずに済んだのだ。

海が天にあがる。

昆虫

昆虫が電流のやうな速度で繁殖した。

地殻の腫物をなめつくした。

美麗な衣裳を裏返して、都会の夜は女のやうに眠つた。

私はいま殻を乾す。
鱗のやうな皮膚は金属のやうに冷たいのである。

顔半面を塗りつぶしたこの秘密をたれもしつてはゐないのだ。

夜は、盗まれた表情を自由に廻転さす痣のある女を有頂天にする。

錆びたナイフ

青白い夕ぐれが窓をよぢのぼる。
ランプが女の首のやうに空から釣り下がる。
どす黒い空気が部屋を充たす——一枚の毛布を拡げてゐる。
書物とインキと錆びたナイフは私から少しづつ生命を奪ひ去るやうに思はれる。

すべてのものが嘲笑してゐる時、
夜はすでに私の手の中にゐた。

緑の焔

私は最初に見る　賑やかに近づいて来る彼らを　緑の階段をいくつも降りて　其処を通つて　あちらを向いて　狭いところに詰つてゐる　途中少しづつかたまつて山になり　動く時には麦の畑を光の波が畝になつて続く　森林地帯は濃い水液が溢れてかきまぜることが出来ない　髪の毛の短い落葉松　ていねいにペンキを塗る蝸牛　蜘蛛は霧のやうに電線を張つてゐる　総ては緑から深い緑へと廻転してゐる　彼らは食卓の上の牛乳壜の中にゐる顔をつぶして身を屈めて映つてゐる　林檎のまはりを滑つてゐる　時々光線をさへぎる毎に砕けるやうに見える　街路では太陽の環の影をくぐつて遊んでゐる盲目の少女である。

私はあわてて窓を閉ぢる　危険は私まで来てゐる　外では火災が起つてゐる　美しく燃えてゐる緑の焔は地球の外側をめぐりながら高く拡がり　そしてしまひには細い一本の地平線にちぢめられて消えてしまふ

体重は私を離れ　忘却の穴の中へつれもどす　ここでは人々は狂つてゐる　悲しむことも話しかけることも意味がない　眼は緑色に染まつてゐる　信じることが不確になり見ることは私をいらだたせる

私の後から目かくしをしてゐるのは誰か？　私を睡眠へ突き墜せ。

死の髯

料理人が青空を握る。四本の指跡がついて、
——次第に鶏が血をながす。ここでも太陽はつぶれてゐる。
たづねてくる青服の空の看守。
日光が駆脚でゆくのを聞く。
彼らは生命よりながい夢を牢獄の中で守つてゐる。
刺繍の裏のやうな外の世界に触れるために一匹の蛾となつて窓に突きあたる。
死の長い巻鬚が一日だけしめつけるのをやめるならば私らは奇蹟の上で跳びあがる。

死は私の殻を脱ぐ。

雲のやうに

果樹園を昆虫が緑色に貫き
葉裏をはひ　たへず繁殖してゐる
鼻孔から吐きだす粘液
それは青い霧である
時々　彼らは

音もなく羽搏きをして空へ消える
婦人達はただれた目付きで
未熟な実を拾つてゐる
空には無数の瘡痕がついてゐる
肘のやうにぶらさがつて
それから私は見る
果樹園がまんなかから裂けてしまふのを
そこから雲のやうにもえてゐる地肌が現はれる

海の花嫁

暗い樹海をうねうねになつてとほる風の音に目を覚ますのでございます。
曇つた空のむかふで
　けふかへろ、　けふかへろ、
と閑古鳥が啼くのでございます。
私はどこへ帰つて行つたらよいのでございませう。
昼のうしろへたどりつくためには、
すぐりといたどりの藪は深いのでございました。
林檎がうすれかけた記憶の中で
花盛りでございました。

そして見えない叫び声も。

防風林の湿つた径をかけぬけると、
すかんぽや野苺のある砂山にまゐるのでございます。
これらは宝石のやうに光つておいしうございます。
海は泡だつて、
レエスをひろげてゐるのでございませう。
短い列車は都会の方に向いてゐるのでございます。
悪い神様にうとまれながら
時間だけが波の穂にかさなりあひ、まばゆいのでございます。
そこから私は誰れかの言葉を待ち、
現実へと押しあげる唄を聴くのでございます。
いまこそ人達はパラソルのやうに、
地上を蔽つてゐる樹木の饗宴の中へ入らうとしてゐるのでございませう。

海の捨子

揺籃はごんごん音を立ててゐる　真白いしぶきがまひあがり　霧のやうに向ふへ引いてゆく　私は胸の羽毛を掻きむしり　その上を漂ふ　眠れるものからの帰りをまつ　遠くの音楽をきく　明るい陸は肩を開いたやうだ　私は叫ばうとし　訴へようとし　波はあ

とから　消してしまふ

私は海に捨てられた

山脈

遠い峯は風のやうにゆらいでゐる
ふもとの果樹園は真白に開花してゐた
冬のままの山肌は
朝毎に絹を拡げたやうに美しい
私の瞳の中を音をたてて水が流れる
ありがたうございますと
私は見えないものに向かつて拝みたい
誰れも聞いてはゐない　免しはしないのだ
山鳩が貰ひ泣きをしては
私の声を返してくれるのか
雪が消えて
谷間は石楠花や紅百合が咲き
緑の木蔭をつくるだらう

刺草の中にもおそい夏はひそんで
私たちの胸にどんなにか
華麗な焔が環を描く

季節

晴れた日
馬は峠の道で煙草を一服吸ひたいと思ひました。
一針づつ雲を縫ひながら
鶯が啼いております。
それは自分に来ないで、自分を去つた幸福のやうに
かなしいひびきでありました。
深い緑の山々が静まりかへつて
行手をさへぎつてゐました。
彼はさびしいので一声たかく嘶きました。
枯草のやうに伸びた鬣が燃え
どこからか同じ叫びがきこえました。
今、馬はそば近く、温いものの気配を感じました。
そして遠い年月が一度に散つてしまふのを見ました。

◉対談

左川ちかの詩

——死と自然、謎めいた時間

井坂洋子
松浦寿輝
（司会・川村 湊、島田 龍）

富岡多恵子の影響

川村　お二人の左川ちかとの出会いからお話しいただけませんか。まず井坂さんからお願いします。

井坂　私が左川ちかの詩を知ったのは、富岡多恵子さんの評論『さまざまなうた』にある左川ちかの章（「詩人の誕生」）を読んで、です。『さまざまなうた』は一九七九年、私が三十歳くらいの時に出た本ですが、私とほぼ同世代の書き手などは、富岡さんの手によって、左川ちかの存在を知ったのではないでしょうか。七〇年代における左川ちか再発見の皮切りは、七二年に「北方文芸」に載った小松瑛子さんのすぐれた評伝「黒い天鷲絨の天使」だと思いますが、注目度はそれほどではなかったかもしれません。私もずいぶん後になって読みました。富岡さんがちかについて書いたことで甦りの威力が増したと思います。

　富岡さんの論は、左川ちかと伊藤整の関係に重点を置いて書かれています。けれど、それよりも、引用されているちかの詩にショックを受けました。たとえば「海の捨子」。揺籃ごと海に放り投げられて、波がごんごん揺籃に当たっていて、叫ぼうとしても声が途切れてしまうみたいな詩で、こんなすさまじい、緊張感を孕んだ詩を書く人がいるのかと驚きました。最後の一行の「私は海に捨てられた」というのがとても印象的だったんですけど、その元になったのは伊藤整の「海の捨児」という同じタイトルの詩のようです。それも多少引用されているんですが、伊藤整のほうはもう少し叙情的でお伽噺ふう。ちかの高い芸術性を感じさせる美しい詩とはだいぶへだたりがあります。伊藤整の詩は「近代詩」以前だが、ちかは「現代詩」という富岡さんの言い方には説得力がありました。

私もそうなのですが、後の人たちがちかの詩を絶賛するのは、この富岡さんのお墨付きが大きいという気もします。『さまざまなうた』からしばらく経って、八〇年代に入ってから。『左川ちか全詩集』を池袋の「ぱるこ・ぱろうる」で見つけてこれは、と思って買いました。とても素晴らしい詩集でした。そして書肆侃侃房の全集には、さらに多くの詩が収録されただけでなく、翻訳がすべて網羅されていて、もう一度読み返す機会を得ました。

ただ今回、ちかの「海の捨子」が伊藤整の「海の捨児」の本歌取りということが気になりました。たとえば宮沢賢治の『永訣の朝』のような有名な詩を本歌取りするならわかるんですけれども、そんなに有名じゃない詩でどうなのかなとか。あるいは伊藤整とちかの二人の間では了解されていたのかもしれません。でも詩人の倫理としてはこれはやっぱり違反ですよね。

川村　「海の捨子」は、伊藤整が編集した左川ちか詩集には入っていません。これは「海の天使」の異文（改作）と考えたのだと思います。やはり自分のが本歌ということで、「海の捨子」は収録しなかったのだと思います。

井坂　モチーフが一緒で、しかも伊藤整より断然うまい。

島田　伊藤の「海の捨児」は詩人時代の叙情を極め、もっとも大事にしていた詩篇でした。最晩年、故郷・小樽塩谷に建った文学碑にも「海の捨児」を選んでいます。

井坂　富岡さんのこの文章でおもしろいのは、モダニズムとかモダニズム詩人とかいう言葉を一つも出していないところです。左川ちかをモダニズム詩人として覆ってしまうと見えなくなってしまうものがあるからでしょうか。当時流行していた形に影響されたというようなことくらいは書いているんですけれども、イズムという冠をはずして裸の書き手を見てやろうという、そこにも富岡さんのすぐれた批評精神を感じます。

三善晃を通しての出会い

川村　松浦さんと左川ちかの出会いは？

松浦　左川ちかの詩との出会いは、僕にとっては決定的な体験だったんです。上野の東京文化会館に音楽資料室という施設があります。そこに収蔵されているレコードやテープをリクエストするとブースで聴かせてくれるという一般に開かれた施設で、大昔からあるんですが、僕は中学生の時、そこに行っていろんな音楽を聴かせてもらいました。たしか当時は「音声資料室」という名称だったんじゃないかな。僕は東京の下町の味噌屋のせがれで、うちにはクラシック音楽のレコードなんか一枚もなかったし、ともかく文化的なものとはほとんど無縁の環境で子供時代を過ごしましたから、ドビュッシーのピアノ曲なんかそこで初めて聴いて、世の中にはこんな美しいものがあるのかと感動したものです。そのブースのなかで、ある時、三善晃の歌曲「白く」と「トルスⅡ」と出会ったんです。

「白く」は左川ちかの四編の詩によるソプラノ独唱曲。「トルスⅡ」は萩原朔太郎の「殺人事件」と「見えない兇賊」の二編による混声合唱曲。一九六一と六二年発表で、三善の最初期の作品です。本当に驚きましたね。こういうすごいものがあるのか、と。

三善晃は「白く」「むかしの花」「他の一つのもの」「Finale」の四篇に、シェーンベルクばりの無調の曲をつけています。そう言えば、今思い出しましたが、シェーンベルクの「月に憑かれたピエロ」を初めて聴いたのもその音声資料室でのことでした。何しろ私は調性のない音楽など聴いたことがなかったんで、その不思議な調べに驚いたということもあったんだけど、そもそも左川の詩自体にも、こういう言葉の連なりがありうるのかと戦慄したんです。四曲の中でも特に「白く」が一番すごいと思った。「芝生のうへを焔のやうにゆれ」で始まって、「アミシストの釦がきらめき」と続き、さらに「あなたはゆつくりと降りて来る」。いきなり「あなた」が出てくるんですね。「あなた」っていったい誰なのか。その「あなた」が「降りて来る」というんだけど、どこをどう降りてくるのか。どうやらそこは庭らしいのですが、庭に階段があるというのはどういうことなのか。最終行の「私は時計をまくことをおもひだす。」という動詞の現在形も不思議です。

ちなみに「トルスⅡ」の方にも熱中しました。萩原朔太郎の詩は国語の教科書なんかでちょっと知っていたかもしれないけれど、「殺人事件」と「見えない兇賊」を三善の歌曲で聴いたのが、朔太郎との詩の本当の出会いでした。僕が暗誦している朔太郎の詩はいくつもありますが、「殺人事件」を口ずさんだり頭のなかで響かせたりすると、その中学生の時以来今に至るまで、必ず「トルスⅡ」の旋律の響きを伴って甦ってくることになってしまいました。左川ちかと萩原朔太郎が三善晃に仲介されて、その三つの名前が一体となって、いっぺんに中学生だった僕のなかに入ってきたという感じなんです。

そもそも「左川」という苗字自体、謎めいた印象があった。「佐」という字ならよくあるけれども「左」という字が入っている苗字はあんまりないでしょう。何か不穏な印象があったんです。世界のどの民族のどの文化でも、右と左で言うとだいたい「右」の方がポジティブで、「左」はマイナーなんですよね（笑）。英語のrightは「正しい」だし、フランス語のdroitは「真っ直ぐ」「法」だし。僕は左川ちかの左川は「ひだりかわ」と読むんだと長いこと思っていました。

その後、吉岡実さんの詩を愛読するようになるんですが、僕の現代詩への目覚めという点で言うと、左川、朔太郎から吉岡へというのはひと続きの流れだったということが、今になるとよく分かります。吉岡さんの最初の詩集は『昏睡季節』ですが、左川には「睡眠期」という詩がある。それに続く吉岡さんの『液体』という詩集も、完全に左川ちかの詩的言語の影響下で書かれていて、いくつか特徴的に重なりあっている語彙もあります。

そういうわけで、僕の場合、現代詩の出会いは左川ちかからだったんです。ただ、左川ちかという名前はずっと気になってはいたのですが、森開社の詩集も読まず、彼女の世界を全体として見渡すということはなかったので、今回、島田さんが編まれた全集はすぐ買って読み、改めて素晴らしい詩人だと思いました。二十四歳で亡くなったのは本当に惜しいことでした。

島田　吉岡実は一九三九年に『左川ちか詩集』と北園克衛詩集『白のアルバム』に出会ったことで、自らの詩が出発したことに触れています（『「死児」という絵』「救済を願う時――《魚藍》のことなど」「読書遍歴」）。吉岡実は戦前において、左川ちかの再発見者の一人だったのですね。

死のイデー

川村　松浦さんは、二〇一二年の「群像」八月号の「個人的な詩集」というそれぞれがテーマを選んで数篇詩をあげる企画で左川ちかをあげていますね。

井坂　そこでは「青」ということでお取り上げになってるんですね。

松浦　「青の変奏」というタイトルを掲げて、「青」を主題とした数編の詩を編んでみたのですが、そこには今触れた朔太郎の「殺人事件」ももちろん入っています（「ゆびとゆびとのあひだから、／まつさをの血がながれてゐる、」）。左川ちかでは「死の髯」と「眠つてゐる」の二編を採りました。どちらにも鮮烈な「青」のイメージが出てきます。彼女の詩作は昭和五年（一九三〇年）に「青い馬」「昆虫」を発表するところから始まるわけですね。何しろタイトルからして「青い馬」だし、「彼女は青い食物をたべる」というちょっと怖い一行もあるし、だからこの「青い馬」を挙げてもよかったのですが、詩の出来栄えとしてはやはり「死の髯」や「眠つてゐる」の方が上かなと思いました。「馬は山をかけ下りて発狂した」という「青い馬」の書き出しも衝撃的なんですけどね。「死の髯」なんか本当に素晴らしい。

井坂　私も素晴らしいと思います。私は「昆虫」も好きなんですが、この「死の髯」は髯が男の人の髭を想像させますけど、植物の巻ひげ、蔓のことですよね。

松浦　そうでしょうね。

井坂　左川ちかの詩は、意外と論理的な整合性があるですが、いろいろな解釈ができるんだなと思いましたね。

「死の髯」は夢想の世界と私たちの生きている現実の世界、死が自分たちの首を絞め付けるような現実の世界というのが両方あって、それを対立して出してきているんですけど、最後の「死は私の殻を脱ぐ。」ということの言葉がとても印象的なんです。これはどうにでも解釈できるような一行ですが、「私」というのは本質は死であって、「私」の姿というのは仮象のもので、「私」のその殻を脱げばそこには黒々とした死が現れるというように解釈したんですけれど、やはり死のイデーみたいなものがちかの詩にはあります。「死の髯」は、それがとてもよく出ている詩だなと思いました。

揺れる発話の主体

松浦　井坂さんが好きだと言われた「昆虫」ですが、最後から二行目に「顔半面を塗りつぶしたこの秘密をたれもしつてはゐないのだ」とありますね。この「秘密」というのは、伊藤整との関係を暗示しているのではないかというような解釈がありますが、どうなんでしょう。そういうふうに実人生と付き合わせてみるというのも一つの読み方だとは思うけど……。

井坂　私はこのくだりでは、「秘密」より「顔半面塗りつぶした」や「痣」のイメージが強く響きました。自分で自分を傷つけているんですよね。痣っていっても、自分で作った痣で、何かの暗喩なのでしょうけれど、意外とリアルに思い浮かびます。そして「痣のある女」って「私」のことですよね。「私」と痣のある女が両方出てきて違う人のことのようだけれど同じ人ではないかなと。

松浦　自分から見た自分（一人称）と他人から見た自分（三人称）が同時に現われる。ピカソの絵なんかに、正面像の顔と横顔とが共存している画面があったりするけれど、何かそんな感じ。「顔半面を塗りつぶしたこの秘密」とあったりするので、そんな連想も誘われます。

井坂　「彼女」と「私」が一緒だったりとか、そういうふうな書き方が割と見られます。

松浦　それもまた左川の詩の魅力の一つですよね。安定した一定の人称で語られているのではなくて、発話の主体が絶えず不安定に揺れている感じがする。

井坂　細かいことかもしれませんが、詩のひとつの表現として、単語に「等」という言葉をつけますね。「草等」とか「鳥等」とか「植物等」という。ちかは翻訳をしているからその影響で複数のsやesを「等」としているのでしょうけれど、日本語のしきたりとしては「草等」なんて絶対言いませんよね。だけどあえてそれをしているところもあるのかなと。左川ちかの詩は、絵ではなく舞台空間みたいなのを連想させるのですが、「等」をつけないと、それぞれの「草」や「鳥」がでしゃばって出てくる。「等」をつけるとちょっと舞台の一部として後退していく感じがします。

松浦　複数形をあえて明示するという、日本語としては不自然な語法は、やはり西欧語から影響された発想なんでしょう。「等」がつくと後退するんでしょうか。

井坂　勝手な思い込みかもしれませんが、しますね。「私」と「私等」とではちがう感触があります。

松浦　具体性が増すのか、むしろ抽象的になるのか、ちょっとよくわからないけれど、たしかに人工的な演劇空間みたいなものが立ち現われて、その奥行きを感じさせるということはあるでしょう。ともかく人工的な不自然さを恐れずに書いてゆくという迫力が、左川の詩にはありますね。

井坂　日本語としておかしいんじゃないのかというところは他にもいくつかありますよね。

川村　左川ちかは庁立小樽高等女学校に入るわけですが、高等女学校が始まってからそんなに経っていない時期で、つまり女子がはじめて英語を学んだ頃の学生でした。だから複数形とか人称代名詞というものに敏感になっていた。もう一つ、北海道方言もあります。北海道方言というのは標準語とほぼ同じなんですがちょっと違うんですよね。初学者が習った英語の翻訳、それから北海道方言と標準語、そういう二つの要素がある気がしますね。

自然への感応力

井坂　左川ちかの詩に大きなウェイトを占めているのは自然への感応力でしょうか。ベースになっているのは郷里の自然と移り住んだ東京の自然なのでしょうけれど、緑への恐れと親和性がせめぎあっている。もともと体があまり強くないから自然の激しさみたいなものに触れると弱ってしまうということもあったのでしょうか。緑が氾濫しているところ、緑がエイリアンのようにこちらに押し寄せてきて自分が息苦しくなるとか、眩暈がするとかそういうことを詩にしています。その反面、植物が好きで草むらの昆虫などに目をつけ、熊谷守一さんみたいに……。

松浦　家に引き籠もって、庭の蟻の行動をじいっと見ていたり……。

井坂　そうそう、あの感じです。蟻が雑草の茎のところを登ったり降りたりしているのをじっと見て、蟻の生活はどうなっているんだろうみたいな。熊谷さんに「蟻は左の二本目の足から歩き出す」という有名な言葉があるんですけど、そのようにじっと自然界を見ていて「植物は人間からあらゆる生気を奪つて、尽くることのない饗宴をはつてゐる。」と言い、人間の生活との関係性みたいなのを言っていて、そして最後に「私は長い間人間に費やしてゐた熱情がつまらないものであることを知った。」というふうにまで書いています。この、「前奏曲」は自然への新しい切り口がある、素晴らしい一篇だと思います。自分と比較するのもおこがましいのですが、私も庭に出るのが好きで、山野《さんや》草《そう》、ユキノシタとかホウチャクソウとか、そういうのをすぐ見たくなっちゃうんです。「私は長い間人間に費やしてゐた」……私はここまでは思わないですけど、左川ちかにはある種の達観した気持ちがあるのではないでしょうか。

松浦　どういう少女時代をおくったのかな。とにかく豊かな自然に囲まれて育った人なんでしょう。

川村　余市もそうでしたし、子供時代も十勝の本別で過ごしていました。街と言ったって一歩歩けばすぐ緑になる。北海道は五月になると一斉に緑になるんです。左川ちかは余市から小樽まで電車通学をしていましたが、その両側から緑が押し寄せてくるというのは、まさに詩に書いてある通りで、これは内地の緑とは違う猛々しい緑、暴力的な緑です。決して慣らされた自然ではない。

松浦　「暗い夏」なんかもそうですね。「窓の外には鈴懸があつた。楡があつた。」と始まって、濃密な植物のイメージが展開されてゆく。ただ、この「夏」はやはり「暗い夏」なんで、最後の方に「六月の空は動いてゐない。憂欝なまでに生ひ茂つてゐる植物の影に蔽はれて。」とあるように、ここでの旺盛な緑の氾濫は、たんに明るさ一方の生命の単純な謳歌ではなく、ある「憂欝」とも結びついてくる。

井坂　自然がその詩の一番大きな要素になっていますよね。一方で都会の自動車が連なっている、それが光に反射して綺麗だというのもあるし、工事をしていて重機が空に上がっている、そういうのも良いみたいな。車の匂いも好きなモダンガールのような部分もあるんだけれど、どちらかというと自然を肌で感じていた。それが「昆虫」の最初の二行にもよく出ています。「昆虫が電流のやうな速度で繁殖した。／地殻の腫物をなめつくした。」これも実際に実感したことだと思うんですね。北海道の春がやってきて植物が生い茂ってそこに虫たちもいる、という感じです。「電流のやうな速度で」とか、卓抜した比喩が生まれている。

松浦　東京に出てくるのは十七歳か十八歳の頃ですね。都会の最先端のさまざまな風物、風景、風俗に触れ、そのただなかで詩を書き出そうとした。子供の頃から思春期にかけて自分の身体の深層に蓄えてきたフローラのイメージとか、北海道で育まれた自然と親密に交流する感性とかが、都会に身を置いているだけに逆にかえってなまなましく記憶の底から甦り、湧き上がってきたというところがあるんじゃないでしょうか。

　左川の詩作は昭和五年から始まるわけですが、これは日本の近代詩の流れで言うと、モダニズム詩のいわば最盛期です。北園克衛や安西冬衛、北川冬彦などが新しい詩の言語を模索し、詩史の風景が一変しつつあった。そういう動向を彼女はぜんぶ正面から受け止めたうえで、独自の感性で言葉を紡いでいった。ただ、惜しむらくはあの若さで亡くなってしまった。もし彼女に三十代、四十代の成熟期が訪れていたら、いったいどういう展開がありえただろうとつくづく思います。

井坂　十九歳から二十四歳のわずか五年ほどの間ですものね。詩だけでなく、翻訳の数も凄い量だけれども、どちらにも駄作がない。白石かずこさんは北園克衛の『VOU』に入っていて、モダニズムの詩というのは軽くて透明感があって、重々しい告白調のものを嫌い洒脱であるというふうなことを書いていらした。ちかの詩は洒脱であるかもしれないけれど、どちらかというとマイナスの因子の言葉が多いですよね。悲しみとか終局とか、明るさというよりかは暗さ、夜のトーンの方に傾きがちですけど、だからと言って暗い詩ではない。もともとに死が控えていて、その照り返しによって躍動感があるような詩を書いている。束の間の喜悦のようなものを書いているのだと思います。

時間感覚

松浦　さっきもちょっと言いましたけど、現在形で終わっている行が多い。「何々した」という過去形の文もないわけではないけれど、一読して目立つのは現在形の「滑りおちる」「閉ぢられる」「音がする」「悲しい」「切断する」等々の現在形です。これが何か特異な時間感覚を表わしているような気がします。現在形の文の連続で言葉が流れてゆくと、行と行とのあいだの時間関係がどうなっているのかよく分からなくなっていく。左川ちかは短い生涯の晩年、小説を書きたいと言っていたそうですね。「前奏曲」や「暗い夏」や「夜の散歩」など、散文体の作品が幾編かあって、ひょっとしたらそういうのが発展して小説になってゆくのかなと想像したりするのですが、その場合、現在形の終止形で文が連鎖してゆく小説というのはやはり考えにくいですよね。あるいはそういう独自の小説の語りの文体を彼女は発明したかもしれません。

　ともかく時間感覚が独特だと思います。最初に「白く」という詩にちょっとこだわりましたが、あの詩は「私は時計をまくことをおもひだす。」と終わります。当時の時計はもちろんいちいちゼンマイを巻かないと止まってしまう。ネジを巻いて時計を動かさなければならない、時間を進行させなければならない、と自分に言い聞かせているわけですね。それはそのまま、行から行へと分秒を刻んでゆく詩の言葉の時間だったのではないか。

井坂　「白く」もいろいろ具象的なイメージが並列的に

書かれていますよね。「芝生のうへを焔のやうにゆれ／アミシストの釦がきらめ」いているということと、「山鳩は失つた声に耳を傾ける。」というところとか。

松浦　その一行一行の現在が、並列しつつ繋がってゆく。静謐で謎めいた時間が流れている。

井坂　「そして」とか「あるいは」という接続詞を全部省いて具体的なイメージをぽんぽん投げ出していくあり方、現在形の具体的なイメージを並べていく。だけれども、それがバラバラじゃなくてどこか繋がっている。

松浦　不連続感と連続感とがせめぎ合っているというか。たった七行の作品ですが、それだけでよくもこういう不思議な時間の回路を作り上げたものだと思います。

井坂　いろいろなイメージを出してくるモダニズム詩というのは多いんですけれども、ちかみたいにこのどこかで求心軸があるというか、詩の奥に引っ張るものがあって、それぞれのイメージがバラバラにならないという詩はなかなかありません。そこが不思議です。

それと一行が一文であるということもあります。一行が長いですよね。

「昆虫」も全文が一行一文です。例えば「美麗な衣裳を裏返して、都会の夜は女のやうに眠つた。」。これには読点が付いていて、そこ改行してもよかったんですけど改行していない。他の人の詩で長い一行をそのまま書き切るというのをあまり見たことがありません。やはり途中で行を折ってしまうんです。それがちかの詩の特徴の一つだと思います。

それともう一つは余白です。この白いところ、なんか白々として一行分なんだろうけど二、三行分もある感じがします。この断絶感が面白い。松浦さんがおっしゃったように、連続と非連続という感じ。非連続なんだけれど連続している。

川村　モダニズム詩ではこの頃は一行詩が流行っていて、その影響も少しあるでしょうか。

松浦　安西冬衛の「てふてふが一匹韃靼海峡を渡って行った」(「春」)とか。

「海の捨子」と「海の天使」

島田　今のお話に関連して「海の捨子」と「海の天使」の違いを思いました。二つの詩はとても似ているんですが、散文詩である「海の捨子」を行分けしたものが「海の天使」です。これでだいぶ印象が違います。

井坂　松浦さんはどちらがお好きですか？

松浦　左川ちかの独自の個性が出ているのは、「海の捨子」、行が続いている方じゃないかな。「海の天使」より言葉数も多くて、饒舌というか、欲動が未整理なまま滾っている感じがする。それがずっと続いていき、空白があって、「私は海に捨てられた」という最後の一行だけがぽつんと切り離され、際立ってくるわけですね。

井坂　そうですよね。「海の捨子」の方がいいですよね。

島田　江間章子さんは「海の天使」の方が出来がよいとおっしゃっていました（『埋もれ詩の焔ら』）。「海の天使」はモダニズム詩の詩形に整えた洗練された印象があります。

井坂　富岡さんは「海の捨子」の方が詩としては上だというふうに書いています。最初に若い頃に読んだ時、私は「海の天使」の方がいいと思ったんですね。だけどいま読み返してみると「海の捨子」の方が断然いい。「天使」の方は言いたいことをそぎ落としていますよね。詩全体が抱えている熱量としてもやはり「捨子」の方が高い。「海の捨子」の次に載っている「風が吹いてゐる」。これ私読んだ時につまらないなと思ったのは改行しているからじゃないかと思って。「暗い庭を／賑やかに笑ひながら」、この改行は誰でもやる改行なんですよね。

松浦　まあ平凡ですよね。何も左川ちかがやらなくてもいいような改行。

井坂　そうなんです。ちかはあんまりやらないんです。だから改行ってすごく大事だと思うんです。

松浦　それから、一行空きもとてもいいんです。「白く」にしても、三善晃が歌曲にした「他の一つのもの」や「むかしの花」もそうなんです。三善さんは一行空きの連鎖で続いてゆく作品をわざわざ選んでいる。一行ごとに言葉が自律し、垂直に立ったオブジェのように存在している、そういう言葉の姿に惹かれて、それを音楽に乗せてみようと思い立ったのではないか。そんなふうに想像したりするもします。そこにあるのも連続感と非連続感のせめぎ合いです。

　左川さんの原稿というのはどういう筆跡なんですか？

島田　今の人が書いたものとしか思えないような整った字体で、大変読みやすいです。手紙の字体も仮名の多いくずした女手ではありません。

女性性をめぐって

松浦　左川ちかは女性なわけですけれども、左川ちかの詩における女性性というか、女性的なるものについて井坂さんはどうお考えですか。左川の詩を女性的な詩だと思われますか。

井坂　全然思わないですよね。

松浦　ほんと、そうですよね。

井坂　昔の詩で女性の口調、「〜してくださる」のようなものを入れちゃう詩がありますよね。今の書き手はそういうことをしないけれども、かつてそういうふうなことがあって、左川ちかもいっぺんくらいはあるんだけれども、ほとんど女性性を感じさせない。

松浦　例えば与謝野晶子の短歌なんか、ものすごく生なましい女性の身体を感じさせるでしょう。あと、ちょっと時代的な前後関係はいま分からないけれど、岡本かの子の小説などには、女性的としか形容できないようなセクシャリティが現前している。それはそれで大変な魅力があるのですが、左川ちかの詩は、女性が書いたと言われればそういうところがあるかなと思わなくもないけれど、基本的には「無性」的な詩ですよね。一見してあからさまなジェンダー性は払拭した言葉で自分の存在を表明しようとした詩人だと思います。

井坂　エッセイなんかを読むと割と女性的なものは出ています。「私の夜」というエッセイが私はとても好きなんですけれども、「あらゆるものは夜の暗がりに溶け込んでしまひ、私の耳のそばでは針で縫ふような時間が経つばかりです。」という一節があります。これは女性的といえば女性的です。「耳のそばで針の縫ふような時間が経つ」、この夜の質感というのはすごいなと思います。針仕事をしているからこそこういう感じがわかる。「耳のそばで針で縫うような音」と読み間違えてしまいそうなんですが、そこは「時間」なんですね。ここは「音」の方がいい。布をチクチクと縫うという擬音で表しますけどチクチクなんて音しないわけで（笑）。

松浦　そうか、時計がチクタク動くという常套句の擬音があるけれど、ここではチクタクじゃなくてチクチクという、そういうことなのか。鋭い感性ですよね。

島田　左川ちかの詩にはいくつか「女」が出てきます。「女が殺される」（「朝のパン」）、「痣のある女」（「昆虫」）、「疲れた女達の一群の消滅」（「墜ちる海」）、「女のやうに青ざめる」（「黒い空気」）、「女の首のやうに空から釣り下がる」（「錆びたナイフ」）などですね。彼女の詩の「女」は傷ついていたり、命を損なっている印象があります。

松浦　面白いですね。

井坂　男はどうですか？　男はもたまに出てくるんですよ。

松浦　「黒い男」がありますね。

井坂　だいたい男とか女とか出てきても、夢の中の人物か影絵のように現実味に乏しく、善き人みたいに、いいふうには書かないですね（笑）。女だけでなく男もあまりよく書かないですね。「人」というのもあるんですけれど。

島田　詩人の鳥居万由実さんは、「女」なるものを象徴的に殺すことで、左川ちかは詩を自分のものとしているとおっしゃっています（『「人間ではないもの」とは誰か　戦争とモダニズムの詩学』）。付きまとう「女流詩人」という文脈を詩から一度リセットしたかったのでしょう。

井坂　「女流詩人」からの解放という意識があったということですね。そうかもしれませんね。フェミニズムによる読み返しというのは細かく見ていくと、よく分からないところもあります。

島田　よく引かれる「私は人に捨てられた」（「緑」）の一節も、「男」ではなく「人」に捨てられたことに意味があったと。

井坂　これ、男に捨てられたって書いたら本当に興醒めですよね（笑）。これは父かもしれないし、いろいろな人が含まれていますよね。子供の時におばさんか誰かに育てられた期間はどのくらいなんですか？

島田　小学校一年から六年の途中までです。

井坂　そんなに長く自分の家族に会わなかったんですね。お兄さんと仲良かったけれども、その間、お兄さんにも全然会えなかったわけですね。やはり捨てられた感じがしてしまいますね。

島田　三人兄妹で仲は良かったようですが、複雑な家庭環境だったこともあって兄妹、母と揃って暮らしたのはわずかな期間ですね。

ミステリアスな気配

川村　最後に一言お願いいたします。

井坂　ちかの詩の一番の魅力は、やはりその文体にあると思います。新井豊美さんが、ちかの詩は「具象的なイメージをひとつずつ組み立てることによって構成されており」（『近代女性詩を読む』）と言っているのですが、そうして出来あがった西欧風の詩は、演劇的な架空の舞台のようなものを思わせます。舞台では風が吹いていたり、夜が更けていったりと何かが始まっているのですが、物語にはなっていない。強いていえば、物語の始まりめいた緊張感のあるミステリアスな気配が漂っています。ちかの詩の強さ、みなぎる力は、病弱といえども若いちかの肉体が生んでいる幻想なのでしょう。どちらかと言えば硬い文体の詩ですが、書き手の感情や情動が随所にほとばしっている印象です。何度読み返しても飽きない硬さですね。

松浦　校訂の行き届いたこの素晴らしい全集が出たのを機会に、左川ちかの詩が広く読まれてもらいたい、多くの方々に彼女の詩の魅力を発見してもらいたい、と改めて強く思います。左川ちかの詩を含め、モダニズム期の日本の詩というのは歴史の彼方に遠ざかってしまって、北園克衛にしても安西冬衛にしても今ではあまり読まれていないのではないでしょうか。詩を書く若い人が近頃どんどん増えていますよね。若い世代の詩人たちには、日本の近代詩の豊かさをぜひ勉強してほしいと思うんです。その際、大きな手がかりになるのが、読み手の心と体に鋭く突き刺さってくるような鮮烈な言葉とイメージで書かれた、左川ちかの作品群なのではないでしょうか。

（二〇二三年四月一八日）

◉インタビュー

「青い馬」の衝撃

小野夕馥（森開社）　聞き手・川村 湊

——最初に、小野さんのお生まれなどを教えていただけますか？

私は函館のちょっと先の漁師町に生まれました。本が好きで、函館市内に出るたびに母親にねだって本を買ってもらっていました。一九六〇年にペルーの大津波が日本にまで押し寄せたことがあったのですが、当時、海沿いにあった家の中の本は全部流されてしまいました。その後、五稜郭公園の脇にある函館東高校に進学して、その美術部に入りました。北海道展に出品応募、入選したこともありました。先に上京していた兄を頼って私も上京、働きながら青山のデザイン・スクールに通いました。しかしそこでも挫折つづきで、併せてコピーライターになる勉強もしました。ところがそこのクラスは、勤めて一年目とか電通や博報堂だとかに勤めながら勉強に来るという人達と一緒だったものですから、経験の差で悩まされました。辛い時間でした。その往き帰りは青山から渋谷まで歩き、その途中に詩書で有名な中村書店に立寄るのが楽しみでした。

——その頃はどんな読書傾向だったんですか？

ボードレールが好きで、たしか村上菊一郎（仏文学者。訳書『悪の華』）から始まってあらゆる訳者の翻訳を読んでいました。翻訳物がやっぱり多かったですね。そもそも私は当時、全盛だった現代詩を全く理解できなくて、輪を掛けて戦後詩は全く受け付けなかったのです。

——一九七三年にコクトーの『白書』を最初に刊行して森開社を創設なさいます。今でいう「ひとり出版社」の先駆けですね。そこで伝説的なフランス文学の名翻訳書を出しています。

私の最初の出版物というのは、イラストレーターのスズキコージさんの絵本なんです。スズキさんは堀内誠一さんに見出されたイラストレーターです。堀内さんもコクトー好きでしたから、フランス便りにコクトーに触れた手紙をもらったりしました。その後、刊行した江口清訳『白書』を堀口大學さんに手紙を添えて贈りましたら、日本ではまだ翻訳されていないものがたくさんあるので、そういったものを出されてみては如何？　というアドバイスを戴きましたので、自分が好きなフランス文学作品を出版していったんです。

――そして創設から一〇年目で『左川ちか全詩集』を出されます。そもそもの左川との出会いは何だったのでしょう。

最初の衝撃は「青い馬」です。田村書店（神田神保町の古書店）で昭森社版の詩集を読んだ時、すごい衝撃を受けました。ただすぐには買えなくて、訪れるたびに立ち読みをしていて、「お前いつもこれを読んでるな」と嫌味を言われたりしました（笑）。田村さんとはその後親しくなって、『左川ちか全詩集』を出した時には発売元になってもらいました。

とにかく、それからお金を貯めて昭森社版を手に入れ、その時に全体を見て、これは今まで読んできた詩とは違うと思いました。そもそも変な話ですがその頃は私、全く現代詩は理解できずに居ましたから。戦後詩は全然駄目でした。

――それまで日本の詩は読まれてはいたんですか？

読むことは読んでました。辻野久憲（詩人、翻訳家。伊藤整等とともにジョイスの『ユリシーズ』を共訳した）などの関係で四季派も読みましたし、それから辻野久憲は三好達治の弟子ですから、三好さんのもずいぶん読みました。そういう関係で知り合えた井上究一郎（仏文学者。『失われた時を求めて』の個人訳がある）さん。究一郎さんは辻野久憲と同級生なんですけど、ずいぶん長いこと親しくさせて戴きましたし、後半期の四季派の話なんかもたくさんお聞きしましたよ。

――昭森社版の『左川ちか詩集』から森開社版の『左川ちか全詩集』までのあいだが四七年ありますね。その間、左川ちかの詩がアンソロジーで読めるのは『日本詩人全集』（全一一巻、創元社、一九五二年）ぐらいですよね（ただし、一九五一年の『日本現代詩大系　第九巻』〔全一三巻、河出書房〕にも左川ちかの詩は収録されている）。

昭森社版を入手する前まで読んだのが創元文庫の『日本詩人全集』です。これを揃いで買って、この六巻の中に左川ちかが多く収録されています。もともとその頃から私は散文詩がすごく好きになり、特に江間章子（左川ちかの後輩詩人）さんが好きだったんですよね。

――森開社からは井上さんの本も出されています。やはり現代詩とかではなくボードレールとかコクトーとかフランスの系統からの縁が深いということですね。

そっちの方に惹かれます。だから今でもフランス訳詩集とか目録とかを即売で見るとつい買っちゃうんですよ。それで同じものが何冊もあります（笑）。永井荷風『珊瑚集』は勿論ですが、与謝野寛の『リラの花』なんてすごく好きです。訳詩としては駄目だよと皆が言いますが、やっぱり時代色の強い匂いが好きです、いいですね。

――『左川ちか全詩集』は基本的なテキストとしては昭森社版を手に入れて、勿論そのまま使うわけにはいかないから、元の初出の雑誌とかにまで戻るというのは大変だったことと思います。

今でこそネットで調べればなんでもわかりますけど、まだその頃はそんなものはない。だから古書展と目録が頼りで、探しものに出会えるというのは現場に行かなきゃ、特にモダニズムの雑誌などはその頃は全然出て来ない。たまに展覧会なんかで出て来ても、値段的にはいい値段で、私にはとてもじゃないけど買えませんでしたね。

先ほどもお話したように辻野久憲をずっと調べていたんですよ。辻野久憲と伊藤整との関係を調べている過程で曾根博義（近代文学研究家、日大教授。『伝記・伊藤整』が代表作）さんと知合いまして、曾根さんには本当にお世話になりました。『左川ちか全詩集』は曾根さんが居られたので出来たようなものです。

――江間さんの『埋もれ詩の焔ら』（講談社）に、江間さんが小野さんから手紙を貰い、考古学者みたいに発掘してる人がいる、という話を書いていますね。江間さんは左川ちかの詩をたくさん引用していますが、手元に詩集や雑誌などはなかったといっていますが、どなたからか資料を提供されたということでしょうか。

プレス・ビブリオマーヌの佐々木桔梗（古書蒐集家。特に北園克衛をはじめとするモダニズム詩雑誌に詳しい）さんがモダニズム詩関係の雑誌をいっぱい抱えてました。恐らく佐々木さんが提供したりしたんじゃないんですかね。

――『全詩集』を作った時に、川崎昇（左川ちかの実兄。伊藤整の親友）さんはまだご存命だったんですか？

川崎さんとは二度ほどお会いしました。これをやる時に、遠縁の川崎浩典さんが来られて、当時まだ彼は学生だったのでよく動いてくれたんです。その前から曾根さんは伊藤整の関係で昇さんとは親交があったみたいですね。それで三人で伺って、手元にあるいろんなもの、手紙や写真も見せてもらったんです。その時にここに使った「手形帳」というものを見せてもらったんです。そこで往時お付合いのあった詩人達、関係の深かった文学者の方々のお話も伺いました。

――それは貴重な経験ですね。左川ちかの故郷である余市の方に行かれたことはありますか？

余市の街には行ったことはあります。ただ親戚関係のところには一切まわっていないです。あとで長女の方に北海道に残してきたものがあると聞いて、ずいぶん後悔したんですけれどもね。ただ、曾根さんみたいに研究者の立場で個人的に家庭事情を探ることや、入っていくのはちょっと苦手なものですから、しかし今にしてみればお伺いしておけば良かったな、などと思うことはたくさんあります。

――妹（キク）さんなんかもご存命だったんですよね。

そうです。

昭森社版の伊藤整の後書きにある初出の雑誌のことで、とにかく私は皆さんに手紙を書いたんですよね。何かお持ちではないですかということで。エピソードでもなんでも構いませんからと、ずいぶん多くの方にお会いしましたよ。川村欽吾（詩人。『椎の木』『マダム・ブランシュ』に参加した）さんが青森にいると聞けば青森に行きました。それから小林善雄（詩人。『詩法』『新領土』に参加した）さん。小林善雄さんがずいぶん調べて下さって、お会いしたかったんですけれど、会うことはいいからと言われて（笑）、この方が、あの方があそこにいるなどという貴重なことを、ずいぶん知らせてくださいました。丸山豊（詩人。詩誌『母音』を創刊した）さんにはお会いしませんでしたけれども。阿部保（詩人、英文学者。『椎の木』に参加した）さんはちょうど東京経済大に居られましたので、よく手紙を書きました。『椎の木』が手元にあるということを聞いたものですから、それを見たくて何度も都合をつけようとしたんですけれども、やはり授業との折合いで会えなかったんです。あと小松瑛子（左川ちかの評伝「黒い天鵞絨の天使」の著者）さんの書いたものをごく早い時期に読んでいるんですね。

丹野正（詩人。『マダム・ブランシュ』『ＶＯＵ』に参加した）さんにもお手紙を書きました。丹野さんは資料を持っていなかったと思いますね。ご自分で出した詩集なんかにも初出を全然書いていませんでしたしね。近藤東（詩人。『椎の木』『マダム・ブランシュ』に参加した）さんの蔵書や資料は、県立神奈川近代文学館に寄贈されたようですが、『マダム・ブランシュ』が揃っているぐらいで、当時はまだ左川ちか関係のものは公開されていなかったようでしたね。浜松の浦和淳（詩人。浜松で『呼鈴《ベル》』などの詩誌を主宰した）さんの所には左川ちかの手紙があったはずでしたが、浦和さんが亡くなった後に散逸してしまったのでしょうか？

鶴岡善久（モダニズム詩の研究者。著書『詩的磁場を求めて』）さんとは田村書店でよく顔を合わせていましたから、お宅にも伺ったことがあります。中野嘉一（モダニズム文学の研究者。著書『モダニズム詩の時代』）さんはわざわざお時間を作って下さいまして、会いに行きましたね。ただ資料はなかったですね。『全詩集』に写真収録した保坂百合子（左川ちかが家庭教師をした教え子。当時は文化学院の生徒）さんという教え子は河崎なつさんの紹介です。私たちがお合いした時には失礼ですが、可愛いおばあちゃんになっていました。遠くまで会いに行っていろいろお話を伺いました。若い時は大変な美人で、阿部知二の小説が映画化された時に主演の候補になったこともあるらしいです。収載した写真は保坂さんの提供でした。

――そこで支えてくれたのが田村書店ですね。

そのころ田村さんのところに行くたびに左川ちかの話をするものですから、もうそろそろ詩集を出してもいいよね、みたいな話をされて、私が出しますよと言ったのです。

中村書店の中村三千夫さんの詩人に対する応援の仕方を田村さんなりに見ていたようで、だから私が左川ちかを出すって言った時に、応援すると言って下さったのだと思います。彼は中村さんが詩人を擁護したり応援したりする姿を或る意味で羨ましく思っていたんでしょうね。ごっつくて非常に人当たりの悪い男でしたけど（笑）、おかげで『全詩集』は田村書店を発売元にして出すことが出来ました。本当に多くの方々の協力によるものです。

――ところで、左川ちか以降の日本の現代詩、戦後詩はやっぱり駄目ですか？

駄目ってことはないですけど。私ごときが言うことじゃないんでね。なんか馴染めないんですよね。拒否反応が出るんですよね。でも数多く読みますよ、読むけれどこれを取って置こうという気になるものは少ない。

――今回、新しく『左川ちか全集』（書肆侃侃房）が出されて、現代の詩人たちの中でも左川ちかを好きな人、よく読んでいる人たちは多くいるようですね。

はい、いますよね。井坂洋子さんがファンだとの噂を聞いたことがあります。

――多いらしいですよ。松浦寿輝さんとお会いして左川ちかの話をしたら、僕は中学の頃から左川ちかを読んでいますとおっしゃっていた。

いいですね。自慢するくらいの人がいいですよね（笑）。

――まあ中学時代にどうやって左川ちかの詩集を手に入れたのか。まだ、森開社版も出ていなかったし、創元文庫のアンソロジーかな。富岡多恵子さんや水田宗子さんは論考も書いていますね。

吉岡実さんはそれですね。吉岡さんの日記に出てくるんですよ。最初にというか、伊藤整が作ったものを手にしてると思うんですけどね。でもそれを忘れてるのかな。何回か吉岡さんにもお会いしたことはい。あるんですけれど、恐れ多くてどうしても左川ちかのことは聞けず仕舞いだったんですよ。

――書いてらっしゃるものはほんの少ししかないですよね。塚本邦雄さんも左川ちかのことはちょっとだけ書いてる。読んでるには読んでるんですが、なかなか自分は好きなんだと公に言うことはなく、こっそりと自分だけの宝として抱えているみたいな人が多いのかなと思います。

そういう傾向があるかもしれないですね。

――ちょっと大事にしすぎて、外に出したくないというような感じなのかな。

森開社版の『全詩集』や『新版』を作った時も、流布版を作ってくれないかという話もずいぶんありました。けれど最初に左川ちかを出す時に、とにかく良い本にして残るものをやろうということを三人（小野、曾根、川崎浩典）で決めたんですね。残るものにしようと。だからこれはずいぶん原価がかかったんです。校訂と造本には気を遣いました。

――それも小野さんの情熱があったからこそですね、現在、左川ちかが多くの読者に受け入れられているのも。今日は興味深いお話をいろいろとありがとうございました。
（東久留米にて。二〇二三年三月七日）

或る回想

小野夕馥

　左川ちかが二四歳の若さで病の床から逝き、間もなく纏められた詩集が刊行されてから、既に七〇年が優に過ぎてしまった。遺された最初の詩集を掌中してから私の人生が少しく変ってしまった、そう思えるのである。或る「詩篇」に、暫し呆然と佇立したあの日が、いま眼を閉じて憶いを馳せると、懐かしい匂いと共に蘇ってくる。私には衝撃的邂逅の一場面だった。しかもこの「詩篇」が数十年後にとんでもない悪夢を生む失策の因子になろうとは、夢にも想っていなかった。

　どなたが古書店に手放したものだろうか、黒い表紙を徐ろに捲ってゆくと最初に私の眼を射、呆然とさせた詩篇は「青い馬」という作品だった。何度も活字を掬い揚げるように眼を凝らして読んだ記憶。後日、購い何処へ出掛けるにも鞄に忍ばせ持ち歩いた。綴じ糸が緩み、揚句は輪ゴムで抑えて持ち歩いた。古書価も決して安くなかったはずで、いま手許に残っているのは限定版特製の書き込みだらけの三代目だ。あの最初に古書店で購った並製の黒い表紙の詩集は、何処でどのように私の手許を離れていったのか皆目記憶にない。手垢で小口の真中あたりが黒ずみ、汗の染み着いた蒸れた匂いが、パラパラと頁を捲るたびに仄かに漂った……記憶を手繰るだけで咄嗟に蘇ってくる懐かしい匂い。当時、限定版や詩集の蒐集趣味のなかった私が『左川ちか詩集』（以下『詩集』と略記）に手を伸ばしたあの日、如何なる詩神の采配があったのだろうか？

　映画と古書店巡りを日課のように歩いていた青春時代。傍らにはこの『詩集』がいつも日記帖のように着いて廻った。一九七三年、私はわが国ではまだ単行本化されていなかったジャン・コクトォの自伝的小説『白書』を少部数造った。先達が造り上げ遺した名品を数多く見て来ていた筈なのに、見ると造るとでは雲泥の差で、その出来栄えは顔から火の出る恥ずかしい思いの毎日であった。それでも今は亡き堀口大學氏から励ましの手翰を頂戴して、それを何よりの励みに未刊の飜訳文学書を少部数だが造り続けた。

その間も左川ちか詩篇の探索を心掛けていた。『詩集』にあった詩篇掲載誌の一覧は、当時の私には視たことも聴いたこともないものばかりだった。古書目録にそれを見出しても余りにも高価で、私の懐で贖える話ではなかった。それでもめげずに出掛けては近代文学館や国会図書館、都内の詩書関係の古書店で少しずつ、リストを埋めていった。当時の古書即売展は殆どの会場に足を運んだ。北海道から神戸辺りまで出掛けた。既に出版に手を染めて五、六年は経っていたろうか。今にして思うと恐ろしい程の無駄な時間と費用を費やしたものだ。そんな時に現れた救世主が曾根博義氏だった。経緯が前後するが、出逢いは夭折した仏蘭西文学者・辻野久憲を巡ってのことであった。『辻野久憲作品集』は実現を見なかったが、ご遺族を訪ね、嘗て梶井基次郎と辻野久憲が逍遥したという土手道などを案内していただいたことが憶い出となった。

昭和五八年の森開社版『左川ちか全詩集』（以下『全詩集』と略記）は曾根博義氏との出逢いが無ければ為し得なかった仕事であったと、感謝にたえない。既に『伝記・伊藤整』を著していて私が細々と集め廻った資料の数十倍の内容ある架蔵であったことは言うまでもないが、それでもまだ疑問の余地が残されていて、私は《マダム・ブランシュ》時代の詩人仲間に図々しくも次々と手紙を書き、事情を話し協力を仰いだ。中でも《椎の木》の阿部保氏や《新領土》の小林善雄氏に沢山の詩人を紹介いただいたのは、何よりも幸運な出会いであったと言わねばならない。また《呼鈴》の浦和淳氏を訪ねた際に、同人誌を通して文通していた北園克衛氏の人となりや左川ちか詩篇掲載誌は勿論のこと、往時の詩誌など迄あれこれと拝見できたのは、後にそれが引き金となって解決を呼んだ経緯もあって貴重な時間であった。「塩寺はるよ」という若くして逝った詩人が仲間にいたことも初めて識らされ、手ずから編輯したという彼女の「遺稿集」を示されたときは眼から鱗の瞬間だった。憶えば既に四〇年近い月日の過ぎた、暑い昼下がりの光景である。

個人全集を刊行するということは規模の大小を問わず、少なからず文学とは懸け離れた至って個人的な部分にも関与しなければならない。私の一番不得意とするところ。その対応は若い親戚筋の川崎浩典氏が万遍なく済ませて呉れたので、珍しい写真なども収めることができた。構成は丸ごと曾根氏に甘えて、私は専ら一点でも多くの作品を探し出すことに努めた。些細な情報にも耳を傾け青森にも大阪にも、神戸にも出掛けた。勿論その間も古書展通いは欠かさなかった。そんな姿を江間章子さんは考古学者のようだと仰って笑った。打ち合わせを重ねて少しは恰好がついてきたかに感じていたが、まだまだ確認作業が必要だった反面ひとつの踏ん切りも迫られていた。ここは私自身の決断が問われ未練がましい入稿となった。印刷所までのバスの時間が途轍もなく速かったことを憶い出す。五五〇部を背革製本で仕上げるということで、私の嗜好にぴったりの歌集を手掛けていた製本所へ、愈々交渉に出掛ける時期がきた。だが、探索にかまけて連絡を怠り、此処でもまた私はあちこち歩かされる運命に翻弄されることになった。上製本部門の製本をすでに止めていたのであった。

　私には左川ちかとほぼ同じ舞台を歩んで来られたもう一人のお気に入り詩人がいた。左川詩篇の探索の途次、いつも影のように前後を翳めて歩く詩人、感性においては往時の女流詩人達を一歩も二歩も抜きん出ていた（と感じていた）。だから自ずと探索も寄り添うように左川ちかと一対で進められていた。そんな時に大阪の古書店から草稿が売りに出され、私は直ぐに注文、一日千秋の鶴首する日が続いた。「春の鐘　山中富美子」と書かれた三枚の草稿が届き、之もまた左川ちかと同じ発表の場であった《文章法》第参冊に掲載されたものだった。これらは後に『山中富美子詩集抄』として少部数を刊行することが出来た。「詩を書くために生まれてきた天使」と江間章子は言い、「ちか」もまたその詩篇を賞讃した。山中富美子は「ちか」の急逝を哀しみ「出発」を巻頭に引いて落胆の姿が瞼に浮かぶような哀悼文をおくった。

　製本所からやがて届いた完成品を全てバラして部屋一面に本体・箱・帯と並べ、限定番号の捺印に取り掛かった。奥付と巻帯の二箇所に限定番号を捺印、当初からそう決めていた。汗だくでの奮闘、他人には見せられない情景だが個人出版の微笑ましい一齣でもあるだろう。

『左川ちか全詩集』刊行から幾度目かの夏が過ぎた。機械音痴の私がパソコンを弄っている姿は極めて面妖な光景に映ったことだろう、そんな私が「左川ちか書誌」（制作・加藤仁）を発見、亦しても暫らく鎮まっていた「私の左川ちか」がむくむくと仮眠から醒めたのであった。ぼんやりだが新しい『全詩集』の幽かな映像が浮び始めていた。極めて少部数の詩集上梓を奨めて下さる方もいた反面、極めて廉価なものを待望する声も大きく、アンソロジーに採択される度合いも強くなって来ていた。

　ある日の夕方、女性の声で、「左川ちか詩集を造りたいので『全詩集』の製作者として許可を戴きたい」という電話。内容を尋ねると前詩集を踏襲して廉価で造る、校異・未収録などについては全く存じ上げない、そんな返答だった。ああ、矢張り私が造らなければこの話は終らない！　或る鮮明な覚悟を決断した一瞬だった。何としてもこれまで情熱を傾けて流した汗の量を無駄にしたくなかった、そんな意地も何処かに在ったに違いない。また資料にもある程度の目途がついていたので意思を頑なに張った処もあったと思う。再びの原詩突合せ作業である。恥ずかしい事にこの時点に至っても未だ見ていなかった雑誌が多少あった。『ボン書店の幻』の著者・内堀弘氏と「左川ちか書誌」の加藤仁氏からオリジナル雑誌が送られてきたのもその頃だったろうか、本当に有難かった。未確認号の《海盤車》も確認できた。調査を進めれば進めるほど、昭森社版には示されずに隠れていた詩篇ヴァリアントが顔を顕して来た。想像だにしなかった図絵が次々に現われて来る様は将に、絵画の修復師が絵の下からもう一枚の絵を発見する驚きに似ていた。

　同時進行の装幀・意匠は製本上の金箔押しの関係から、表題は「『左川ちか全詩集』新版」とし、画数の多い漢字は極力避けることに努め、見本を厭きるほど造ってみた結果、馴染まないだろうが「新版」に落ち着いたと云う訳である。ヴァリアントの処置に私の小さい頭は爆発寸前だったが、先の詩集と同じく覚悟を決め、二度に分けて印刷所に渡すことに決めた。ご遺族の方と膝付併せて事の進捗を話し合いできたのは本文入稿の後だった。写真などの複写、既に用意できていた表紙などの確認。期せずして運良くと云おうか、世田谷美術館で『橋本平八と北園克衛展』の開催。展示品は眼を瞠るものばかりで、ひとつとして見逃せない内容だった。内堀氏の口添えもあり、左川ちかが同じく世田谷在住だったことから、協力をして頂いたことで一段と内容に充実感が生まれた。そんな最中だったろうか、中保佐和子氏から英訳の『左川ちか詩集』の刊行が決まった、との連絡があったのは。

　総べての原稿を入れてからでも心の憩む時がなかった。若い時からの付合いのあった印刷所の大石幸人氏には、随分と我儘を言って困らせた。初校は情けないことに朱だらけになって彼の手に戻っていった。数度の校正は初校に比べれば幾分朱みが取れて戻っていった。この間も気に掛かる個所をもつ詩篇を調べ直していた、残念なことに矢張り私の杞憂は見事に的中してしまったのだった。『全詩集』発行時には閲覧できなかった雑誌が、この新版制作によって堰を切る喩えさながらにクリアされていったのは本当に幸運だった。がその中の一冊に昭和五年八月発行の《白紙》一〇号があった。この初出雑誌を見ていなかった私は昭森社版の字詰め構成にすっかり惑わされ、或る部分を行分け記載してしまった。それはまた昭和六年七月発行の《レスプリ・ヌウボオ》第六号に発表の「緑色の透視」に於いても同様だった。「誤記載」の汚点はこの詩集が遺る限り消えはしないが私は敢えて「悪夢を生む失策」を懼れず、恥じずに記載する決心をした。今回、折本仕立ての別装版に随筆と共に少し紹介できるだろう。たかだか五〇〇部の製作とはいえ、全く独りで手弁当を伴に売り歩くのは至難の業である。

何度も試作品を手織りして、表紙の材質が決定するまでに随分と紆余曲折があった。確かに難点はあった。だが私の当初の考えは、じっくりと机の上で読んで欲しい！という気持ちが強くあった。持ち歩きながら読んで欲しくなかった。随分と我儘な要望であるが、本心から正直そう思っていたのである。

　余りの古書価の高さから、手に取って読む機会に恵まれないジョイスの『室樂』を何とかしたいと考え『飜訳詩集』の製作に取り掛かった。念には念を入れての思いから、複数の附き合わせのために神奈川近代文学館へ出掛けた。館所蔵の『室樂』は近藤東宛ての献呈署名入りで「左川ちか」という署名はいつもの見慣れた、しなやかでかつ勁い勢いのあるものだった。

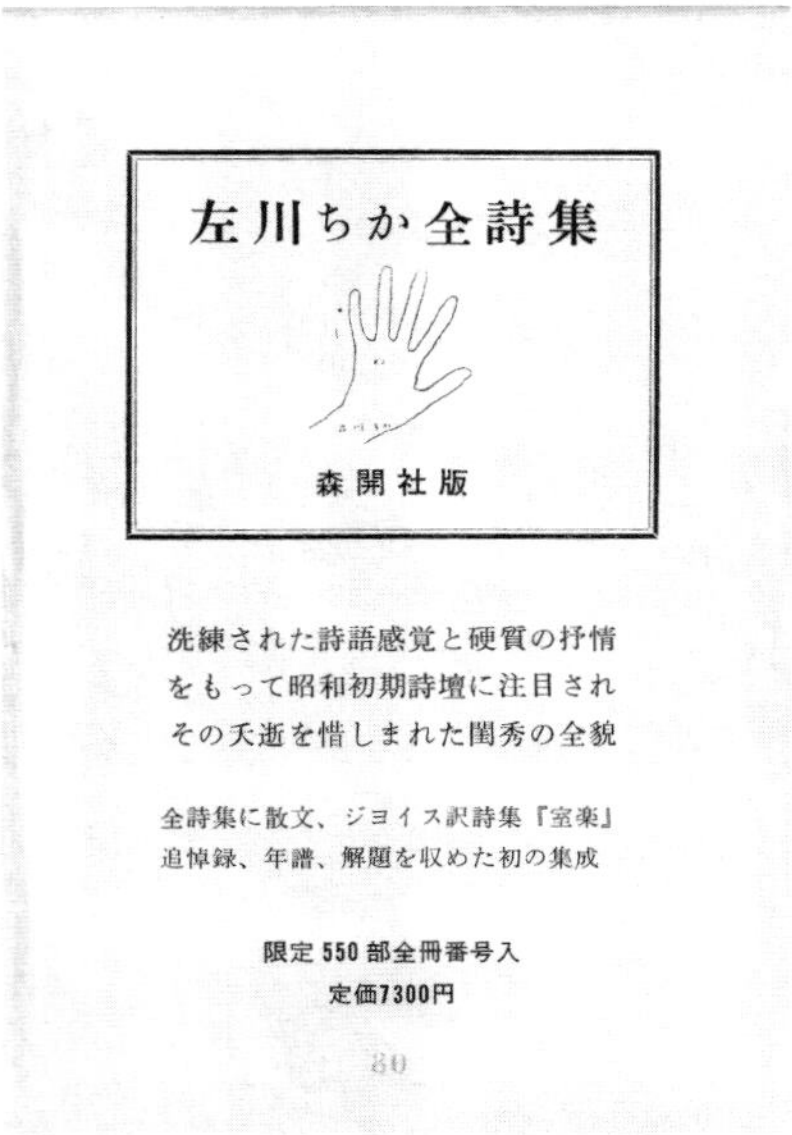

小野夕馥編『左川ちか全詩集』（森開社、1983）

＊

詩集二冊と訳詩集一冊、これで「私の左川ちか」は完了した。私は頭を下げ、幕が降りた……確かに完了したかに思えた……。暑さが幾分緩んできた九月のある日、新潟の見知らぬ青年から雑誌が届いた、手紙が添えられていた。

「手許にある作品がなぜ詩集に入っていないのでしょうか？」

　私の背筋を冷たいものが奔った。「私の左川ちか」は未だに終らない。

〔市立小樽文学館「左川ちか展」会場配布冊子、二〇一三年九月所収〕

毎年土をかぶらせてね!!

藤井貞和

左川ちかについて書いておきたい、いくつかのことの一つとして、『室楽』がなぜ〝散文調〟の詩として翻訳されたかという話題がある。左川生前の刊行に、ジェームズ・ジョイスの詩を翻訳する『室楽』（椎の木社、一九三二）があった。

35

終日私は水の音の歎くのをきく、独りで飛んでゆく海鳥が波の単調な音に合はせて鳴る風を聞くときのやうに悲しく。

私の行く処には、灰色の風邪、冷たい風が吹いてゐる。私は遙か下方で波の音をきく。毎日、毎夜、私はきく、あちこちと流れるその音を。

これに見ると、私が以前に述べた「散文詩の発生」という言い方は（『日本文学源流史』青土社）、明らかに言い過ぎである。しかし、左川が『室楽』の巻末附記に、

原詩の韻を放棄し、比較的正しい散文調たらしめるにつとめた。

と述べた、その斬新な視野には讃嘆しないわけにゆかない。

翻訳詩であるからには、原詩の韻を放棄し、したがって〝散文調〟で書く。韻律は翻訳できないのだ、という言明であり、それならばどうするか、ここから近代詩の在り方を切りひらく。

研究によれば、百田宗治の提案によるとのことであり、その実践である。近代詩の文体が成立するのにあたって、工夫をこらしていたさまを思い浮かべることができる。翻訳詩であるとともに、左川その人の詩作として読んで

みたいように思う。『室楽』の実物は未見。
　つぎに、比較的短い詩を引いてみる。

　　毎年土をかぶらせてね

ものうげに跫音もたてず
いけがきの忍冬にすがりつき
道ばたにうづくまつてしまふ
おいぼれの冬よ
おまへの頭髪はかわいて
その上をあるいた人も
それらの人の思ひ出も死んでしまつた

日本現代詩大系（十、河出書房、一九五四）に出ていた一篇で、『左川ちか詩集』（昭森社、一九三六）からの採録としては、ほかに「鐘のなる日」「憑かれた街」「山脈」が出ていた。

　印象に残るものの、五行めの「おまへ」とはだれだろうか。「おいぼれの冬」と受け取ることにした。「冬」という頭の上を踏んだ人も、その人の思い出も死に絶える、それがほんとうの冬だと。

『左川ちか全集』（島田龍編、書肆侃侃房）が研究としても凄い。異本や異文を調べあげ、ルビも附される。「毎年土をかぶらせてね」の初出はタイトル「冬の詩」で、資料集成（紫門あさを編、えでぃしおんうみのほし）に見ることができる。

　伝説的な昭森社のオフィスで、森谷均さんに私はお会いしたことがある。亡くなられるすこし前のこと。神田神保町（東京、千代田区）の、ラドリオというカフェの向かいの、急な階段を登り詰めると、六畳ぐらいの空間に机が三つ、手前が思潮社で、小田久郎さんはもう本郷のほうへ移っていたから、机だけあり、まんなかは伊達得夫のユリイカで、これも机だけが残され、奥の机に白髪の森谷さんがすわっていた。

　お会いしたあとは、神田や本郷の古書店で、戦前の昭森社の本が見つかるたびに、手にして立ち読みし、安ければ購うこともあって、昭和十年代のモダニズム詩にふれる切っ掛けを作ってもらった。

　昭森社版『左川ちか詩集』（定価二円）に見ると、目次にだけ〝！〟が二つ並ぶ。

　　毎年土をかぶらせてね!!

（詩人）

すでに消え去つた時刻

堀江敏幸

はじめて左川ちかの詩に触れたのは、学生時代に全巻揃いを数百円で入手した『日本現代詩大系』（河出書房、昭和二十八年）の普及版第十巻、昭和期三の抄録を通してだった。昭森社の『左川ちか詩集』から「鐘のなる日」「憑かれた街」「毎年土をかぶらせてね」「山脈」の四篇が採られていた。いまあらためて読み返してみると、この選択には編者である中野重治の感覚が深く関与しているのではないかと思われるのだが、初読の折にはなにも考えていなかった。おなじ巻には安西冬衛や北川冬彦、北園克衛らの詩も収められていて、扱いはそちらのほうがはるかに大きい。ではなぜ左川ちかに立ち止まったのかといえば、その前に置かれた高島高《たかし》や、そのあとに来る中山省三郎の作品と、あきらかに異質な言葉がそこにあったからだ。昭和十一年に刊行された詩集の一篇だと知らなければ、もっとあとの時代に書かれたものが紛れ込んだのだと読んでしまうのではないか。右の大系から「鐘のなる日」を引く。

終日
ふみにじられる落葉のうめくのをきく
人生の午後がさうである如く
すでに消え去つた時刻を告げる
かね《〔ママ〕》の音が
ひときれひときれと
樹木の身をけづりとるときのやうに
そしてそこにはもはや時は無いのだから

語りの主体はどこに位置しているのか。落葉が踏まれる音を一日ずっと聴いていられるのは、特定の場所にとどまって動いていないからだろう。「ふみにじられる」「うめく」「人生の午後」「消え去つた」「けづりとる」。季節は秋。夕刻が近づいているようだ。正負で言えば負に属する言葉がつづいて、終わりが意識されている。「終日」はその語義からはずれて、命の末を掲げているかに見える。鐘の音は教会の鐘楼のものか、それとも柱時計の時報音なのかわからないけれど、音は垂直に立つ樹木にそって浮上し、空に吸われようとしている。

　音が響いているあいだにも時間は容赦なく過ぎる。鐘はつねに「消え去つた時刻を告げるこ」としかできない。しかしこの詩においては、消去の幅がもっと大きくて、一分前、十分前という具体的な数字を当てはめることのできない過去を感じさせる。主体ひとりだけではなく、不特定多数のだれかが個々に体験した消滅の時刻が薄く圧延されてひろがり、「そこにはもはや時は無い」。時間は完全に消えたわけではなく、「そこ」ではないどこかに移っている。主体が眺めているのは、見えない、後戻りをしない時の推移である。

　それにしても、終わりを、死と言い替えてもいい終焉を見つめながら、そしてこれほど重い想念をひろげながら、なぜこんなに落ちついていられるのか。私を魅了したのは、左川ちかの、表面ではない、もっと深くに根差した魂の落ち着きのようなものだったのかもしれない。二篇目の「憑かれた街」にも「時の限界」が刻まれているのだが、滅びの予感を前にしても主体の眼は前を向いている。羊の群れのように、時の流れに遅れて「のつそりと前進」する動きに語り手は同期する。それでいて実際の動きはない。「路上に押しあげられ　よろめき／彼等はその運動を續けてゐる」さまを、すでに消えてしまった時刻のなかで、土になかば身体を埋めて定点観測するような低い位置から見ている。三篇目「毎年土をかぶらせてね」の第一行にあるとおり、「ものうげに跫音もたてず」という進み行きが守られる。土をかぶるのは死者であり、その思い出たちである。かぶせるのは、ではだれなのか。

　時が刻まれるのか、みずから時を刻むのかという問いがそこに重なる。主体がずっと待ちつづけているなら、気づかぬうちに刻まれたとしても、その待機は積極的なものだというしかない。前に進むほかないと判断したとたんに消え去ってしまう「花の咲いたリノリユム」（「憑かれた街」）のような時の帯。具体的な時間ではなく、「とき」とルビを振りたくなる見えない時間。四篇目の「山脈」にも時刻への、「見えないもの」への待機がある。

私の瞳の中を音をたてて水が流れる
ありがたうございますと
私は見えないものに向つて拝みたい

　拝みたいと願う「見えないもの」は、失われた時刻を後追いするのではなく、それをずっと前方の、いつまでも追いかけていける地点に移し替えてこそ意味をなすものではないか。「消え去った時刻」は言葉のなかで「華麗な焔」（「山脈」）として回帰する。『日本現代詩大系』に選ばれた四篇のふしぎと必然を、瞳の中を流れる水を瞳の中でとらえるような読書の記憶を、いまもしばしば思い返す。

（作家）

＊「鐘のなる日」の「かねの音」は、書肆侃侃房版全集では「鐘の音」。最終行のあとに句点が入る。

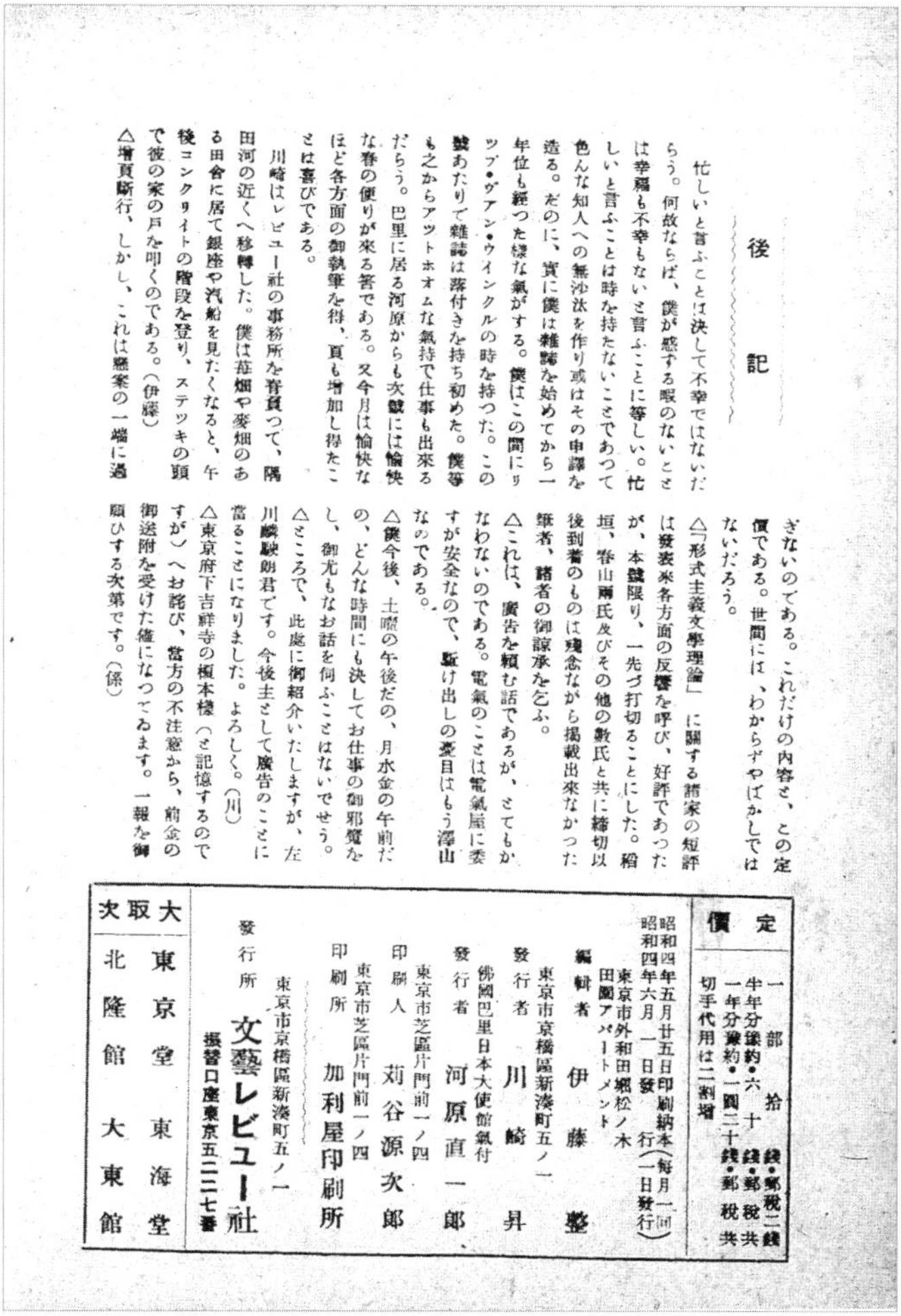

後記

忙しいと言ふことは決して不幸ではないだらう。何故ならば、僕が感ずる暇のないとは幸福も不幸もないと言ふことに等しい。忙しいと言ふことは時を持たないことであつて色んな知人への無沙汰を作り或はその申譯を造る。だのに、實に僕は雜誌を始めてから一年位も經つた樣な氣がする。僕はこの間にリツプ・ヴアン・ウインクルの時を持つた。この號あたりで雜誌は落付きを持ち初めた。僕等も之からアツトホオムな氣持で仕事も出來るだらう。巴里に居る河原からも次號には愉快な春の便りが來る筈である。又今月は愉快なほど各方面の御執筆を得、頁も增加し得たことは喜びである。

川崎はレビユー社の事務所を脊負つて、隅田河の近くへ移轉した。僕は莓畑や麥畑のある田舍に居て銀座や汽船を見たくなると、午後コンクリイトの階段を登り、ステツキの頭で彼の家の戶を叩くのである。（伊藤）

△增頁斷行、しかし、これは懸案の一端に過ぎないのである。これだけの內容と、この定價である。世間には、わからずやばかしではないだらう。

△「形式主義文學理論」に關する諸家の短評は發表來各方面の反響を呼び、好評であつたが、本號限り、一先づ打切ることにした。稻垣、春山兩氏及びその他の數氏と共に締切以後到着のものは殘念ながら掲載出來なかつた筆者、讀者の御諒承を乞ふ。

△これは、廣告を賴む話であるが、とてもかなわないのである。電氣のことは電氣屋に委すが安全なので、駈け出しの要目はもう澤山なのである。

△僕今後、土曜の午後だの、月水金の午前だの、どんな時間にも決してお仕事の御邪魔をし、御尤もなお話を伺ふことはないでせう。

△ところで、此處に御紹介いたしますが、左川麟駛朗君です。今後主として廣告のことに當ることになりました。よろしく。（川）

△東京府下吉祥寺の榎本樣（と記憶するのですが）へお詫び、當方の不注意から、前金の御送附を受けた儘になつてゐます。一報を御願ひする次第です。（係）

定價　一部 拾錢・郵稅二錢　半年分豫約・六十錢・郵稅共　一年分豫約・一圓二十錢・郵稅共　切手代用は二割增

昭和四年五月廿五日印刷納本（每月一回）
昭和四年六月一日發行（一日發行）

編輯者　東京市外和田堀松ノ木田園アパートメント　伊藤整
發行者　東京市京橋區新湊町五ノ一　川崎昇
發行者　佛國巴里日本大使館氣付　河原直一郎
印刷人　東京市芝區片門前一ノ四　苅谷源次郎
印刷所　東京市芝區片門前一ノ四　加利屋印刷所
發行所　東京市京橋區新湊町五ノ一　文藝レビユー社　振替口座東京五二二七番

大取次　東京堂　東海堂　北隆館　大東館

『文芸レビュー』1巻4号（1929年6月）
編集後記下段にある「左川麟駛朗」とは川崎愛のことと思われる（本書119頁参照）。
編集アシスタント（主に広告・会計担当）として加わった。

片眼鏡のひと

暁方ミセイ

　左川ちかの詩に出会ったのは、二十歳くらいの頃だった。知り合いに好きな詩人を尋ねられ、エミリ・ディキンソンの「いかにも女っぽい詩って感じじゃないところ」（これは正しい表現ではなかったと思っているけど）が好きなのだと話したら、拙い言い方の意図を汲んで、その名と数編の作品を教えてくれた。まとまって読める詩集は、その時はまだ入手困難だったのだが、何年か経って、当時の恋人が、森開社の詩集の新版をプレゼントしてくれた。振り返ってみれば、失恋を経験し、独身で亡くなった左川の詩集をくれたのは、未来、彼に捨てられる伏線だったように思えて、何ともおかしい。でも、いまでも心から感謝している贈り物だ。紺色の、吸いつくような手触りの表紙で、夜になるとよく開いた。

　漠然と避けていた「いかにも女っぽい詩」が何を指していたのか、このあいだ菊地利奈さんの『対訳左川ちか選詩集』の序文を読んでいて、ふと思い至った。それは生活体験を「私語り」して書いたり、男の反対にある性として女を書いた詩のことだった。そういう手法を選んだ女性詩人たちの戦いに、今は敬意を抱いているし、好んで読みもする。でも当時は、「女であること」を積極的に語ることが何だか無性に苦痛だった。それは、私を不本意に定義するしがらみの気配がして、誇りを持つより前に憂鬱な気持ちにさせた。

　そんな時に知ったのが、左川ちかだった。真っ先に思ったことは、「なにこれかっこいい！」。観察する人の詩だった。新しい美しさへの野心に満ちていた。「虫のやうな活字を乾いた一片の紙片の上に這はせる時のことばかりを考へてゐ」る、冷たい感じの、孤独で静かな詩だった。その上、頭だけじゃなく心身で読むことができた。こんな詩を書いていた人がいる、だから私も女に生まれたからと言って、私の女を謳わなくていいし、語らなくてもいいのだと思えて、心のもやが晴れていく気がした。

　あんまり好きになってしまったものだから、いまでは彼女自身のエピソードもいくつか知っている。印象深いのは、『埋もれ詩の焔ら』で江間章子さんが語っていた、親友の「リッちゃん」が妻子持ちの男との間に妊娠した子を、相手にも、同居中の弟にも頼らず、「二人がお母さんにな」って育てようとしていた話。順風満帆ではなかった生い立ちが関係しているとも思うけど、私の大好きな彼女は、明治の終わりの北海道に生まれ、昭和初期の東京にやってきて、働いて自立し、人生を自ら切り開いて、謳歌しようとしていた。

＊

　左川ちかの詩は、「お洒落」だと思う。試しに、ネットのgoo辞典で「御洒落」の意味を調べると「服装や化粧などを洗練したものにしようと気を配ること。洗練されていること。また、そのさまや、その人。」とある。ほとんどそのまま左川の詩の説明になってしまいそう。お洒落さは、英米文学の翻訳もした彼女らしい欧米チックなモチーフやイメージから来るだけじゃなく、緻密な気配りにもよる。

　例えば、好きな詩のひとつが「季節のモノクル」だ。

病んで黄熟した秋は窓硝子をよろめくアラビヤ文字。
すべての時は此処を行つたり来たりして、
彼らの虚栄心と音響をはこぶ。
雲が雄鶏の思想や雁来紅《がんらいこう》を燃やしてゐる。
鍵盤のうへを指は空気を弾く。
音楽は慟哭へとひびいてさまよふ。
またいろ褪せて一日が残され、
死の一群が停滞してゐる。

　秋の、夕方から夜への移ろいを描く。モノクルは片目の眼鏡のことだから、季節のもう一方の見え方、というニュアンスだろうか。秋ではなく「季節」という言葉を選ぶのは、これが毎年繰り返される秋ではなく、春夏秋冬という時間の流れのなかに位置付けられる秋だからだろう。

　稲や麦の稔りを「病んで」いるとして、無機物的でモノクロなイメージの「アラビヤ文字」と書く。「暗い夏」や「前奏曲」といった詩では植物の緑を毒々しいものとして描いているけど、生命力や命あるものの繁栄を不気味に感じさせる左川の詩からは、それらに対する密かな抵抗を感じる。すでに言われていることだけれど、脈々と続く命の繋がりから弾き出され、打ちのめされ、敗北することのほうが、かえって自分自身でいられるというような。既存の在り方に疑いもなく浸る者たちを、どこか少し、軽蔑さえしているとも思えるが、それは言い過ぎかもしれない。

　書き方の、どこまでもこだわられた素敵さを、ぜひ見てほしい。

「秋」は、とき、と読むことがあるけれど、一行目の印象を、二行目の「すべての時」はゆるやかに受け継いで、絶妙な緊張を持って飛躍する。「虚栄心と音響」という語は、擬人化された「時」の体を何だかすかすかにして、読み手の心のなかには、めくるめく秋の色彩だけが残されるよう。重さが失われて、視線は空に昇っていく。雲は、鳥の名を二つ燃やす。空を渡る光は、波うち、音に置き換えられる。夕光はピアノのか細い音となって風に漂い、その音楽はやがて慟哭となって地平線に沈む。日が暮れた直後、あたりは一旦色褪せて見え、「死の一群」は影のように隅っこで停滞している。

　一日の終わりに感じる虚脱感、その疲れた心身に染み込む夕焼けの美しさ、来たる夜の、まるっきり世界が変わってしまう感じ。従来の価値観の反転や、擬人化を用いることで、それらのこれまでの見方の、もう一方の側面が現れて、世界が多角的に、鮮やかに迫ってくるみたいだ。

　絵画的だけど、「鍵盤のうへを」（うへの、ではなく）と書いているように、動きへの意識があって、大抵の詩のなかには時間が流れている。最低限のストーリー性があるから、シュルレアリスム的な手法を用いた一見驚いてしまうような詩の世界に、読み手が入り込んでいける。だから、読んでいてどこか楽しくもあるのだ。

　人間に共通のものを信じて書いてる。それはモダニズムの特徴とも言えるかもしれないけど、だとしたら時代のほうが彼女の才能を見つけたような気がしてしまう。その書き方は、媚びがなくて、身構えてはいないけどピシッとしている。

＊

　それに、左川ちかの作品は、多くが短いし、描写を追うという意味では読みやすい。クールだけど、読み手を拒絶する詩では決してない。その点でも、私はずっと魅了されている。

　戦前の銀座に、その詩人はいた。黒ずくめの服を纏い、手には黄金虫の指輪をはめていた。眼鏡が似合うモダンガール。彼女を何重にも、「男から見た女」として定義する人たちのなかにいて、自身はただ、新しい芸術を目指した。その詩は、書かれて九十年経っても、また出会って十年が経っても、私にとって素敵で、煌々とした光を放っている。


（詩人）

視る者の孤独

——私の左川ちか

文月悠光

少女、詩人、緑、夭折。伝説として語られる要素を兼ね備えた彼女は、私にとって長く気になる存在だった。「花」という短い詩を読むと、私は何より「正しい」と思ってしまう（無論、詩の表現に正解がある／ないという次元の話ではない）。その目の確かさが眩しく、圧倒されてしまうのだ。特に〈林の間を蝸牛が這ってゐる／触角の上に空がある〉といった表現には左川ちかの全てがあるように思われた。

私は初め、「詩を書いているときだけ、彼女は自分の見るものを信じられたのではないか」と凡庸に想像していた。しかし、この「花」に見られる目の確かさに驚き、「違うかもしれない」と立ち止まった。

島田龍氏の「左川ちか翻訳考：１９３０年代における詩人の翻訳と創作のあいだ」（「立命館文学」六七七号、二〇二二年）を読んで知ったのだが、ちか自身「私は目に見えるものは何でもそのままほんとうだと思ふ癖がございます」と語っていたという（「衣巻さんと詩集『足風琴』」、『椎の木』三―一一、一九三四年一一月）。

ちかは自分の見るものを疑っていないのだと知り、私は怖さを感じた。彼女は視力が弱かったことが知られているが、そうした人が皆ちかのような詩を書くわけではない。眼差したものを信じて書き取る力に長けていたのだろう。度重なる改作は、自分の中の見えるものに忠実であろうとした結果なのか。

視る者としての矜持を窺わせるエッセイがある。

> 眼鏡をはづした時のぼんやりした風景の中にも明瞭な美しさがあり、眼鏡をかけてゐる時ははっきり見えるものの中にも、ぼんやりしたよさがあるのに、誰れもが、たつた一つの鏡を覗いて、黒白をきめなければならないと考へることは愚かだ。
>
> 「樹間をゆくとき」

そうした黒白を決めない見方のせいなのか、左川ちかの詩の中では、あらゆるものが「裏返し」になり、表の姿を明かさないまま、読者を幻惑させる。視る者であると同時に、「視せる者」でもあったのだ。

「緑の焔」では、木々の緑を燃え上がる焔にたとえ、その恐ろしさと生命力は表裏一体であることを示す。抒情詩では到底表現できない領域に踏み込んでいる。萩原朔太郎の詩にも通じるような、圧倒的なモダン、現代的な作風へと、ちかは一気に飛び込んだのだ。その一方で、

私は人に捨てられた（「緑」）
私は海に捨てられた（「海の捨子」）
私は海へ捨てられた（「海の天使」）

この〈捨てられた〉という言葉について、幼い頃に父親と離れたこと、伊藤整との関係など、彼女の人生に重ねて読む向きがしばしば見られる。たとえば次のように。

> 父に捨てられ、男に捨てられ、全身痛む左川は、言葉によって生きるしか方法がなかった。左川の詩は、その絶望の中から立ちあがった。愛の詩など一つもない。
> 「緑」は或る意味では女の城を明け渡した女の哀しみと、惜別のうたであるかも知れない。併し故郷を思わせる風景の中に駆け込んだ左川の女らしさは見のがせない。
>
> 小松瑛子「海の天使　左川ちかの詩」（「現代詩ラ・メール」創刊号、一九八三年）

小松氏の語り口のせいか、元の詩とはかけ離れた、演歌のような世界に見えてしまう。

「緑」や「海の天使」を読んで私が感じるのは、目眩に襲われるような孤独感である。それも昨日今日にできたものではない。己のアイデンティティの根幹にある、深い谷のような孤独だ。波は「私」の声を消し、姿を覆い隠してしまう。そのとき、彼女は何を〈叫ぼうとし　訴えようとし〉たのか。

〈視力のなかの街は夢がまはるやうに開いたり閉ぢたりする〉（「緑」）――そうした自分の見ている世界と、自己の関係について、ちかは俯瞰で捉えようとしたのではないか？

死の長い巻鬚が一日だけしめつけるのをやめるならば
私らは奇蹟の上で跳びあがる。
死は私の殻を脱ぐ。

「死の髯」抄

この「殻」とはなんだろう。〈私はいま殻を乾す。／鱗のやうな皮膚は金属のやうに冷たいのである。〉〈顔半分を塗りつぶしたこの秘密をたれもしつてはゐないのだ。〉（「昆虫」）。殻を脱ぎ捨て、次の形態へ、誰も知りえない姿へ変身する。死は「私」を奪えない。死が奪うのは「私の殻」であり、「私」ではない。私はのうのうと殻を乾かす。殻と私は別物である。

それは「自分は個の存在で、誰のものでもない」という宣言ではなかったか。彼女は自らの足で立っていた。たった一人で〈秘密〉を守りながら死んでいった。

このエッセイを書くにあたり、改めて気づいたことがある。私の曽祖母で北海道白老町の歌人・満岡照子も、左川ちかと同時代を生きていたのだ。

元教師の夫の導きにより十代から短歌を発表していた照子は、与謝野鉄幹・晶子夫妻、前田夕暮や斎藤茂吉の訪問を受けた。郵便局長の仕事の傍ら、アイヌ文化研究をライフワークとしていた夫・伸一と共に、白老のアイヌコタンへ歌人たちを案内。彼らが詠んだ白老の歌も記録に残っている。

北海道にいながら東京の歌人たちと交流を持った照子と、兄の後を追って余市から上京し、文学者たちの寵愛を受けたちかの背中が、私にはどこか重なって見える。

女性にとって不自由な時代に、このような詩を形にできたことは、ちかにどんな強い喜びと全能感をもたらしただろう。もっと書きたい、もっと認められたいという思いで苦しくなることはなかったか。自分の病を知ったときは？　ちかの詩から匂い立つ色や光に酔うとき、私はそう考えずにはいられないのである。

（詩人）

パーフェクト・スター

瀬戸夏子

さうだ、婦人等はぶら下がつてゐる。常に見えない紐によつて釣り上げられ、またはお互いに引き合つてゐるのだ。

喫茶店のカウンターのなかに一人、カウンターに三人の女が座ったあの完璧な午後、どうかいまこの瞬間ここに飛行機が突っ込んできてほしいと心の底から願ったけれどたいてい待望した悲劇は与えられず陳腐な偽物のほうがやってくる。ダイヤモンドが成熟している。わたし以外の三人の女はとうとう叶ったこの瞬間よりもそれぞれが愛する男との絶頂の瞬間を愛している。そうではないのはこの世でわたし、たったひとりきりだ。わたしはアンナ・カレーニナの筋書きを思った。

一人の女が死んだ。あの喫茶店の四人の女はもう二度と完璧な瞬間を迎えることはない。いやあの瞬間さえも粉々に砕けて、わたしという人間はもう二度とおなじ人間になることはできない。

死は私の殻を脱ぐ。

そう、この最終行は完璧かもしれない。けれど、

私は人に捨てられた

現在ほど左川の詩にアクセスするのが容易くはなかったころ、左川の読者はそれぞれ「わたしの」「わたしだけの」左川ちか、を読み、生きていた。わたしはそのころしばしばこの「緑」の最終行を手で隠したり、マジックで塗りつぶしたり、修正液をかけたりしていた。この行がなければ「緑」という詩が〆まらないことを充分理解していてなお、わたしは左川に別の言葉を求めた。

　ただただ憑かれてAはBCを捨てたけれど、BCはAを恨んでいない。感謝しているとさえ、言葉を口にする。AはBCについて一言も口にしない。A×BもA×CもB×AもC×Aもやがてこの世から消えていくだろう。B×CとC×Bだけが蜜のように世界に絡みついていく。よく言われることだけれども、もう二度と会えない人間は死んだも同然だ。そうだろうか？

　そこにDはいるのか？　必ずいて、Dまでで世界が終わりなのにAがいなくなってしまったから、蓋が閉じられなくなってしまった。そこから溢れるやさしい光にわたしは耐えられないだろう。

　江間章子の話す銀座はとても美しく、左川ちかと江間章子は銀座で本屋やお菓子屋を共同でやりたいと夢のように会話をして、江間章子はアンナ・カレーニナのような女は好きになれないと話す。

　刺繍の裏のやうな外の世界に触れるために一匹の蛾
　　となつて窓に突きあたる。

　そうやって詩人は詩に捨てられていく。いや、詩を捨てたのだと指差されていくうちに詩人の地位を剥奪されていくのだ。左川は詩人のまま死んだ。これからさきに書きたいものの話をしながら、二十四歳で亡くなった。死ねばもう何もできない。死んだらもう何もしなくてもいい。

　左川の詩は非情になる才能を恵まれた者にしか書けない詩だ。だから、非情ではない瞬間の左川にわたしはとまどう。すぐれた才能に対して読者はどんな身勝手なことを言ってもいいと傲慢にも勘違いしているから。

——かさなり合つた愛　それは私らを不幸にする
　牛乳の皺がゆれ　私の夢は上昇する

　南に向かう飛行機のなかで、わたしはあの瞬間のカフェに墜落したいと願う。乗客たちはよろこんで、わたしに賛同の意を示す。

　それはあの日、わたし自身に、わたしも生きているのだと錯覚させたC×Bのうたたねと交わりを解除させるための、短くて甘い麻酔のようなものだった。左川が、

　私は生きてゐる。私は生きてゐると思つた。

という最終行を書いたとき、左川の詩の言葉がシンプルに無防備になるとき、狙い打とうとした心臓のチェリー色の生臭い血液が鮮やかにいきいきと姿を晒して、わたしは、わたしたちを発狂へと追い込んでほしかった。

（歌人）

眼鏡をかけるひとへ

大森静佳

　左川ちかの名前をはじめて知ったのは大学生のころのこと。北園克衛の視覚詩を研究している友人に教えてもらって、図書館でいくつかの詩篇を読んだとおもう。青空の、果樹園の、長い夜の、そして何よりも夏にまがまがしく増殖する緑の、目眩がするようなつよい色彩感覚に打たれた。

　のこされた写真を見るとき、彼女がかけている丸い黒縁眼鏡はどうにも印象的だけれども、とくに陽射しのつよい夏には目を痛めて眼科に通うこともあったという。

　あれはわたしがまだ四歳か五歳だったある夜、家族と車でどこかから帰る途中だったとおもうが、夜空に満月が七つ、すこしずつずれながら浮かんでいた。見えたものをそのまま両親につたえたときの、自分の声を不思議なほどなまなましくおぼえている。すぐにちいさな乱視用の眼鏡をつくり、左右の視力差をすこしでも矯正するためにアイパッチというシールで左目を覆ってすごすことになった。

　毎朝、母がそのシールに黒いサインペンで目の絵を描いてくれた。ときには弟がおもしろ半分に描いてくれることもあったが、まだ幼いので下手だった。とにかく数年のあいだ、わたしは母や弟が描いた「左目」で世界を見ていたわけだ。まばたきせず、目をつむってもひらきっぱなしの左目で。いま、眼鏡やコンタクトレンズのおかげで生活にはこまらないけれど、片目ずつ別々にものを見ているような感覚はなかなか抜けない。

　風景をはっきり「見る」ことが最初からむずかしかったわたしにとって、ぶあつい眼鏡をかけた左川ちかの姿はどこか慕わしく、「季節のモノクル」（「モノクル」は片眼鏡のこと）というタイトルの詩があったり、「視力」や目にかかわるフレーズがたびたび登場したりするのもおもしろかった。

> 眼鏡をかけてゐるといふことは物をはつきり見るためではなかつた。つまり顔の幅だけで物を見てゐると、

現はれてゐる事柄だけに錯覚を感じそのものがどんな拡がりをもつてゐるのか、どんなふうに浸潤してゆくかを知る前に現象それ自身の火花にごまかされてしまふ場合が多い。

「樹間をゆくとき」

左川ちかにとっての眼鏡は、「現象それ自身の火花」からある意味では目を守り、現象を精神にふかく沈めたところから見るためのものだった。もちろん、この眼鏡はひとによっては眼鏡ではない別の何かだろうし、詩人の目、とシンプルに言いかえてもかまわないかもしれない。彼女はあの黒々とした眼鏡で「果樹園がまんなかから裂けてしまふのを」（「雲のやうに」）、「真昼の裸の光のなかでのみ現実は崩壊する」（「夢」）のを見た。まぶしくてまぶしくて仕方のない、この真昼の光。果樹園の裂け目から露出する、この世界の「地肌」のまがまがしさ。

さまざまな色彩がくりだされるなかで、「白」だけは「白い」というかたちではなく「白く」と動詞にかかる用法が目立つことにふと気づく。「白」は静ではなく動なのだ。まぶしさの向こう側で進行する爛れた崩壊を、わたしもまた自分の眼鏡で見たいとつよくおもう。

視力のなかの街は夢がまはるやうに開いたり閉ぢたりする
それらをめぐつて彼らはおそろしい勢で崩れかかる
私は人に捨てられた

「緑」

一枚の硝子かがやき樹を距つむしろひとに捨てしは心

山中智恵子『紡錘』

ある年の初夏、目に入ってくる木々の緑が急にものすごくあざやかになった。映画「オズの魔法使」で場面がカラーになる瞬間のような、それは決定的なあざやかさだった。たぶん、遅かれ早かれだれもがその瞬間を体験するんじゃないかといまはおもっているが、わたしにとっては二十七歳の初夏だった。新緑の色彩に打たれると同時に、ああ自分も友人も家族もみんな死ぬんだなと急にわかった。もちろん、ひとは死ぬ。でも知識としてではなくて、「死ぬ」ということが眼球をつらぬいて全身の血に回った気がした。このままならない世界で、ままならない身体と心を生き、死んでいくのだと。ぐんぐんと葉を繁らせる木々の緑は、生きることと死ぬことに両端からひっぱられてはち切れた世界の色彩のようにおもえた。

「人に捨てられた」と「ひとに捨てしは心」、真逆のことを言っているようでありながら、同じ種類の潔癖な翳りを帯びている。「人」「ひと」は特定のだれかではなくて、もっと純粋に、人間そのものではないかともおもった。「人に」「ひとに」のそれぞれの「に」は英語の前置詞に翻訳しづらい微妙なニュアンスをまとっていて、そのぶん「捨てる」という言葉の切実さが苛烈にせまってくる。この孤独の深さが、左川ちかのどの詩にもある。心のいちばん奥の部屋で大切に読みかえしたい。

（歌人）

黒縁眼鏡を愛用

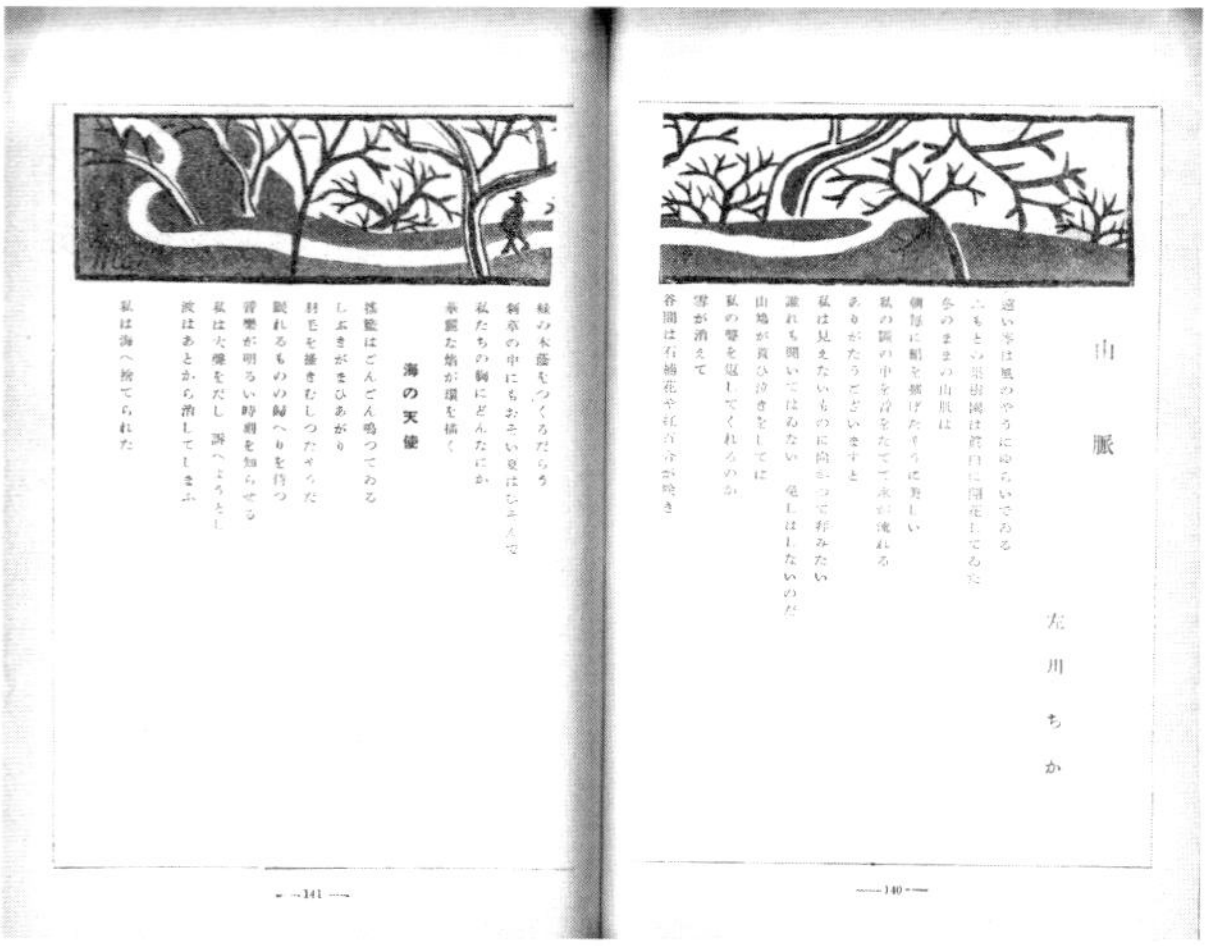

山脈

左川ちか

遠い峯は風のやうにゆらいでゐる
ふもとの果樹園は真白に開花してゐた
冬のままの山肌は
朝毎に絹を拡げたやうに美しい
私の瞳の中を音をたてて水が流れる
ありがたうございますと
私は見えないものに向つて拝みたい
誰れも聞いてはゐない　免しはしないのだ
山鳩が貰ひ泣きをしては
私の声を返してくれるのか
雪が消えて
谷間は石楠花や紅百合が咲き

— 140 —

緑の木霊をつくるだらう
雑草の中にもおそい夏はひそんで
私たちの胸にどんなにか
華麗な焔が環を描く

海の天使

揺籃はごんごん鳴つてゐる
しぶきがまひあがり
羽毛を掻きむしつたやうだ
眠れるものの帰りを待つ
音楽が明るい時刻を知らせる
私は大声をだし　訴へようとし
波はあとから消してしまふ

私は海へ捨てられた

— 141 —

左川ちか「山脈」「海の天使」（『短歌研究』4-8、1935年8月）

18歳で出逢って

中森明夫

　左川ちかを知ったのは、１９７８年のことだ。18歳だった、高校を中退して、ふらふらしていた。図書館の閲覧室で手に取った「文學界」、富岡多恵子の一文である。

〈詩人の誕生――左川ちか〉。ひだりがわ？　未知の詩人だったが、引用されていた詩に目を見張った。

「昆虫が電流のやうな速度で繁殖した。」

「揺籃はごんごん鳴つてゐる」

「夢は切断された果実である」

「日光が駆脚でゆくのを聞く。」

　これは何事か？　一行の破壊力がすさまじい。正直、詩の内実は理解できなかったが、ただ言葉自体の猛烈な強度に圧倒されたのだ。

　丸メガネをかけた左川ちかの写真を見た時は、へぇ、こんな人だったのか、と思った。

　3年前、コロナ禍に突入して、一人暮らしの私は自らを励ますため小説を書き始めた。寺山修司が現在も生きていて、80代半ばで、アイドルグループをプロデュースする。その名も、『ＴＲＹ48』――というナンセンスな物語である、

　主人公はアイドル志望の女子高生・百合子。彼女をサポートする天才少女を登場させることにした。サブカル部で出会うオカッパ頭のメガネ女子、サブコである。本名は寒川光子。「サムカワ」からムを取って「サカワ」。そう、左川ちかをモデルとしたのだ。

　物語内で天才少女サブコは、ダダダーッと速射砲のように寺山を批評しまくる。とはいえ、ふん、どうせ作者の中森明夫が裏で批評してるんだろ、天才少女なんて存在しないよ！　という読者の声が聞こえるようだ。否《いな》、天才少女はたしかに存在したのですよ！

　サブコが百合子に弱音を吐く場面で、ふいに「――き

け、颶風《ぐふう》の中から芽をふくのを。」と語り出す。左川ちかの「落魄《らくはく》」という詩を口ずさみながら、ひと筋の涙を流すのだ。百年前の天才少女と魂の交信を果たす。

うん、この場面はうまく書けたんじゃないかな、と思った。直後に『左川ちか全集』刊行の告知を目にする。えっ、とのけぞった。

『ＴＲＹ48』は「新潮」に連載された。老舗の文芸誌の小説内で突如「左川ちか」の名が登場するのは、インパクトを持つだろう。ほくそ笑んでいたら、その前に『左川ちか全集』が刊行された。弱ったな。これじゃ時流に乗っかったようにしか見えない。ちぇっ。

昨年春、阿佐ヶ谷駅前の書店〝書楽〟に入ると、『左川ちか全集』が平積みされていた、おっ、と即購入する。名久井直子の装幀が素晴らしい。黒い宝石箱のようだ。詩のみならず、散文、書簡、翻訳などが網羅されている。やっとこの〝幻の詩人〟の全貌が窺い知れて、感嘆した。編者の島田龍氏の情熱に打たれた。

〈甦る、左川ちか〉と題する一文を、私は新聞のコラムに書いた。「『左川ちか全集』の刊行は文学史上の一事件だ」と始まり、「そうだ、今……この今にこそ、甦れ、左川ちか！」と締める。ああ、たかが自分の小説の都合で、弱ったな、と舌打ちをした、おのれのケチ臭さが恥ずかしい。

先頃、ある若い女性の読書家に打ち明けられた。「私の部屋の本棚には『左川ちか全集』と『ＴＲＹ48』が並んでますよ」、と。うれしい。我が天才少女サブコと、全集で甦った左川ちかは、この同時代に並走したのだ。なんとも光栄なことじゃないか。

久々に富岡多恵子の〈詩人の誕生――左川ちか〉を読み返した。素性も知らず「詩集を読み、その才能のただならぬ気配に感じいっていた」という。「伊藤整の詩は「近代詩」以前の詩であり、左川ちかの詩は「現代詩」である」。妻のいる伊藤整と戯れる左川ちか。伊藤を支点としてシーソーの反対側に妻がいる。妻＝女の生活空間を左川は見ない、と。

「もし左川ちかが二十五歳という若さで死なずにすんでいたら、そこのところはどうなっていただろうか。左川ちかの詩はどうなっていただろうか。（略）左川ちかの詩が、その詩の才能が、詩が拒むかもしれぬものまでも包摂しうるかどうかに興味は走る」

左川の若い遺体は、男のような顔をしていたという。「このことは、詩人左川ちかの痛ましさを思わせる」。さらに富岡は、こう続ける。「しかし、この若い女の詩人は詩をつくる上で、無視し、拒絶した世界からの返り討ちに出会う前に死んだのである」

これはひどい書き方だな、と思った。18歳の私は。今では異なる感想を持つ。当時の富岡は43歳だ。自身が若い詩人として注目され、中年期まで生き延びた。なるほど、これは左川を通して自らの内なる若い詩人に語りかけたのではないか？　天才少女のままでは生き続けられない。詩が拒絶した生活空間から返り討ちに遭い、格闘していたのは富岡自身なのだろう。

彼女はそれから倍の年齢を生きた。享年87。今年の4月に亡くなった。左川の死の前年に生まれ、『左川ちか全集』刊行の翌年に死んだ。おそらく全集は手に取ったはずである。どんな感想を持っただろう？

18歳の頃、図書館の閲覧室で出逢った、左川ちか。あの瞬間の衝撃が、言葉に斬られたような痛みの感覚が、今も心の内でくっきりと甦る。

（作家／アイドル評論家）

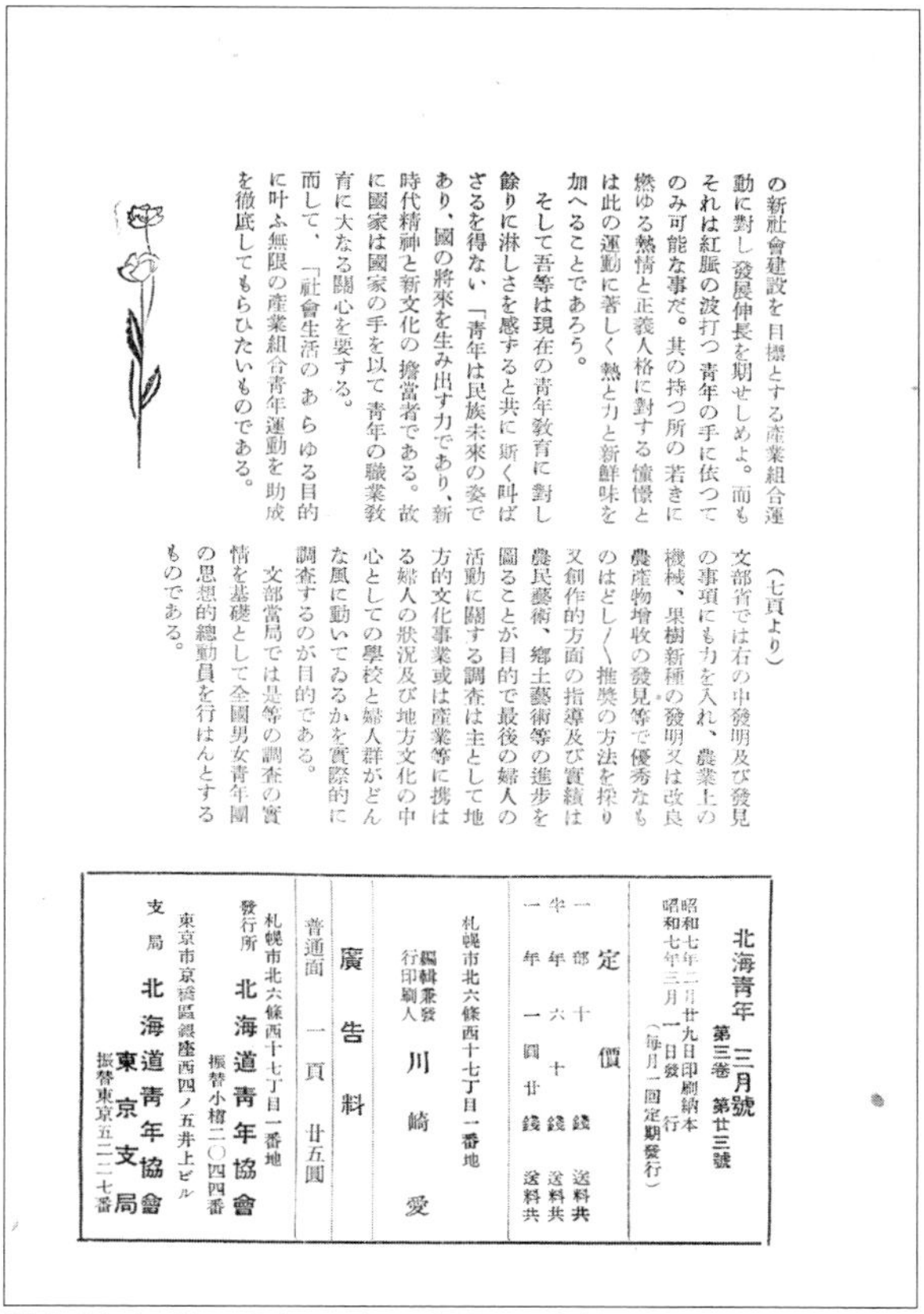

の新社會建設を目標とする産業組合運動に對し發展伸長を期せしめよ。而もそれは紅脈の波打つ青年の手に依つてのみ可能な事だ。其の持つ所の若きに燃ゆる熱情と正義人格に對する憧憬とは此の運動に著しく熱と力と新鮮味を加へることであろう。

そして吾等は現在の青年教育に對し餘りに淋しさを感ずると共に斯く叫ばざるを得ない「青年は民族未來の姿であり、國の將來を生み出す力であり、新時代精神と新文化の擔當者である。故に國家は國家の手を以て青年の職業教育に大なる關心を要する。

而して、「社會生活のあらゆる目的に叶ふ無限の産業組合青年運動を助成を徹底してもらひたいものである。

（七頁より）

文部省では右の中發明及び發見の事項にも力を入れ、農業上の機械、果樹新種の發明又は改良農産物増收の發見等で優秀なものはどし／＼推奬の方法を採り又創作的方面の指導及び實績は農民藝術、鄕土藝術等の進歩を圖ることが目的で最後の婦人の活動に關する調査は主として地方的文化事業或は産業等に携はる婦人の狀況及び地方文化の中心としての學校と婦人群がどんな風に動いてゐるかを實際的に調査するのが目的である。

文部當局では是等の調査の實情を基礎として全國男女青年團の思想的總動員を行はんとするものである。

北海青年　三月號　第三巻　第廿三號
昭和七年二月廿九日印刷納本
昭和七年三月一日發行
（毎月一回定期發行）

定價
一部　十錢　送料共
半年　六十錢　送料共
一年　一圓廿錢　送料共

札幌市北六條西十七丁目一番地
編輯兼發行印刷人　川崎愛

廣告料
普通面　一頁　廿五圓

札幌市北六條西十七丁目一番地
發行所　北海道青年協會
振替小樽二〇四四番

東京市京橋區銀座西四ノ五井上ビル
支局　北海道青年協會東京支局
振替東京五二二七番

『北海青年』3巻23号（1932年3月）従兄川崎喜代治が組織した北海道青年協会の機関誌。一時期、銀座の文芸レビュー事務所に東京支局が置かれ、川崎愛が編輯兼発行印刷人を務めていた。

モダニズム期の能動的な植物群

長山靖生

気持ちを露わにする草花とか、動く植物とか、積極的で獰猛ですらあるような植物が、一九二〇年代から三〇年代にかけてのモダニズム文学に頻繁に登場するのはなぜだろう。

よく知られるように尾崎翠の「第七官界彷徨」（一九三一年）には蘚の恋愛感情を研究している男が出て来るし、佐藤春夫の「のんしゃらん記録」（二九年）には貧者を植物にする改造計画が出て来る。植物人間化された貧者が生命の源泉である大樹を切り倒され、渇きのあまり人間を襲う吸血植物になるという設定には、搾取され人間性も否定された下層階級による反撃と、自然破壊を顧みない人類への植物の復讐が、重ねて描かれていた。

また伊藤整の「機構の絶対性」（三〇年）では、顕微鏡による植物細胞の観察と思考が長々と語られている。堀辰雄の「燃ゆる頬」（三二年）でも花がいっせいに蜜蜂を誘って雌蕊を妙な姿態にくねらせるかのような意思的動きを見せるが、「機構の絶対性」では植物の生殖構造が、観察者自身の感情と重ねて探られている。「燃ゆる頬」にも顕微鏡が出てきた。

植物は伝統的に、恋愛もしくは繁殖にまつわる性表現の暗喩として活用されてきたが、モダニズム文学では受動的立場と見られていた側の積極性がしばしば描かれた。

こうした文芸作品の表現と直接の関係があるかどうかは定かではないが、植物にも動物同様に知覚があるという研究は、当時、一般読者向けの科学読物にも載るようになっていた。「科学画報」一九二八年五月号は「植物の感覚」を小特集しており、その挿絵のひとつが古賀春江の絵画「単純な哀話」（三〇年）に活用されたことも知られている。なお植物の知性に関する研究は長らく忘れられていたが、二一世紀に入って根脳仮説など再び生物学上の研究対象となっている。

左川ちかの詩でも、〈金いろのりんご〉（「青い球体」三一年）や〈春が薔薇をまきちらしながら〉（「目覚めるために」三三年）などの典型的詩語も出てくるが、むしろ目立つのは不穏な修辞である。左川の詩は散文詩を中心に理知的で硬質な作風が目立つのだが、植物をめぐる表現には妙に情念的な熱気が漂う。そこにある思考は緻密で厳格だが、出来上がった詩自体は幻想味に満ちている。内的探求が世の隠れていた部分にふれることで、自ずからファンタジーが生まれているといった印象だ。

　例えば初期の「昆虫」（三〇年）には〈昆虫が電流のやうな速度で繁殖した。／地殻の腫物をなめつくした。〉とあり、「朝のパン」（同）では〈緑色の虫の誘惑。果樹園では靴下をぬがされた女が殺される。〉といった形で植物が出て来る。前者では直接は植物と断定されてはいないが、昆虫がなめつくす対象としてまず連想されるのは植物だろう。浮気な男はしばしば花から花へと飛びまわる昆虫に擬えられてきた。ここで植物は捕食の対象だが、〈地殻の腫物〉とは不穏不吉だ。

　しかしここにあるのは単純な性的力関係の伝統的枠組みではないだろう。左川の詩では植物の側もまた暴力的なまでに生命力旺盛だ。

　「暗い夏」（「作家」三三年）では、道を行く人も犬も家々のスレエトも私の全く知らないものに変形する世界で〈ただ樹木だけがそれらのものから生気を奪つて成長してゐる〉とあり、「前奏曲」（「カイエ」第九号、三四年一一月）は一段と過激に〈雲に蔽はれた見えないところで木の葉が非常な勢いで増えてゐる。いつの間に運ばれるのかプラタナスも欅も新しい葉で一杯になり、生きものが蠢めいてゐるやうに盛り上つてこぼれるばかりに輝いてゐる。〉といった具合だ。

　植物の驚異的成長表現は、数か月間の成長を数分にまとめた特殊撮影映像のような眺めである。レンズ的視覚表現はモダニズム文学と初期探偵小説にまたがる同時代的共通項だったが、左川の詩にもそれがあったのである。それはそれで興味深いが、より注目したいのはこうした植物の生命力に〈目がくらみさう〉になり〈息づまるやうな繁殖と戦ひと謳歌が行はれてゐるのを見てゐるうちに、負けてしまひさうになる〉という心性のありようだ。

　植物の成長や繁殖がまるで忌まわしいものであるかのように、嫌悪や畏怖を伴って表現されるのは、異例なように思われる。そこには年頃になると変貌する女たちへの戸惑いと反感と些かの憧憬などが投影されているのかもしれない。その嫌悪は外だけでなく内にも向けられていた。だが植物は必ずしも女性の象徴とは限らない。嫌悪は、周囲を圧して伸び茂り繁殖していこうとする生命力の原理的野蛮性そのものに向けられていたのかもしれない。生存欲求は度が過ぎれば侵犯的な強欲となるが、そんな凶暴性を植物にまで見たのだとしたら、鋭敏な詩人の知性と感受性の透明性を、少し痛々しくも感じる。

（評論家）

モダニズムとフェミニズム／モダニズムとジェンダー

——左川ちかの分身

水田宗子

日本のモダニズム詩人・作家を代表する尾崎翠と左川ちかの作品には分身のテーマがそのほぼ中核を占めている。分身は内面分裂の表象で、内に他者を抱える葛藤、自分が何ものかわからないという存在意識の不確かさを課題とする文学の重要なテーマである。尾崎翠も、左川ちかも、自意識の亀裂から立ち現れた内なる他者を表象として託すものが、昆虫や動物、苔などの植物であることが、重要な特徴である。

近代文学におけるモダニズムはエドガー・アラン・ポオにはじまると言えるが、ポウは分身のテーマを一貫して追求したことでも、また、その分身が大鴉、黒猫、オラウータン、カエル、狂人、道化など、人間から無視され、他者化されてきた存在に託して表象したことで、差別されるもの内面を描く近代文学を定着させた作家である。内なる他者が人間とはコミュニケーションする言葉を持たず、人間社会から弾き出されてきた存在であることが、ポオとそしてモダニズム作家・詩人たちの思想と感性を表現している。

ポオは一八四九年の死後は、原稿を預かった編集者の友人が、アルコール中毒、性的不能者、嘘つき、変人などという噂を流したこともあって、ピューリタンの色濃く残るアメリカではバッシングに近い扱いを受けていたが、外国文学での受容は、むしろ衝撃的な影響力を持っていた。日本で言えば、芥川龍之介、谷崎潤一郎、萩原朔太郎といった作家や詩人の文学はポオの影響を抜きにして考えることはできないだろう。

ポオの日本受容について私が最も感銘を受けたのは、平塚雷鳥がポオの詩を翻訳し、『青鞜』創刊号から一〇号まで掲載し続けたことである。従兄妹で少女の妻を持っていたポオは女性嫌いと言われ、エマーソンをはじめ当時の民主主義思想家たちへの反感を隠さなかった、政治的には保守的な作家だと考えられていたからである。一方の平塚雷鳥は、女性解放を唱える知的フェミニストの代表的な存在とされた。『青鞜』は日本はじめてのフェミニズム文学、批評の結社の機関誌だからである。『青鞜』は、与謝野晶子などの女性論客による重要な討論の場であった。

長谷川時雨が、女性のための作品発表の場として創設した『女人芸術』にも、雷鳥を敬愛し、左川ちかと共に日本の二〇年代・三〇年代モダニズムを代表する尾崎翠がポオの『モレラ』を翻訳して掲載している。『モレラ』は、死にゆく女性に見つめられて命を奪われていく主人公とその永劫に回帰する女性の霊の話で、ポオの女性恐怖の代表的な作品と言われてきた。女性ヴァンパイアー、怨念を持つ魂の永劫回帰の物語は、主人公とモレラが分身的存在であったことを示していて、蘇る幽霊は自身の内面に住む他者であることが示唆されている。

尾崎翠もまた、分身＝分心との遭遇と、現実世界からはぐれものとされていく女性主人公の、分身を求める物語を描いてきた作家なのである。尾崎翠がポオに深い関心を持ったことが当然であると思える。

この文脈に左川ちかを置くと、そのデヴュー作といっていい『昆虫』は明らかに分身の物語であることが、まず衝撃的である。

『昆虫』は自己の内面分裂を表した詩である。その分裂し、内なる他者が露見してくる様子、その激しく苦しみと憎しみに満ちた自己顕示と、自身が変身した昆虫の不気味な、異常な繁殖の力、あたりを這いめぐらす脅迫的な力を見せる内面の顕現、それらは排除されたものの悲しみや受動的な苦しみとは遠く、「腫物」を舐め尽くすという、人間の細胞を犯し破壊する膿と腐乱の微生物の世界への凝視の眼差しを表している。

その情景を見ているのは、ペルソナの半身であり、痣《あざ》のある顔の半面である。そこには回転する内なる転身を冷たく見ている自己の半分がある。昆虫を解放して、有頂天になる。内なる他者の出現は、ドッペルゲンガーと総称される分身との葛藤劇で、ヨーロッパゴシック文学の伝統をひきながら、エドガー・アラン・ポウが内的分裂に苦悩する近代主人公の表象とした。左川ちかの半身が変身するのが昆虫であることは、直ちにカフカを想起させる。カフカもまた、ユダヤ人迫害がますます強くなるヨーロッパで、内に籠りながら描き、女性との関係がうまくいかないことで知られる作家である。

『昆虫』には、内部分裂、分身のテーマが明確だが、その虫である分身が自分の体から「電流のよう」に流れ出て、あたりの景色を埋め尽くす、その力の強さと執拗さが特異である。分身が昆虫という、人間ではないものに託されていることは、モダニズム女性詩の不確かな自己意識の表徴と言えるが、内面に抱えている不確かな自分が、他者として外界を這い尽くしていくという情景は、ペルソナの外的他者にとっては、女性の深層心理の風景の不可解さと、その破壊力に対する恐怖が顕にされていく、不吉でグロテスクな風景でもあるだろう。

固い甲冑を脱いで、昆虫の冷たい肌を顕にするペルソナの、どこか毅然としているが、敵対心に満ちた内なる破壊力を解放した姿は、抑圧されたものが内心を解放するときの攻撃性を備えている。その分身が、価値のない生き物であることが、その力を増幅させて、殺意にも似た攻撃性を持って他者を脅かすのである。女性の抱える内的他者は、ペルソナにとっても不気味な分身であるが、同時に、それらが強い衝撃力を持って外部の人間を脅かすところが、はぐれものである女性の分身表現の特徴だと言えるだろう。

『青い馬』においても、山を下って狂気になった馬はペルソナの分身であり、それは自身では統御できない内的他者である。その日から彼女は青い食べ物を食べ、内部からも青くなったその馬の全身の青の力が、外界とそこに住む人々を染め上げていく。青い狂気の馬となった分身が走り回ることで、ペルソナ自身は自ら命を断つことを免れている。二階から身投げすることを抑えることができるのは、狂気の動物に託された分身を解放することなのである。自己の隠されていた分身を託しているのが、狂気という人間社会から隠され、追いやられたもの、そして青い馬という動物、人間にとっての他者としての動物である。解放される分身、女性の内なる他者は、ジェンダー構造の下位に位置付けられたと同じ位相で表される。

尾崎翠の「こおろぎ嬢」は明らかに「産まない女」で、子を産むことが、国のために役立つ女子とされた時代に、女性としては最も劣位の「役立たず」である。しかし、「こおろぎ嬢」は家庭内に閉じ込もっているのではなく図書館に通い、パン屑を拾っても生きていこうとしている。季節が終われば死ぬ命でありながら、決して権力に媚び、へこたれるのではなく、命を繋いで、戦争協力ではなく、好きな本に没入する抵抗精神を持ち続けている。社会にとっては変人で、しかも厄介な女だ。

『第七官界彷徨』の主人公は田舎から兄の世話をしに上京している少女だが、苔研究家の兄を慕い、苔は兄と少女の分身なのである。苔は胞子を発散して、あたりを覆い尽くす。胞子の発散は分身の解放であり、兄や少女を命に繋ぎ止めるのだ。

差別構造の中で考えれば、苔ほど人間にとって存在意味の薄いものはなく、馬や昆虫よりさらに人間にとっても他者なのである。その他者に主人公の分身が託されているのは、尾崎翠の差別される自己を見るユーモアの目であるのだが、苔にとっては、無視される謂れはないのだ。

自然の中の生き物が人間によって無視され、利用されるばかりで、踏み躙られる差別の構造は、近代文明の進展の過程でその速度と可視化を増していき、モダニズム作家・詩人によるその課題化は、モダニズム表現に根幹的な重要性を与えている。しかし、この人間以外の命の位置付けが、性差による差別構造と分かち難く結びついていて、女性の差別される感性がそれを鋭く捉えていることはこれまで見てきた作品を考えても明白である。

　左川ちかの自然を描く詩、例えば『果樹園』には、虫、鳥、花、草、果物が自由に、生きているが、その一見人間以外の生き物たちの楽園の果樹園も突然として地割れをして深い亀裂を見せるのである。ここではひび割れを内包する果樹園はペルソナの内面風景であり、内面の危機意識の表象なのである。

　左川ちかは女性を閉じ込めるジェンダー構造の中で、そこからはぐれていく意識と、露出してくる内なる他者、亀裂の深さの中で詩を書いたのである。ジェンダー構造とは、性別に依拠した社会、文化の構造が上位や、優位の構造を作り、その構造によって差別され、排除される弱者の精神と心に生み出す抑圧構造を意味していることを女性モダニズム作家たちは示したのである。ジェンダー差別構造の抑圧は、女性の内面領域を表現のできない秘密の領域とする。モダニズム女性詩は、何よりも自分自身を可視化する試みであったと言えるだろう。

　ジェンダー構造を動物や弱者を含む差別の構造と見るモダニズム女性詩人の開拓した思想は、戦後の女性現代詩の根幹をなす思想であり、それは白石かずこ、吉原幸子、富岡多恵子、矢川澄子らの作品に継承されて明確な表現となっている。女性の内面の他者の露見は、左川ちかの地殻を舐め尽くす虫の群れや、全てを青く染める狂気の馬のように、不可解でグロテスクで、ジェンダー文化の予定調和的居場所に安住しているジェンダーの強者にとっては、恐怖に満ちたイメージであるだろう。そこがモダニズム女性表現の前衛思想・表現の根幹であり、左川ちかの分身解放は、女性自身にとっても秘密の領域に踏み入ることであり、戦後の女性詩に大きな道を開いたのだと思う。

参考書籍

島田龍編『左川ちか全集』書肆侃侃房、二〇二二年／『左川ちか年譜稿』立命館大学人文科学研究所紀要』一二二号、二〇二〇年

Rina Kikuchi ed.,*Selected Translation of Sagawa Chika' Poems*, 菊地利奈訳『左川ちか選詩集』思潮社、二〇二三年

Lois Davis Vines ed.,*Poe Abroad; Influence, Reputstion, Affinities*, University Iowa Press, 1999

富岡多恵子『さまざまなうた　詩人と詩』文藝春秋、一九七九年

鳥居万由実、『「人間でないもの」とは誰か　戦争とモダニズムの詩学』青土社、二〇二二年

（英文学）

ミッシングリンク再発見
——プランゲ文庫のなかの左川ちか

川崎賢子

言葉

母は歌ふやうに話した
その昔話はいまでも私たちの胸のうへの氷を溶かす

　左川ちかの詩の価値を、できるかぎり実生活との関連ではなく、その詩の言葉にもとめたい。彼女の実人生を記述しようとする言葉から、彼女の詩の言葉がこぼれ落ちて、朽ちてしまうことを怖れる。それでも、左川の「言葉」という詩篇を読むと、詩人の「母」が、父の異なる三人の子を産み、そのひとりが、左川ちかであったことを想い起してしまう。そうして「母」と娘の関係について、「母」の声、歌、昔話について、考えずにはいられない。

　歌うような「母」の声、その昔話によって、「胸のうへの氷」のように抱えこんだ悲しみ、苦しみを溶かされていく、父の異なる子どもたち。父の不在は、抑圧・管理と引き換えに制度化した庇護をもたらすひとりの家父長の不在である。が、その家父長たちの絆によって構成される社会の残酷に、父のない子どもたちが無力のまま向き合わされ、投げ出されることをも意味する。ひとりの「母」が、複数の父たちのあいだで交換されたということでもある。この「母」は父の代理をつとめる強い「母」ではなく、婚姻と出産をくりかえすことでしか、生活を成り立たせることのできない弱い立場の女性だった。歌、昔話、あたたかな「声」を手離すことのない、やさしげな「母」である。「私たち」の人称が、左川ちかの詩篇でこんなふうに無防備に用いられることはめずらしい。やさしく弱い「母」を、いたわるかのような、けなげなまなざしがはたらいている。

　夭折した妹である左川ちか自身は、ほとんど母性を感じさせないし、そうあることを求めたとも読めないのだが、詩集のところどころ、「母」の声、「母」をめぐる声が響く。左川の暴力的なまでに鮮烈なイメージや、抽象の強度や、読む者を挑発する散文詩のレトリックの魅力はいうまでもないことだが、どこからともなくもれ出てくる誰か知らぬ声に、ふと心揺さぶられることがある。それは他者の声として、他性の声としてである。

「あ、あ、帰つてこないか。」という詩篇「樹魂」の声。帰っておいでと呼びかけるようでもあり、やはり帰ってこないと、あきらめとともに待ちもうけるようでもある。

暗い樹海をうねうねになつてとほる風の音に目を覚ま
　すのでございます。
曇つた空のむかふで
　けふかへろ、けふかへろ、
と閑古鳥が啼くのでございます。
私はどこへ帰つて行つたらよいのでございませう。

という詩篇「海の花嫁」の冒頭。閑古鳥の声に誘われながら、帰る場所のあてもなく、とまどう「私」である。花嫁はいるが花婿は不在である。この花嫁は「母」になりそうにもない。

「さぶろう！　さぶろう！　と叫んでは／母親は戻つてくる声をまつてゐる」という詩篇「夏のこゑ」は「遠く見えるな　遠いな」「近く見えるな　近いな」という謎めいた詩行をはさんでいる。なにか凶々しい変事を、手出しすることもかなわずにみまもっているかのような声がする。「母」が待つのは、戻ってくる「さぶろう」であるはずなのに、いつのまにか、「母」自身の声のこだまが返ってくるのを、むなしく待つことになる。

声はこだまのように反響し、つまり二重化され、あてどなくさまよい、行ったきりかえらず、応えはなく、あるいは遅延している。呼びかけは、帰るべき家郷を持たない者の、帰らぬ者を待つ者の、配偶を持たない者の、叫びにならない声である。

私の瞳の中を音をたてて水が流れる
ありがたうございますと
私は見えないものに向つて拝みたい
誰も聞いてはゐない　免しはしないのだ
山鳩が貰ひ泣きをしては
私の声を返してくれるのか

「山脈」

エリス俊子は「「私の瞳の中を音をたてて水が流れる」とは、なんと切なく、しかし、力強い表現だろう。尽きることのない涙の川のなかで、彼女の生のすべての経験が浄化されていく」（注1）と読んだ。

引用の詩行には、「ありがたうございますと／私は見えないものに向つて拝みたい」という宗教的な衝動のようなものがうかがわれる（注2）。それとも「拝みたい」けれど拝まなかったのが詩人だろうか。「誰も聞いてはゐない　免しはしない」からだ。「ありがたうございます」という声にならない声は聞き届けられることはない。声を返してくれるのは、山鳩の声であるか。山鳩は「貰ひ泣き」し、「私の声」ではない声が、返ってくるのか。誰も聞いてはいなくとも、ゆるしはなくとも、祈ることが信仰というものであるなら、詩人は、そのようにはふるまうことができない。経験を浄化する強度は疑いようがないが、そこからもれ出でる声は、解消されないままである。

　娘の声も「母」の声も、「父」の審級にゆだねられてはいない。だから言葉にならない声であり、分節化されず、意味をのがれてしまう。微かなこだまのように繰り返されたり、もらい泣きのように同調しつつも微細な差異を含みこんだり、とぎれて虚空に消えたりする。それでいて、その声のしたたかさとしぶとさは、死後の生のもののようである。

　鶴岡善久は「左川ちかのモダニズムに潜む「死」は（略）詩における危機意識を鮮明に地表に噴きあげさせている」「「死」が押し上げている」「左川ちかの詩のモダニズムに巣喰っていた「死」」（注3）について述べた。二十四歳で夭折した詩人は、若くして死を意識せずにいられなかっただろう。読者もそのことを忘れて読むことはむつかしい。が、詩人にとって潜在し遍在する「死」は、あたかもジョルジュ・バタイユにとってのそれのようにエロティシズムと表裏のものであり、「私」の生命を賭してあらがい戯れる対象でもあった。だから、「彼女の詩空間を構成しているのは、弱まっていく生命がとらえるぼんやりとした薄明の世界ではない」（注4）というエリス俊子の指摘に、読む者はうなずかずにいられない。

　そして「モダニズムに巣喰っていた「死」」が孤立的なもの例外的なものだとも考えない。鶴岡は、「左川ちかの詩にはほとんど社会的意識はない。社会の重たさを予感するかたちでの危機意識ではない」（注5）と述べたが、はたしてそうだったろうか。吉岡実が、黒田三郎が、出征を前にして昭森社版『左川ちか詩集』を手にした時、たしかに既成のイデオロギーに包摂される「社会的意識」「危機意識」ではなかったかもしれないけれど、そこからもれこぼれる種類の重さや危機を未来の詩人たちが予感し、共感していなかったと、どうしていえるだろう。

　左川ちかがどのように読みつがれて現在にいたるか。そのことは、日本のモダニズムの戦時下の動向、戦後詩との接点ともあわせて、検証されなければならない。

　左川ちかの地上での生は悔しいほどに短かったけれども、たとえば、詩が再録されるたびに加筆せずにいられないその改稿癖から、詩人にとってテクストがつねに未完成であり、多様なつくりかえの可能性を秘めた言葉の集成だったろうと推測できる。彼女の詩は終わりに向かって衰えていったのではなく、終わることのない過程であり、揺れ動いていた。

　左川ちかの詩は、兵士として武器をとることを強要された若者たちの詩魂にささやきかけただけではない。戦後GHQ占領下の検閲資料の集成であるプランゲ文庫（注6）のなかにも、左川ちかの詩は収められている。それが冒頭に引用した詩篇「言葉」である。

　最初は京都の同人誌、文学地帯社刊行の『近代詩』創刊号（一九四七年六月）で、昭森社版からの転載との断り書きがある。同人のあいだに、戦争を越えて、左川ちかの詩を愛誦していた者がいたのである。編集後記には、かつて「読み過ごした詩の一章」と現在がまったくあい通じていることに驚き、人は唸るのだ、「まつたくあのとほりだつた、と。」と述べられている。戦後占領期の文学空間に、そのように左川ちかの詩篇が、ますます説得力を増していると、編集者は考えたのだろう。

　ついで、『近代詩』からの転載というかたちで、大阪鉄道局竜華検車区国鉄労組青年部発行の『車窓』二巻九号（一九四七年十月）に、やはり詩篇「言葉」が掲載された。こちらはガリ版刷り（注7）の冊子だった。占領期の労組の若者たちにも訴えるものがあり、文字通りそのひとりにペンをとらせたのである。一九四七年は、GHQのマッカーサーの指令で二・一ゼネストが中止された年だった。

　占領下の読者を揺り動かす力は、詩篇「言葉」の後半からくるものだったかもしれない。

落葉に似た零落と虚偽がまもなく道を塞ぐことだらう
昨日はもうない　人はただ疲れてゐる
貶められ　歪められた風が遠くで雪をかはかす　その
　やうに此処では
裏切られた言葉のみがはてしなく安逸をむさぼり
最後の見知らぬ時刻を待つてゐる

詩篇「言葉」は、歌うように話す「母」の声で始まって、「裏切られた言葉」への絶望とひたひたと終末に沈みこむ怒りとで閉じられる。歌のような「母」の声と、その声を抑圧する「裏切られた言葉」、すなわち「声」と「言葉」の激しい葛藤が、一篇の詩のなかにくりひろげられているのである。

　帝国の戦争に裏切られ、占領軍の解放の幻想に裏切られ、戦時下と占領下とを問わず、言葉に裏切られつづけた働く若者たちがこの詩を読み、この詩を選んだ。そのように点々と詩人は読みつがれてきた。国鉄詩人連盟の組織づくりには近藤東がかかわっている。詩の予感は、詩人の死後も力を失っていなかった。

一九三〇年代のモダニズム詩と、戦後の現代詩を結ぶミッシングリンクのような位置に、左川ちかの詩篇がある。そして左川ちかの詩行は、いまもなお読者の絶望に突き刺さる。

注

1　エリス俊子「左川ちかの声と身体――「女性詩」を超えて――」『比較文学研究』一〇六、二〇二〇年十二月

2　島田龍「左川ちか年譜稿」（『立命館大学人文科学研究所紀要』二〇二〇年二月）によれば、左川の実家、川崎家はもともと真宗大谷派の檀家であったが、母チヨ、叔母ウメ、兄昇ら女系の親族は熱心な金光教信者となった。とくにウメは金光教会長石倉イシを支え、余市の金光教布教に中心的な役割を果したという。左川ちかにとって教義が何を意味し、生命観、死生観に信仰がどのような影を落としているかは今後の研究にまちたい。だがいずれにしても、「誰も聞いてはゐない　免しはしないのだ」という不信、葛藤が、宗教人のものというより詩人のものであることは、いうまでもない。

3　鶴岡善久「左川ちかと〈死〉」『江古田文学』六三号、二〇〇六年十一月

4　注1に同じ

5　注3に同じ

6　一九四五年から一九五二年にかけて、敗戦国の日本は、連合国軍（ＧＨＱ／ＳＣＡＰ）の占領下に置かれた。一九四五年から一九四九年十月まで、連合国最高司令官総司令部（ＧＨＱ／ＳＣＡＰ）の非公然組織であった民事検閲局（Civil Censorship Detachment, ＣＣＤ、民間検閲支隊）は、占領政策の浸透と思想動向の把握のために検閲を実施した。検閲の対象は、あらゆる図書、雑誌、新聞などの出版物、映画、演劇、放送番組はもとより、地方誌、同人誌などガリ版刷りの出版物も含まれていた。出版物事前検閲の場合は、校正段階のゲラを二部、ＣＣＤのＰＰＢ(Press, Pictorial & Broadcasting) 部門に提出させられた。ＣＣＤ解体後、歴史家のゴードン・Ｗ・プランゲ（Gordon William Prange 一九一〇―一九八〇）博士は、この資料の歴史的価値に注目し、検閲のために収集した図書、雑誌、新聞等資料をメリーランド大学に移管させた。これが「ゴードン・Ｗ・プランゲ文庫」の成り立ちである。

7　鉄製のヤスリ板の上にロウ紙をのせ、その表面に鉄筆で文字や図を書いて原紙とし、微細な孔から押し出されるインクによって印刷する孔版印刷の仕組み。謄写版。

（文芸評論家）

左川ちかの「私」について

――魂の声のモダニズム

エリス俊子

　何が、左川ちかの詩に、これほどの力を与えているのだろう。一九三〇年に初めて自作の詩「昆虫」が発表されて以来、左川ちかの名前は、小規模な同人誌から『詩と詩論』『文学』に至るまで、当時のモダニズム系の雑誌に散見するようになる。そして、男性詩人の作が圧倒的な多さで誌面を埋めるなかで、ほかでもない、左川ちかの詩として、揺るぎない存在感を示している。このような言い方をするのは、詩人左川ちかの存在がきわだつのが、必ずしも彼女が女性であることに起因するものではないからだ。たしかに女性であったがゆえの彼女の生の軌跡があり、その詩は女性の身体から発せられる声をはらんでいる。しかし、左川ちかの詩を、のっけから「女性の詩」として読むことは、この詩人の、一つの生をまっとうした人間としての、言うなれば、その魂の声を聞き落としてしまうように思えてならないのだ。

　左川ちかの詩作期間はわずか五年余り、詩篇総数も拾遺詩篇を含めて約九十篇で、多産な詩人ではない。しかし、その詩篇の数々は、彫琢に彫琢を重ねた言語の密度を有している。技巧を凝らすわけでなく、むしろ稚拙さを思わせるその表現には、失語に陥る瀬戸際で踏みとどまっている「私」の格闘の跡が刻まれている。書いては消し、書き直し、贅肉を削ぎ落とし、歪《いびつ》になった表現をどうにかかたちにとどめようとして、ついに裸になってしまった言葉を、あるいはその壊れかけた魂の充填された形骸を、紙面にとどめている。彼女の詩の周りに配されている数多くのモダニズム詩とはちがった、生きた人間の、声にならない声のかたちが透いて見えてくるのである。

　その声を発しているのは、抒情的な「私」ではない。あるいは、多くのモダニズム詩が意図的に否定し、切り刻み、あるいは拡散させ、あるいは言語の力によって抹殺しようとした「私」でもない。左川ちかの詩には、詩人の個別の生から離反することのない、かつその身体性をも取り込んだ、言語化することによってはじめてその存在が保証されるような「私」が、直接、声をあげている。

この詩人の最晩年の作として知られ、すでに多くが語られてきた「海の天使」(『短歌研究』四巻八号、一九三五年八月)は、この詩が生まれた特異な経緯もあり、ちかの声の強度とそのスケールの大きさを鮮やかに示す一篇である。

揺籃はごんごん鳴つてゐる
しぶきがまひあがり
羽毛を搔きむしつたやうだ
眠れるものの帰へりを待つ
音楽が明るい時刻を知らせる
私は大声をだし　訴へようとし
波はあとから消してしまふ

私は海へ捨てられた

「揺籃」が「ごんごん」と音を立てながら、大波に翻弄されて、大揺れに揺れている。振り落とされないように、籠にしがみついているのは誰か。海は荒れ狂い、しぶきが猛々しく舞い上がる。「羽毛を搔きむしつたやうだ」とは、白波が四方に勢いよく飛び散るさまをいうのだろうが、それと同時に否応なく喚起されるのは、何者かが自身の胸の羽を激しく搔きむしる姿である。胸の羽といえば、鶏のやわらかな白い胸の羽毛を思い浮かべてもよい。ここには、羽毛が引きちぎられて内部が露出し、無惨に破壊されていく身体がある(ちなみに、左川ちかの「死の髯」では「次第に鶏が血をながす。」という詩句がある)。「眠れるものの帰へりを待つ」とはどういうことか。一切説明がなく、「眠れるもの」の正体も不明だが、眠りにある状態の誰かの帰りを待っているのか、共に眠る人を待っているのか、あるいは「眠れるもの」に死の安らぎを見出し、自身が「眠れるもの」となることを待ち望んでいるのか。いずれにしても、ここで待たれているのは、生の対極にあるところの眠りである。そのとき、「音楽が明るい時刻を知らせる」という。題名からの連想でいえば、天上に集う「天使」たちの奏でるハープのようなきらびやかな音色を想起してもよいだろう。あるいはそれは、猛り狂う海音の彼方に響く、苦しみから解放された死者の世界の音楽なのかもしれない。「時刻を知らせる」というのは、荒海で溺死しようとしている「私」が解き放たれる瞬間が、今、訪れようとしていることを告げているのだろう。最後の瞬間まで、「私」は「大声をだし」「訴へやうとし」、しかし、そんな声が聞こえるはずもなく、「私」の声は無情な波にかき消され、ただ、不協和音ばかりが響く。そして、「私」の裸の声は、最後に吐く。「私は海へ捨てられた」と。

この一篇とほぼ同時に書かれたのが、「海の捨子」（『詩法』一二号、一九三五年八月）である。

揺籃はごんごん音を立ててゐる　真白いしぶきがまひあがり　霧のやうに向ふへ引いてゆく　私は胸の羽毛を掻きむしり　その上を漂ふ　眠れるものからの帰りをまつ　遠くの音楽をきく　明るい陸は肩を開いたやうだ　私は叫ばうとし　訴へようとし　波はあとから　消してしまふ

私は海に捨てられた（注1）

ここでは、「私は胸の羽毛を掻きむしり」とあり、「私」が自分の胸の羽を掻きむしっていることが明記される。波しぶきが飛び散る海上に漂う鳥なのか、あるいは、先の詩とのつながりでいえば天使なのか。思えば天使と羽毛は換喩的な関係にある。いずれにせよ、身をぼろぼろにして力なく死を迎えようとしている個体が、荒れた波間に浮いている。「眠れるものからの帰りをまつ」と、「〜から」が加えられて、眠りあるいはその先にあるものに思いが馳せられ（注2）、そのとき、遠くから音楽が聞こえてくる。そして、この詩では、いきなり肩が開くようにして、眼前に陸地が現れる。先ほどの詩の読みにつなげれば、「明るい陸」とは、海の彼方に、今、開かれようとしている、「私」の死を迎えてくれる世界ということになる。あるいはここに、ついに戻って来ることのなかった「私」の希求する人が、現実の向こう側で、大きく腕を広げて「私」を抱き入れてくれる姿を見たくもなるのである。

かくして、左川ちかの詩は、その言葉が切り詰められれば切り詰められるほどに、あちこちに決定的な切断を抱え込む。そうして生じる空隙は、ひとがそこに意味を埋め込むことを拒むかのように、毅然として余白でありつづけようとする。意味の不確定性がもたらす不安定は、それが修辞的な技巧によるものでなく、ましてや恣意的な曖昧さによって生み出されたものでもないがゆえに、左川ちかの詩に強度を与え、イメージの多重的な発現を可能にし、そこに聴こえてくる音もまた――沈黙の音も含めて――重奏的なものとなる。「海の天使」冒頭の「揺籃はごんごん鳴つてゐる」から、荒波に浮かぶ揺りかごが映像化されるのは先にみたとおりだが、二度三度読むうちに、この揺りかごは、海自体の姿にも重なってくる。巨大な揺りかごである海が、「ごんごん」と唸り声をあげている。生命の源であり、母性そのものでもある海が、狂い、憤り、渇望しているようではないか。その揺りかごの中で、赤子は悲鳴をあげ、死に瀕している。

赤子が捨てられても海は怒ることしかできない。明らかにこれは冷たい夜の海、おそらく漆黒の闇に包まれた海だろう。そこに、傷んだ小さな身体から発せられる、引きちぎられんばかりの叫び声が、微かに聞こえては消えてゆくのである。赤子そのものの転身か、あるいは赤子を美しい音色の響く天上の世界に誘いに来たのか、そこに天使の姿が現れることに何の不思議もない。

近年の精緻な調査によって、左川ちかの「海の捨子」が、伊藤整の「海の捨児」（『信天翁』創刊号、一九二八年）を受けて書かれていること、それがいわば「海の捨児」への返歌として提示されていることが明らかになった。左川ちか及びその周辺に関する徹底した文献調査を進め、伊藤の「海の捨児」と左川の「海の捨子」両詩の成立の経緯を分析した島田龍の研究に依拠すれば、左川ちかの、「揺籃」のイメージや「眠れるものからの帰りをまつ」といった表現が、「私を揺り上げ　揺り下げて／休むときもない」海をうたい、海上を漂いながら「浪の音を守唄にして眠る」自己を夢想し、「私は白く崩れる浪の穂を越えて／漂つてゐる捨児だ。」とうたった伊藤整の詩への応答であることは、疑いの余地がない（注3）。「いつか異国の若い母親に拾ひ上げられる」などと夢見る伊藤の抒情に対して左川が突きつけたのは、戻るところを持たない「捨子」の叫びとその死であった。そして、そのとき、島田いわく、この詩人は「伊藤整の海を左川ちかの海へ捨て去った」のだと。同論文にも引かれている藤本寿彦も、両詩の差異を考察し、伊藤の抱くところの女性性を覆し反転させて己の物語をうち立てた左川の詩について、これを男性性の機構に揺さぶりをかける女性詩人の営為として、ジェンダー論的な観点をも視野に入れて評価している（注4）。

左川ちかの「私」は、このようにして、詩語のなかに屹然として立ち現れる。伊藤の詩がそうであったように、予め想定される己がいて、私語りをするのではない。左川ちかの強靭な自己は、崩れ落ちる寸前のところで、もはや語る言葉をもたない「私」の叫びを、詩において顕現させるのである。左川ちかの詩の中でしばしば「私」と自然との境界が不分明になるのも、このことと関係している。「海の天使」「海の捨子」の海の模様は詩人の心の様態と連動していたし、彼女の詩に頻出する「緑」についても同様である。怯えつつ、魅惑されつつ、己が立つところの自然と対峙しながら、ふと気がつけば「緑」は彼女に侵食し、「私」は「一本の樹に化して樹立ちの中に消えてしまふ」（「前奏曲」）のである（注5）。

モダニズム詩との出会いが、左川ちかに独自の詩的表現の方法を与えたことは間違いない。しかし、彼女はどこまでも「私」でありつづけ、その声を詩語に響かせていた。「私は海へ捨てられた」と、裸のままの表現が痕跡をとどめることもある。それでも彼女は矜持をたもち、捨てられた悲しみに甘えることはなかった。どうしようもないとき、「私」は、街に飛び出して踊り回る。

(……)
その時私の感情は街中を踊りまはる
悲しみを追ひ出すまで。
(「黒い空気」『今日の詩』五冊、一九三一年四月、
『詩と詩論』一二冊、一九三一年六月に再掲)

「海の天使」と同じ号に発表された最晩年の詩篇「山脈」で、左川ちかは、溢れ出る悲しみを次のようにうたった。

私の瞳の中を音をたてて水が流れる
ありがたうございますと
私は見えないものに向かつて拝みたい
(『短歌研究』四巻八号、一九三五年八月)

こんなに美しい別れの言葉があるだろうか。

(比較文学)

注

1 左川ちかの詩の引用は、すべて島田龍編『左川ちか全集』(書肆侃侃房、二〇二二年)による。

2 左川ちかの訳詩に「眠れる者からの帰り」(『椎の木』三年一冊、一九三四年一月)と題された一篇がある。David Cornel De Jongの“Return from the Sleeper”を翻訳した表現が翌年発表された自身の詩にそのまま引かれ、「者」が「もの」に変えられている。デヨングの詩の内容を左川ちかの詩に直接重ねて読む必要はないが、デヨングの詩では、男が体を重ねた女は死を迎える。自ら翻訳した詩の記憶がここに響いていることは否定できないだろう。なお、左川ちかの翻訳に関する書誌情報は、島田龍「左川ちか翻訳考：一九三〇年代における詩人の翻訳と創作のあいだ」(『立命館文学』第六七七号、二〇二二年三月)による。

3 島田龍「海の詩人　伊藤整と左川ちか——「海の捨児」から「海の天使」へ」『日本思想史研究会会報』第三五号、二〇一九年一月、二一二—二三三頁。

4 藤本寿彦「一九三〇年代における女性詩の表現」『周縁としてのモダニズム——日本現代詩の底流』双文社出版、二〇〇九年。一六一—一八一頁。

5 左川ちかの詩における自然表象については、拙稿「左川ちかの声と身体——「女性詩」を超えて」(『比較文學研究』第一〇六号、二〇二〇年一二月)を参照。

左川ちかとヴァージニア・ウルフによるモダニズムの実践

小川公代

二〇世紀初頭のモダニズム作家たちは、近代的な自律した自己イメージを乗り越えるような、共生に向かう人間像を作品で表現した。近代人は、個の自律に比重を置きすぎるあまり、また、自己は「外部」の世界と隔てられた、すなわち分離した場所としての「内部」をもつと考えるあまり、外界——他者、自然、霊的なものなど——と関係しないところで生きていると想定されがちである。自律した「個」が求められる近代社会では「閉じられた視野の存在」が前提とされてきたが、カナダの政治哲学者チャールズ・テイラーは、このような閉塞的な視野の合理的な「明白さ」というものは「幻想」にすぎないという（注1）。彼は自他の境界が弱められた、他なるものとも交流のある自己像を「多孔的な自己」(porous self）と呼び、評価している。

『ダロウェイ夫人』や『灯台へ』などで知られるイギリスのモダニズム作家ヴァージニア・ウルフの作品世界では、分離された自己を想像力で超えていくようなスピリチュアルな自己が存在感を放っている。たとえば、『ダロウェイ夫人』に登場する第一次世界大戦の帰還兵セプティマス・ウォレン・スミスは、亡くなった上官のエヴァンスの幻覚を見たり、木々について「人間どもは、木を伐ってはいけない。ある種の神が存在している」と語ったりしている（注2）。本稿では、ウルフの文学から少なからず影響を受けた左川ちかの詩作品のみならず、彼女が訳したウルフの短編や評論にもこのような霊性を帯びる自己像が顕著であることに注目したい。

左川は、一九二一年に刊行されたウルフの短編「憑かれた家」を訳しているが、この作品にこそ、近代的自己とは対照的な多孔的な自己の表象がある。語り手が夜中に目を覚ますと、幽霊の夫婦が家中を行ったり来たりしながら、何かを捜している。

家を通つてわまよひ、窓を開けて、私達を目覚ませないようにささやいて、幽霊の夫婦は喜びを探す。……段々と近く彼等が来た。……私たちの眼は真暗だ。足音が聞えない。目に見えない婦人が彼女の幻のやうな外套を拡げてゐるのを私たちは見る。（注3）

批評家のヘレン・スウォードは、「憑かれた家」について、ウルフの「心霊主義的な考察の痕跡がいたるところにある」という。そして、何より重要なのは、ウルフの幽霊は「単なる精神による作り物ではない」ということだろう。同時代の作家ヘンリー・ジェイムズの物語が幽霊の実在を問うのだとすれば、「ウルフの物語は、現実に内在する幽霊的なものを露わにしている」のだという（注4）。

この「現実に内在する幽霊的なもの」は、ウルフの評論「いかにそれは現代人を撃つか」にも説明がなされている。この評論でウルフが強調するのは、「生活」と呼ぶものが「色彩に全くと人間性の美しい或欠乏してはゐない」、それどころか「光と街路と家は怪奇な装置を持つ、それは永久に一つの瞬間を自《みず》から織り出すだらう」という。それは、生活のなかに突如として現れる「怪奇」、あるいは、現実に潜む霊性に言及している（『左川ちか全集』、二九五頁）。左川が、「憑かれた家」という短編とこの評論を選んで邦訳していた意図は把握しきれないが、現実の生活のなかに突如として現れる霊性に深い関心を寄せていたことは疑いようがない。

このような多孔的なイメージは、ウルフが『オーランドー』で描写する「小さなボート」と近接性があるだろう。ルネサンス時代に生まれ、三四〇年以上生きている主人公のオーランドーは、「心の池」をのぞき込んでハイドパーク内のサーペンタインレイクに浮かぶ小さなおもちゃの「ボート」を想像する。「大波を巻き起こしながらホーン岬を吹き荒れる嵐の大西洋まで見えてくる」（注5）。これは近代社会に荒れる嵐のなか、海上を揺れながらいく小さな「個」として捉えることもできる。

左川の詩にも、現実のなかに突如として現れる「波」がある。左川の「緑」という詩には、生活のなかから突如として溢れる「波」のイメージが描かれている。彼女の「朝のバルコンから　波のやうにおしよせ／そこらぢゆうあふれてしまふ／私は山のみちで溺れさうになり」という表現には、日常的な朝の風景のなかから木々の緑が突然、波のように「おしよせ」てくるという表象がある（注6）。左川の「海の天使」という詩に綴られた「揺籃がごんごん鳴つてゐる／しぶきがまひあがり」にも、実際の荒波の描写がある（同、一三四頁）。

ウルフの実験的小説『波』には、流動的な魂の「器」として存在する「個」が描かれている。この小説には六人の登場人物のあいだの集合体のような意識が描かれる。

男女六人——バーナード、ネヴィル、ルイ、ロウダ、ジニー、スーザン——の登場人物たちの語りが自律的に保たれない。独白の断片が滑らかに連続するセクションとインタールードと呼ばれる太陽や自然の散文詩な記述が交互に置かれた構成になっていて、意識の繋ぎ目が明確ではなく、輪郭も曖昧だ。たとえば、ロウダ「すべては変化し、光を放つようになるのよ。…わたしの身体でさえ、いまでは光を通す」(注7)。ジニー「この宇宙に動かぬもの、不変のものなどないんだわ。あらゆるものはさざ波立つ、踊る」(同、五一頁)。バーナードにいたってはロンドンを歩きながら「個」について分節化している。

> 歩いているおれは、不可思議な共感の振動、振幅でふるえてはいないだろうか。その共感は、個という存在のとも綱を解かれたおれに命ずる。抱擁せよ、この心を奪われた群衆を、凝視する人たちや旅行者たちを、使い走りの少年を、自分の運命も省みず店のショーウィンドウを眺めている、人目を忍ぶしがない身の上の若い女達を、と。(同、一二八頁)

このように、光を通すロウダ、さざ波立つジニー、ロンドンを歩くバーナードなど、それぞれの「個」の輪郭がはっきりせず、外界や他者と溶け合うような想像力の描写が多い。

ウルフの「ロシア人の視点」という評論では、階級の差異もなく、流動的な魂にかぎりなく近いドストエフスキーの描く人物像に注目している。そこでは、肉体はあくまで「器」(vessels)であり、魂は「障壁に制限されない」(The soul is not restrained by barriers)のだ(注8)。彼女によれば、「なんであろうと、人は複雑な流動体、この曖昧な、イースト菌のような、貴重な代物、つまりは魂の器なのである。魂は障壁によって制限されない。それは流れ、溢れ、他の魂と混じり合う」(注9)(同前)。

ウルフは、階級差があり、肉体の輪郭がある「個」ではなく、その「器」(=個)をも越えていく「魂」を描き続けた。「ロンドン散策——ある冒険」では、「いくつもの街角で何度も吹き飛ばされそうになった「自己」」を「近づきたくても近づけないその炎に体当たりする蛾」に喩えている。「蛾」もまた自己の「魂」の比喩なのである。ウルフの短編「蛾の死」(The Death of the Moth)では、四角い窓ガラスの上を、あちこちとしきりに羽ばたいている蛾を描きながら、外に出られなくなった蛾の忍びよる死を感じさせている。他方で、蛾の無我夢中の羽ばたきは生命力に心打たれる語り手の感動を描いてもいるのだ。

興味深いことに、ウルフだけでなく、左川の想像力にも死と結び付けられる「蛾」が存在している。左川は

「死」というものが、身体という殻、あるいは「器」から抜け出すものであることを表現していた。左川の「死の鬚《ひげ》」（一九三一年）という詩には、様々な職業の人間が、「生命よりながい夢を牢獄の中で守つてゐる」こと、そして「刺繍の裏のような外の世界に触れるために一匹の蛾となつて窓に突きあたる」イメージが描かれている（『左川ちか全集』、二八頁）。この詩の最後にある「死は私の殻を脱ぐ」という言葉は、ウルフの蛾の描写を想起させる。

人間の「流れ、溢れ、他の魂と混じり合う」ような魂を描き続けたウルフと、そのウルフの死生観に共感した左川が描いた豊かな自己像は、閉じられた自己像の対抗原理として魅力を放っている。ウルフや左川のモダニズムの実践は、まさに他に開かれた世界観を言葉で紡ぐことであり、その芸術は今日の読者の想像力にも訴えかけてくる。

注

1　チャールズ・テイラー『世俗の時代』（下）千葉眞監訳、石川涼子、梅川佳子、高田宏史、坪光生雄訳（名古屋大学出版会、二〇二〇年）、六五八頁。

2　ヴァージニア・ウルフ『ダロウェイ夫人』丹治愛訳（集英社、一九九八年）、三一頁。

3　左川ちか『左川ちか全集』島田龍編（書肆侃侃房、二〇二二年）、二八六頁。

4　Helen Sword, *Ghostwriting Modernism* (Ithaca &London: Cornhill UP, 2002), p.84.

5　ヴァージニア・ウルフ『オーランドー』杉山洋子訳（筑摩書房、一九九八年）二八九頁。

6　小池昌代編『恋愛詩集』に左川ちかの「緑」が収録されているが、ウルフ、小池、左川の三人には、ある種の文学的系譜があるように感じられる。日本近代文学館の「声のライブラリー」という企画で、小池昌代氏と対談させていただいたときに、小池氏がウルフの作品に共感すると語っておられたが、小池も左川も、ウルフのように、病、死、身体、そして日常生活を女性の視点から描く詩人である。

7　ヴァージニア・ウルフ『波』森恵訳（早川書房、二〇二一年）、五〇〜一頁。

8　Virginia Woolf, *Selected Essays*, "The Russian Point of View", ed.David Bradshaw (Oxford University Press, 2008), p.266-7.

9　「高貴であろうが、素朴であろうが、浮浪者であろうが、立派な貴婦人であろうが」とウルフが書いている通り、流動的な自己は階級で隔てられていない。

（英文学）

青い近代性《モダニティ》

水無田気流

色彩と反転

　左川ちかの「モダニズム詩」は、鋭利かつ色彩の印象が極めて強い。一読するとその色の魅力にとらわれるが、私見では印象が強い順に青、緑、黄金色か。黒、白、そして赤も使われるが、特筆すべきはやはり、「青」だろう。作品を初読した時、脳裏に浮かんだのはワシリー・カンディンスキーが描いた「青騎士《ブラウエ・ライター》」の疾走する白馬に乗る騎士がまとった青い外套や、その影に用いられた暗青色。さらカール・シュミット゠ロットルフの描いた存在感あふれる建物の鮮烈な青色などである。

　たとえば、「左川ちか」の筆名でデビューした一九三〇（昭和五）年発表の「青い馬」は、次のように「青」を使う。

馬は山をかけ下りて発狂した。その日から彼女は青い食物をたべる。夏は女達の目や袖を青く染めると街の広場で楽しく廻転する。

テラスの客等はあんなにシガレットを吸ふのでブリキのやうな空は貴婦人の頭髪の輪を落書きしてゐる。

悲しい記憶は手巾のやうに捨てやうと思ふ。恋と悔恨とエナメルの靴を忘れることが出来たら！

私は二階から飛び降りずに済んだのだ。

海が天にあがる。

（「青い馬」全文）

食物は食用に適するとは思えない「青」を与えられ、馬は「彼女」と呼ばれるように雌馬とも思しき表現となるが、山から駆け降りてすぐ次に主語は「女たち」となり、対象が馬か人間かがあえて曖昧にされる。一方、空は「ブリキ」の無機質な鉄色で、「私」はすでに失われた何かのために飛び降りている。

「海が天にあがる」のは、視線の転倒だろうか。この作品では、「上／下」「自然／人工」の対置が次々と反転していくような手法で疾走する。

他にも、「なぜならば彼らは青い血脈をむきだしてゐた、脊部は夜であつたから。」（「眠つてゐる」より）や、「アスパラガスの茂みが／午後のよごれた太陽の中へ飛び込む／硝子で切り取られる茎／青い血が窓を流れた／その向ふ側で／ゼンマイをまく音がする」（「他の一つのもの」全文）のように、生命の循環を象徴する血や血液が「青」で描かれたり、「果樹園を昆虫が緑色に貫き／葉裏をはひ　たえず繁殖してゐる／鼻孔から吐き出す粘液／それは青い霧である」（「雲のやうに」より）のように、生命活動もまた青。

なるほど血や生命は「青」に象徴されるように、自然の生成力とは別の位相を割り振られる。その端的な宣言のように、左川ちかの詩では「近代の青」が躍る。自然光線が最も美しく輝く青空や水のせせらぎ「ではない」、鮮烈で「不自然」な青が、過去の時代との決別を表明している。

「青い近代性《モダニティ》」は、旧来の「伝統的・普遍的な美」との決別の狼煙であり、ボードレールが「近代生活の画家」で指摘した、「偶然性に支配される不確かなもの」の象徴にも見える。

このボードレールの指摘を引いて、アレックス・カリニコスは「近代社会」の特異性として、「伝統的な社会が有していた静態的な性質から根本的にかけ離れた特質」をもち、「自然と人間との関係は農業生産の反復的なサイクルによっては支配されない」と述べた。

それらに代わり、「物理的な環境に対する統制や改変に向けた組織だった努力により特徴付けられ」るようになった結果、「文化的な慣習や宗教的な信条のような伝統に拘束された社会の諸関係は、ふと気がつけば、連続的な激動の渦の中で一掃されてしまっていた」と（注）。

私見では、モダニズム芸術の作家は、ほぼ例外なく「伝統的・普遍的な何か」が、近代化の渦中で次々と反転する様を切断して見せる術に長けている。左川ちかもまた、さまざまな仕掛けでこの「反転」を描くが、単なる言葉よりも高速でそれを印象づけるため、極めて効果的に色彩を使う。

同じくタイトルに「青」が使われた、「青い道」はさらに直裁的に色彩を描いている（一九三二（昭和七）年）。

涙のあとのやうな空。
陸の上にひろがつたテント。
恋人が通るために白く道をあける。

染色工場！

あけがたはバラ色に皮膚を染める。
コバルト色のマントのうへの花束。

夕暮の中でスミレ色の瞳が輝き、
喪服をつけた鴉らが集る。
おお、触れるとき、夜の壁がくずれるのだ。
それにしても、泣くたびに次第に色あせる。

（「青い道」全文）

「涙のあと」のような空の下、テントが広がり道を白くあけているが、詩が転調するのは視界の近代化を一気にもたらすような「染色工場！」だ。「バラ色」「コバルト色」「スミレ色」と鴉の喪服が混在している。鮮やかな色彩の上に死の影が点在し、最終行で「泣くたびに色あせる」と、感情が工場と対置されていく。

左川ちかの身体感覚と死

　色彩に次いで左川ちかの作品で印象的なのは、「死」を身近に感じるイメージであろう。たとえば一九三一（昭和六）年九月に発表した「死の髯」という作品を、翌三二（昭和七）年三月に「幻の家」と改作して『文学』に発表している。

　この二篇を並べてみる。

死の髯

料理人が青空を握る。四本の指跡がついて、
——次第に鶏が血をながす。ここでも太陽はつぶれてゐる。
たづねてくる青服の空の看守。
日光が駆脚でゆくのを聞く。
彼らは生命よりながい夢を牢獄の中で守つてゐる。
刺繍の裏のやうな外の世界に触れるために一匹の蛾となつて窓に突きあたる。
死の長い巻鬚が一日だけしめつけるのをやめるならば私らは奇蹟の上で跳び上がる。
死は私の殻を脱ぐ。

（「死の髯」全文）

一方、「幻の家」はタイトルから死が除かれるが、中盤急に死が書き手にからみつくようだ。

幻の家

料理人が青空を握る。四本の指あとがついて、次第に
鶏が血をながす。ここでも太陽はつぶれてゐる。
たづねてくる空の看守。日光が駆出すのを見る。
たれも住んでないからつぽの白い家。
人々の長い夢はこの家のまはりを幾重にもとりまいて

は花瓣のように衰えてゐた。
死が徐ろに私の指にすがりつく。夜の殻を一枚づつとつてゐる。
この家は遠い世界の遠い思ひ出へと華麗な道が続いてゐる。

（「幻の家」全文）

「死の髯」と「幻の家」の最大の違いは、行分けした最終行の「死は私の殻を脱ぐ。」が削除され、死が自分の内部から開示されるものから、「私の指にすがりつく」ものへと客体化されている点だろう。前者は聴覚と触覚の詩であり、作品世界の中心は書き手の皮膚感覚だ。一方、後者は視覚の詩であり、作品世界の伸び広がりを客観的に眺めている。

おそらく「死の髯」は左川ちかの初期衝動に基づき「死」は身近な感覚に近く、一方「幻の家」は、推敲の結果客観視されて「近くにあるが距離を取り得るもの」へと変貌を遂げたのだろう。

また、前者は「日光が駆脚でゆくのを聞く。」ように、視界は髯に巻きつかれているのか不明瞭で、上述したように聴覚と触覚が先立つのに対し、後者は「日光が駆出すのを見る。」とあるように、世界と距離をとって眺めている。さらに、「遠い世界の遠い思ひ出へと華麗な道が続」くのを眺めるように、視界は遥か彼方へと向かって終了している。

これはまるで、子どもが成長して自己と他者の分別知を得る過程を描くようでもあり、左川ちかの詩の言葉と身体感覚の関係を垣間見るようで興味深い。

死を内在するものとして描く時の方が、主体である書き手は大きくかつ自他の区別が曖昧であるのに対し、死を客観視する時の視線はどこか寂しげなようにも見える。前者は自己に大きく焦点が当たっているのに対し、後者は自己を俯瞰して撮影した遠景のようにも見える。

通常人間にとって非日常的な「死」が身近であり、他方日常生活を送る場として身近なはずの「家」は「からつぽ」でよそよそしい。だが、たとえば死をつねに感受することを人間の本来性とした「先駆的決意性」（M・ハイデガー）のような大仰さもなく、左川ちかには死が身体感覚の一部で挙動するかのように、身近だ。

逆説的にこの西欧的な死ではなく、身体感覚も含めた「身近な死」が、モダニズム詩人でありかつ東洋的な「生成流転する死」を内面化し、生と死をシームレスに描き得た左川ちかの特異性を表しているようにも見える。

後発近代化国と死のイメージ

さて、左川ちかの詩人としての活動期間は、概ね一九三〇（昭和五）年から亡くなった三六（昭和一一）年と極めて短いが、前述したカンディンスキーらドイツ表現主義の隆盛があったのはその直前の一九二〇年代であり、モダニズムの文化思潮が極東の日本まで波及すると同時に、昭和恐慌とその後に続く第二次世界大戦前夜の雰囲気が充満した不穏な時期でもある。たとえば、一九三一年は満州事変の年、一九三六年は二・二六事件の年だ。

いや、日本だけではない。この時期は世界中が、高速でうなりを上げる近代化とその軋みを受けて、「モダニズム」の暴力性ともいうべき風動に圧倒されていた。それは巨大台風のように、中心点よりもむしろ少し離れた外縁に属す文化圏のほうに、強力な風圧と破壊・再編を要請する。

芸術家は、その先覚である。カンディンスキーはロシア、シュミット＝ロットルフはドイツと、後発近代化国の画家であったのは偶然ではないだろう。

さらに日本にとって、近代化とは西欧化とほぼ等しく、旧来の伝統規範との矛盾や抑圧された精神性などが不気味な濁流となって押し寄せてきた時代に、左川ちかは「モダンガール」として生きた。

ましてや、この時代の日本で人々が人工的に駐屯して作った北海道の余市に生まれ育ち、生まれながらの「故郷喪失者」であった左川の言葉は、土着性からも乖離しているように見える。

よく、左川ちかは「女性性」や「自然」、さらには「生活」など旧来の「女性領域」とされる題材を書かない、と言われる。

私見では、それは意図的な拒否というよりも、積極的な主題選択の結果のように読める。主流文化である男性目線の文学への応答を題材としなかっただけではなく、女性「である」ことと、女性「として」書くことを混同せずに書いた詩人でもあったように見えるからだ。それは、通常モダニズムが男性に割り当てたものの陰画《ネガ》としての「女の声」を選ばなかった、ということでもある。

さらに左川ちかの詩は、「死」だけではなく「病」「衰」など「生／性」と対置される印象を指摘されることも多い。当人の夭逝に引かれてこのイメージは余計に増幅されるが、これも私見ではきわめて率直なモダニズム作家としての題材選択の結果のように読める。

旧来の伝統的で静態的《スタティック》な美、さらにいえば近代化の中で殺された美を直視して、そこから新しい時代の美的なイメージを描こうとすれば、死は象徴としても時代の「現実」としても、身近な題材となるように見えるからだ。その意味で、左川ちかの描いた「青い近代性《モダニティ》」は、時代精神と呼応した稀有な表現世界であり、時代の鋭利かつ鮮烈な切断面であったといえよう。没後八〇年以上を経てなお、その早すぎる死を惜しまざるを得ない。

注　アレックス・カリニコス著、角田史幸監訳・田中人他訳『アゲインスト・ポストモダニズム　マルクス主義からの批判』こぶし書房、二〇〇一年、七一―七二頁。

（詩人）

左川ちかのモダニズム詩

たかとう匡子

左川ちかの詩は一見するかぎり、イメージをさらに斬新なイメージでつないでいく手法で、その詩語の強度といい、時には前衛的な絵画を見るように構図や時間、空間についてもことさら意識して書かれており、その洗練された詩法、イメージ、ボキャブラリーは昭和初期のいわゆる形式主義《フォルマリズム》の美学を軸とした「詩と詩論」系の詩が充溢した時代にあっても、似たようでひと味違った特異な位相を担ったと私は思う。かつて私は『私の女性詩人ノート』を上梓して私なりに詩史的な展望を試みようとしたが、そこでは「女性モダニズム詩の先駆」として左川ちかをみたいと思った。同時に女性詩が圧倒的に少ないということが私の頭にあった。ちかには北園克衛や春山行夫はともかくジェイムズ・ジョイスを訳すように言ってくれた伊藤整らがいたことが大きかったと思う。ちかはシュールレアリストのような自動記述ではなしに、内面描写のひとつとして記憶喚起と言ってもいいような時間の流れを意識している。そして新体詩もサンボリズムも通過せずいきなりそんな詩を書き始めた、ここが左川ちかの面白いところだ。例えば先輩で仲良しの江間章子は小唄調、エキゾチックなもの、官能的なもの、白秋的リズム、こういう日本的情緒の流れのなかにたっぷりいるが、ちかにはそれがまるでない。蒲原有明、薄田泣菫の象徴詩の影響もない。学校では『万葉集』も『若菜集』も当然習っていて教養としては知っているのにそういう日本の伝統的な抒情とは最初から断ち切られている。

昆虫が電流のやうな速度で繁殖した。
地殻の腫物をなめつくした。

美麗な衣裳を裏返して、都会の夜は女のやうに眠つた。

私はいま殻を乾す。

鱗のやうな皮膚は金属のやうに冷たいのである。
顔半面を塗りつぶしたこの秘密をたれもしつてはゐないのだ。
夜は、盗まれた表現を自由に廻転さす痣《あざ》のある女を有頂天にする。

この詩「昆虫」は一九三〇（昭和五）年八月一日、兄川崎昇が編集発行人であった「ヴァリエテ」第一号に発表され、今私の手元にある『左川ちか全集』のふたつめにおかれた作品である。一匹の昆虫に自己を対象化して、電流のような速度で自分も大きくなりたい羽ばたきたいという思いが、手法の上では極めて即物的に描かれており、読後感としては暗示以上に断定である。各行末に句点を置くことでその一行一行を自立させているのも小気味よい。散文のスタイルをうまく取り入れながら、視点をひとつに絞らず、複数の視点で展開しているのも面白い。と同時に「顔半面を塗りつぶしたこの秘密」の秘密がもし伊藤整への恋心だとすれば、大人の世界の秘密を自分は知っているよと、「昆虫」という単語を使うことでちか固有の内心を解きあかすオリジナルな詩となった。この詩を書いたときちかはまだ一九歳、そんな女の子がなぜこのような詩を書いたのか常識では考えられない。計算されたかのように詩語を積み上げ、「私」との均衡を取りながら構築されるちか固有の知性《インテリジェンス》がみごとに作品化されているように見える。ちかは庁立小樽高等女学校を卒業したその年四月、教員免許取得のため同校補習科師範部に進学、一九二八（昭和三）年三月卒業。兄川崎昇や兄の友人で詩の先輩でもある伊藤整を頼って八月上京。そしてその翌年一九二九（昭和四）年三月、川崎昇、伊藤整、河原直一郎により月刊文芸誌「文芸レビュー」が創刊されると、四月発行の同誌二号にはじめて左川千賀のペンネームでモルナールやハックスレーの翻訳を発表しはじめた。ここには伊藤整の手ほどきがあるとはいえ、私にはちかが自ら学んだ英語力を生かし、兄川崎昇に買ってもらった英和辞典と首ったけで翻訳に熱中しているさまが見える。ちかが翻訳したモルナールやハックスレーを私はまだ見ていないが「昆虫」では辞書で翻訳しながら出会った単語、日常生活の中ではとうてい使わないと思われる翻訳で得た単語（＝訳語）を、意識的にしろ無意識的にしろ自分の感性をよりどころにしてとにかく自分の詩の言葉として使いこなしている。「昆虫」はちかが初めて発表した記念すべき第一作。ちかが北海道に育った地方人であったこともまたこのユニークな才能を手助けしたように思う。

月刊文芸誌「文芸レビュー」は川崎昇の自宅を発行所とし、河原直一郎が資金を出し、伊藤整が編集者として創刊された雑誌で、創刊号には春山行夫、安西冬衛、伊藤整、三好達治、百田宗治、河原直一郎、堀辰雄、高村光太郎、北川冬彦、小野十三郎、坂本越郎ら、当時の若いまだ無名の新進の書き手が名を連ねている。ここでは私は一つの傾向に拠ることのないグローバルな依頼の仕方に注目しておきたい。ちかは兄に紹介してもらって、当時銀座和光の裏通りにあった「文芸レビュー」の事務所で北園克衛と出会っている。北園はちかの詩を見てすぐに「白紙」のメンバーに加え、ちかの才能を高く評価した。北園は二科展にも入選したことでも知られるシュールな絵を書く詩人だが、「アルクイユのクラブ」というクラブを作り、そこから「白紙」を創刊していた。「白紙」はのちに「マダム・ブランシュ」と改題されて、ちかも「アルクイユのクラブ」のメンバーとなった。

一九二八（昭和三）年、「詩と詩論」創刊により本格的なモダニズムが起き、その翌年には春山行夫『植物の断面』、北園克衛『白のアルバム』、安西冬衛『軍艦茉莉』が出版されて、それを読んだちかはその時代の先端で書かれるこれらの詩に昭和初期の時代の空気とともにいち早く触れてこういう書き方は面白いと思ったのだろう。そこには伊藤整や兄から受けた影響が無意識裡に歯止めとなる。この一歩の差がとても大事だ。この人たちは詩の大先輩とはいえ、安西冬衛は十三歳、春山行夫、北園克衛は九歳年上のお兄さん的存在で、兄川崎昇とは二歳違い、その一つ下に伊藤整がいた。その限りでは様々な影響を受けるにしても伊藤整や兄の媒介をとおしてである。そこはちかの個性にとって極めて有利に作用したと思う。伊藤整や川崎昇は大正末期から昭和初期のいちばん新しい詩の動きに敏感に反応して仕事をしていて、ちかはそこを仰ぎながら成長してきた。結果としてそれ以前の詩の世界とは無関係な詩を書くのが当然のようになった。

ところで左川ちかはとりわけジェイムズ・ジョイスやヴァージニア・ウルフからその翻訳を通して大きな影響を受けている。ジョイスはアイルランドのダブリン出身、『ダブリン市民』、『若き芸術家の肖像』、『ユリシーズ』の作家で、二十世紀の初頭に出てきたアヴァンギャルドの人。アイルランドの首都ダブリンの街の内部を克明に描いているが、内部というのは常に動揺するから捉えるのは難しい。こういう難しい問題が入ってきたところに伊藤整がいてジョイスに関心を持っていた。ちかはそんな彼のそばにいて翻訳の興味が昂じていった。伊藤整に訳せと言われたら有頂天になった。川崎昇は「単語を夢中でひいていました。型が整うと愛は伊藤君のところにいってみてもらっていました」と言っている。

左川ちかがジェイムズ・ジョイスの「室内楽」（ちかの訳は「室楽」）を翻訳して発表したのは「詩と詩論」第十冊、一九三一（昭和六）年一月号で、第十二冊、第十四冊にもそれぞれ四篇を発表。西脇順三郎の『ヂオイス詩集』は一九三三（昭和八）年だから「室内楽」を訳したのは西脇より二年前、日本では左川ちかが最初である。

突然電話が来たので村人は驚きました。
ではどこかへ移住しなければならないのですか。
村長さんはあわてて青い上着を脱ぎました。
やはりお母さんの小使簿はたしかだつたのです。
さやうなら青い村よ！　夏は川のやうにまたあの人たちを追ひかけてゆきました。

たれもゐないステーションへ赤いシヤツポの雄鶏が下車しました。

この詩「秋の写真」は明らかに物語を作ろうとしている。三行目までは散文的な秩序を持って語りながら、四行目はやや意味の流れから離脱し、五行目には「青い村」という言葉が強烈に飛び込んできて、二連目の「赤いシヤツポの雄鶏」と繋がる。私はここには変貌したい願望のようなものが歌われていると思う。あくまで情緒を断ち切って、自分の感覚を拠り所にして書こうと意識している。ジョイスの意識の流れが無意識のうちに入ってきて左川ちかの新しいセンスを作っていった。さらにいえばベルクソンの、時間という概念を取り入れて、記憶、思い出を現実に参入させている。「詩と詩論」に代表される日本のモダニズム詩と似るようで非なる趣きの決め手になった。ここに左川ちかの特異性、固有性がある。左川ちかのモダニズム詩は今なお色褪せるどころかますます目が離せない。私自身は今もちかの魅力に惹かれている。

（詩人）

「生命より長い夢」——左川ちかと永遠性、そして宇宙

鳥居万由実

　左川ちかの詩が百年以上の時を越えて、現代人の心を揺さぶるのはなぜだろうか。その理由の一つとして、彼女が永遠性を表現していたことがあるのではないかと論じてみたい。「永遠」と言っても、人がずっと存在し続けることとはまた違う。人間のことなど与り知らぬ、人間の世界を遥かに超越して広がっていく宇宙的なものと言ってもいい。そこでは三次元的な時間の観念も乗り越えられるように、何かが生きている時の時間と死んだ後の時間が同時に存在する。生死の境目すら曖昧になる。生と死が、夢と絶望がいつも隣り合わせに息をし、入れ替わっている。

　例えば、「死の髯」と、それを改作した「幻の家」は、そうした意味で対になっている作品だ。

料理人が青空を握る。四本の指跡がついて、
——次第に鶏が血をながす。ここでも太陽はつぶれてゐる。
たづねてくる青服の空の看守。
日光が駆け脚でゆくのを聞く。
彼らは生命よりながい夢を牢獄の中で守つてゐる。
刺繍の裏のやうな外の世界に触れるために一匹の蛾と
　なつて窓に突きあたる。
死の長い巻鬚が一日だけしめつけるのをやめるならば
　私らは奇蹟の上で跳びあがる。
死は私の殻を脱ぐ。

「死の髯」

「生命よりながい夢」とは一体何だろうか。しかも、牢獄の中で「閉じ込められている」のではなく「守られている」。「刺繍の裏のやうな外の世界」という表現を、象徴言語では捉えられない、人間には不可知の世界と解釈

すると、「生命よりながい夢」も、人が生きている時間の中ではそれを完全な形で経験することができないような、不可能な「夢」のことかもしれない。いずれにしても、全体のトーンはどちらかと言えば暗い。

これに対して「幻の家」は料理人、鶏、太陽、看守のイメージを提示した後、次のように続いている。

たれも住んでないからつぽの白い家。
人々の長い夢はこの家のまはりを幾重にもとりまいては花弁のやうに衰へてゐた。
死が徐ろに私の指にすがりつく。夜の殻を一枚づつとつてゐる。
この家は遠い世界の遠い思ひ出へと華麗な道が続いてゐる。

「幻の家」（抄出）

共通のイメージが展開されながら、「死の髯」よりもふわりとした明るさが漂っている。「牢獄」は「白い家」に置き換えられており、牢獄を締め付けていた「死の髯」は、家をとりまく「人々の長い夢」に変化している。鞭のようにしなる髯は、ぐったりと衰え、花弁のように優しい存在へと変わったようでもある。さらに家からは「遠い世界の遠い思ひ出」へと「華麗な道」が続いている。現実では届かない憧憬の世界へとたどり着ける可能性が開けたような、ほのかな希望と風景の見通しの良さを感じさせる。こうした、ネガとポジを反転させたような対の風景が、ちかの詩のところどころに顔を出す。こうした現象は、同じ詩や詩行の中でも起こっている。

例えば、「海泡石」の「暗い夏の反響が梢の間をさまよひ、遠い時刻が失はれ、かへつて私たちのうへに輝くやうにならうとは。」という一節。過ぎた夏の「反響」や失われた「時刻」は、生きる者たちの上に還ってくるのだ。また、「単純なる風景」には「それから夜だ。／人人は家の中にゐる。／／困惑と恐怖におののき／無限から吹き寄せて来る闇。／／また種子どもは世界のすみずみに輝く。／恰も詩人が詩をまくやうに。」とある。人間の時間を超えた「無限」から吹いてくる風から身を守るために、人は家に閉じこもるが、その闇は綺羅綺羅とした光の粒子も連れてくる。暗闇には星粒が浮かび上がる。このようにして、存在と不在の、光と闇の対比と同時存在が見られるのだ。

また、生死も対比されつつ、その境界はどこかへ行ってしまう。例えば「会話」には「――真暗な墓石の下で、すでに大地の一部となり喪失せる華麗な不在者が現実と花苑を乱す時刻を知りたいのだ。」とある。すでに死んで大地の一部となっている「不在者」が甦り、現実に影響を与える予感が抱かれている。それに続く「不滅の深淵をころがりながら、幾度も目覚める者に閧聲《ときのこえ》をつくりその音が私を生み、その光が私を射る。」という一節からは、こうした「不滅」に触れることが作者の感性を生み出すものであったことも示唆されている。ちかは「憑かれた街」で「過去の壮大な建物を／あらゆる他の滅びたもののうへに／喚び起し　待ちもうけ　希望するために／我々の想念をむなしくきづいてゐる美は／時の限界の中で／彼らの悲しみはけつして／語られることはないだらう」と、「美」が過去を他のものの上に甦らせるとしつつ、（人間の持つ？）時間の「限界」によって、そのすべてが語られるものではないと悲しみも表わしている（「滅びたもののうへ」にという表現も不可能性を強調するかのようだ）。しかしそれでも、ちかの世界に「不滅」「無限」など永遠性は力強く繰り返し出現し、崇高な地層のようなものとして宇宙を支えているのではないだろうか。「目覚めるために」には「死んでゐるやうに見える唇の間に／はさまれた歌ふ声の／――まもなく天上の花束が／開かれる。」とある。すでに死んで大地の一部となっている「不在者」が甦り、現実に影響を与える予感が抱かれている。また、「死んでゐるやうに見える唇」は、まだ歌い続け、花束を招いている。

「存在」と「不在」の垣根がなくなる時、そこには「永遠」が立ち現れるだろう。こうした感性の背景には何があったのだろうか。手掛かりは、ちかの自然描写にあるかもしれない。

「冬の肖像」の中で、ちかは躑躅、林檎、桃などの花が燃えたつように花を咲かせ、冬にはそれが雪に埋もれてしまうことについて「さうしたものらが目を奪ふやうなはなやかさで地面を彩つてゐたことを」「うす黒く汚れてゐる雪の中にゐて誰が思ひ出すだらう。遠い世界の再びかへらぬ記憶として人々は保つてゐるのに違ひない。」と語っている。

「遠い世界の再びかへらぬ記憶」は「幻の家」の「遠い世界の遠い思ひ出」を想起させる言葉だ。何もかもを白く覆い尽くしてしまう雪景色、その下で「遠い世界」の記憶のようなものとして息をひそめている命、そして不在だったそれらは春になると息を吹き返す。例えば、「風が吹いてゐる」には「人人は春を待ち／失つた時刻を求め／彼らの瞳のなかへ／もう一度／鷗の帰るのを望むだらう。」と、季節のめぐりを待望する人々が描かれている。雪国育ちのちかは、こうした不在と存在の循環や、今不在であるものの潜在的な持続などを感じて育ったのだろう。

そして、ちかの詩にはこうした自然の季節の循環さえも超えて、さらに広がる永遠の存在を感じさせるダイナミックなところがある。特に、次の作品に顕著だ。

母は歌ふやうに話した
その昔話はいまでも私たちの胸のうへの氷を溶かす

小さな音をたてて燃えてゐる冬の下方で海は膨れ上がり　黄金の夢を打ちならし　夥しい独りごとを沈める
落葉に似た零落と虚偽がまもなく道を塞ぐことだらう
昨日はもうない　人はただ疲れてゐる
貶められ　歪められた風が遠くで雪をかはかす　そのやうに此処では
裏切られた言葉のみがはてしなく安逸をむさぼり
最後の見知らぬ時刻を待つてゐる

「言葉」

　ちかの詩の中でも、もっともダークなイメージが展開される作品の一つだが、ここには無限に広がっていく宇宙空間が現れているのではないだろうか。「小さな音をたてて燃えてゐる冬」は、雪景色の中、暖炉で薪が燃えていて、母が子どもたちに語るあたたかな人間の家を想起させる。次に「下方で」と指示されることで、視線は地面の下へと導かれる。そこで「海は膨れ上がり　黄金の夢を打ちならし　夥しい独りごとを沈める」。「黄金の夢を打ちならし」という激しいエネルギーから解釈すれば、これはただの海ではなさそうだ。海や大地のさらに下、人間の世界の下へと遥かに潜り、地球内部にあるマグマのようなものが想起される。さらに、このマグマの中には「黄金の夢」「夥しい独りごと」が渦巻いているのだ。スケールが大きい。惑星が、そして宇宙そのものが見る夢や呟きのようでもある。

　ついでに言えば、「単純なる風景」の「二頭の闘牛よ！／角の下で、日光は血潮のやうに流れる。」や「五月のリボン」の「暗闇に手をのばすと／ただ　風の長い髪の毛があつた」を始め、ちかには太陽や風、季節などエレメンタルなものを体液の流れる生物としてとらえる感性が強くみられ、このことが宇宙とそこに明滅する生命に有機的なつながりを持たせている。

　ともあれ、こうした、人間の世界を遥かに超越した、宇宙そのものの広がりにも等しいような闇、そしてそこに煌めく光が、左川ちかの世界には存在している。そこは、人間の絶望の中でも、あるいは人間が消滅してしまった後でも続いていく残余、あるいは何か大きなものの気配に満ちている。このことは、ちかの言葉が現代の私達の心にも強く響いてくる理由の一端となっているのだろう。

（詩人・文学研究）

「見るために閉ざす目」は何を見ているのか？

——左川ちかと葛原妙子

渡辺祐真

夜明けを歌う左川ちか

左川ちかの詩を読んでいると、言葉の持つ響きやイメージが集まりながら加速し、熱を帯びるような感覚をいつも抱く。多様なイメージが次々と旋転するのにも拘らず、統一感があるため、言葉の万華鏡というべき絢爛な景色を幻視させるのだ。

例えば「幻の家」という詩。

料理人が青空を握る。四本の指あとがついて、次第に
　鶏が血をながす。ここでも太陽はつぶれてゐる。
たづねてくる空の看守。日光が駆出すのを見る。
たれも住んでないからつぽの白い家。
人々の長い夢はこの家のまはりを幾重にもとりまいて
　は花弁のやうに衰えてゐた。
死が徐ろに私の指にすがりつく。夜の殻を一枚づつと
　つてゐる。
この家は遠い世界の遠い思ひ出へと華麗な道が続いて
　ゐる。

ある朝の訪れを、重奏的なイメージによって歌い上げる。食卓に並ぶ卵が、まるで地球（青空）と重なり、生まれずして絶命した不可視の雛鳥の煌めきが、太陽に擬せられる。規則正しい地球の自転は、融通の効かない刑務官として描かれ、太陽は夜の軛を離れて、高らかに天空へと飛翔する。そして後半、その卵（また、その中で息絶えた雛鳥）のイメージは、夜と死へと引き継がれる。イメージが充満する左川の白い家は、日々の食卓から、「遠い世界の遠い思ひ出へと華麗な道が続いてゐる」。夜明けという現象が、朝にまつわる様々な事物と組み合い、人工的で精密な時間に変貌するのである。

あるいは「青い球体」も素晴らしい。

鉄槌をもつて黒い男が二人ゐる。

向の端とこちらで乱暴に戸を破る。
朝はそこにゐる、さうすれば彼らの街が並べられるペ
ンキ屋はすべてのものに金を塗る。
鎧戸と壁に。
林檎園は金いろのりんごが充ちてゐる。
その中を彼女のブロンドがゆれる。
庭の隅で向日葵がまはつてゐる、まはりながら、まは
　りながら、部屋の中までころげこみ大きな球になつ
　て輝く。

太陽はかかえ切れぬ程の温いパンで、私らはそれ等の
家と共に地平線に乗つて世界一週《[ママ]》をこころみる。

　再び夜明けという大枠で読んでみたい。夜を破るのは、夜明け前の暗さを見に纏う「黒い男」による「鉄槌」。戸が破られ陽が射すと、街が見えるようになる。それを俯瞰的に眺めれば、エヴァの第3新東京市さながら、突如として「街が並べられる」ような劇的な出現にも見える。陽光によって街が輝く様は、「ペンキ屋」によって「金」が塗られたよう。その金のイメージが輝く「りんご」に引き継がれ、その色は「彼女のブロンド」を導く。自由な女性の髪色であり、太陽に擬せられているのもかもしれない。最後にはそれらのイメージが、朝の食卓に並ぶパンのもとに統一され、世界が回りはじめる。

「私」の拡散

　以上見てきた中で特に面白いのは、料理人、鶏、太陽、看守、日光、家、夢、死、男、ペンキ屋、りんご、彼女のブロンドなど、イメージが多様に拡散し、混ざり合っている点だ。

　モダニズム詩は言葉のコラージュをすることで、作者性を抹消することを可能にした。そのため、常に私性に付き纏われていた女性詩人たちの多くは、作中主体と自らとを切り離す方策をそこに見出したのだ。左川もそうした一人だが、彼女の場合は完全に私を消したわけではなく、私性の明かりが仄かに漏れ、その僅かな光は「虫」などに仮託されて読者のもとに届くと指摘されている（注1）。

　先ほどのような詩を見ると、虫だけではなく、りんごや家のような物体、料理人やペンキ屋のような職業人など、様々な視点への変転・拡散を意図としているのではないかと思えてくる。

　実際、どちらの詩にも、重要なところで「私」が登場しており、詩に登場してきたモチーフたちの結節点となっているのは確かだ。左川の詩は、「私」の声が様々なところから聞こえてくるのである（「幻の家」の冒頭に登場する料理人は「四本の指」で握っているが、左川が自らの小指が短いことを嘆いたことと関連があるのかもしれない

（注2）。

　左川が、詩人と画家とを対比しながら、その仕事を論じた「魚の眼であつたならば」では次のように述べている。

りんごといふもののもつ包含性といふものをあらゆる視点から角度を違えて眺められるべきであらう。（中略）詩の世界は現実に反射させた物質をもう一度思惟の領土に迄もどした角度から表現してゆくことかも知れない。

　あらゆる視点というのを、先述のような私性の拡散と解釈すれば、それによって思惟の領土へと現実を広げることになるのではないだろうか。

異界から眺める葛原妙子

　ここでふと、同じく自らを無機物に託したある連作短歌を思い出す（連作から一部を抜粋）。

富士ふかく傷つけしより山巓にむかへる道のしろしろと冷ゆ

富士はいまぼろぼろなれば絶えまなくいづこにか石まろびつつあり

霧の中富士をゆく道絶絵しかばあまたの白き樹のむくろ見き

雲海の底なるひびき富士を割るダイナマイトの鈍き音きこゆ

作者は葛原妙子。左川よりわずか四年年長の一九〇七年生まれ。第二次世界大戦期から歌作を始め、戦後間も無く第一歌集『橙黄』を刊行する。「幻視の女王」という異名、見るために目を閉じるという理念、作風など、左川との共通点は少なくない（注3）。

　この連作は、一つの到達点と呼ばれ、迢空賞に輝いた歌集『朱靈』（白玉書房、一九七〇年）に収められている。歌人の川野里子は、この異質な富士山に、葛原は自己を投影しているのではないかと指摘した上で、自らを一本の道に投影し、近代的自我を詠み上げた斎藤茂吉と対比し、次のように評している。

　ともに風景に相対しつつその風景の奥にあるもの、そこに映る自ら自信を描こうとする連作であることは共通している。しかし「一本道」は風景としては極めて簡素であるが、「富士」の風景は混沌としており実に対照的である（注4）。

『朱靈』には「他界より眺めてあらばしづかなる的となるべきゆふぐれの水」という葛原の代表歌が収録されて

おり、その歌を指して「他界にいるのは他ならぬ「われ」である。」と葛原自らが解説している（注5）。

葛原が自らの依って立つ場所を「他界」と規定したことと、先ほどの川野の言葉と合わせれば、他界とは、一本道のような堂々したものではなく、例えば崩壊寸前の危うい富士のような地点ではないだろうか。苦痛や畏れを引き受けながら、そこから葛原は現実を直視し続けたのである。

左川と葛原

葛原が畏れを引き受けながら異界に身を置いたことは、「魚の眼であつたならば」において左川が、詩の有する彼岸と此岸との混交を指して、「そんな網の目のやうな複雑な部屋の窓を開けることはまたどんなに楽しいだらう。私は自分の力でこぢ開けなければと思ふ。」と述べたことと、好対照を成している。彼女は積極的に、楽しみながら窓を開けるため、私を拡散させた。そして、「遠い世界の遠い思ひ出へと華麗な道」を敷き、「世界一週をこころみる」ことに成功したのである。

左川も葛原も自らを何かに託し、幻想的な風景を作ることにおいて似ているが、「私」を軸としながら多様に拡散させた左川と、異界に基点を置いた葛原とでは、手つきが異なる。その大らかさと慎重さとはそれぞれ、左川が朝から夜へのダイナミックな時間経過を描き、一方で葛原が昼から夜にかけての僅かな逢魔時を好んだこと、果ては詩と短歌という形式にも繋がるように思う。

左川は「瞼の暗がりの中で美しい影の配列を見ることが出来る。」（「水晶の夜」）と歌い、葛原は「あきらかにものをみむとしまづあきらかに目を閉ざしたり」（『朱靈』）と詠んでいる。どちらも目を瞑ることを源としているが、それは現実を遮るためではない。現実をより複眼的に見るために、今ここではないどこかを志向したのだ。彼女たちの覚悟の瞑目は、様々な違いを持ちながら、我々が平生では絶対に見ることのできない、現実の深奥を見据えている。

注

1　鳥居万由実『「人間ではないもの」とは誰か』青土社、二〇二二年

2　島田龍「北園克衛とともに」（『左川ちか全集』刊行記念特典ペーパー所収）

3　島田龍「解説　詩人左川ちかの肖像」（『左川ちか全集』書肆侃侃房、二〇二二年）

4　川野里子『幻想の重量』書肆侃侃房、二〇二一年

5　『わが歌の秘密』（一九七九年、不識書院）

・左川の詩文は『左川ちか全集』（書肆侃侃房、二〇二二年）、葛原妙子の短歌は『葛原妙子全歌集』（砂子屋書房、二〇二〇年）による。

（書評家・ゲーム作家）

とてつもなく美しい秘密

——左川ちかはなぜ書き直しを惜しまなかったのか

クリハラ冉

昨年島田龍編『左川ちか全集』が書肆侃侃房より刊行された（以下『全集』）。単行本初収録となる新発見の詩一篇を含む、現在確認できる全ての詩の他、散文や日記、翻訳等が一冊に纏められている。

これまで『左川ちか詩集』は三回刊行されている。ちかの死から十ヶ月後に伊藤整の編集で刊行された『左川ちか詩集』（一九三六・昭森社／以下『詩集』）、一九八三年小野夕馥・曽根博義・川崎浩典編『左川ちか全詩集』（森開社／以下『全詩集』）、そして二〇一〇年小野夕馥編『左川ちか全詩集　新版』（森開社／以下『新版』）である。『新版』の翌年には小野夕馥編『左川ちか翻訳詩集』（森開社）も刊行されている。

私が初めて左川ちかの詩集を手にしたのは二〇〇三年一月七日。当時は、ちかの詩を読みたいと思っても『詩集』は三五〇部、『全詩集』も五五〇部限定刊行のため入手困難であり、所蔵する図書館も僅か、ほぼ読めない状態にあった。神保町田村書店で森開社版の『全詩集』を見つけ入手した私は、帰宅まで待ちきれず駅前の喫茶店に入り詩集を開いた。読みすすめるうちに心臓がどきどきしはじめた。何か自然の底知れない力にも通じるとてつもなく美しい秘密に出会ってしまったかのような、あの鮮烈な感動は、ちかの詩と出会って二十年経つ今でも少しも色褪せない。

私が所属するえこし会（江古田詩人会）は、主宰の詩人中村文昭を中心に、参加者はみな詩の実作者の立場から「他者に学び、他者に出会う」を基本理念として詩・文学・芸術を学び討議し合ってきた。私がちかの詩と出会った二〇〇三年頃は、二〇〇〇年から刊行が始まった中村文昭編著『現代詩研究』（注1）の昭和篇発刊に向け、収録詩人たちの作品の勉強会を行っていた。私が特に心惹かれたのが左川ちかだった。ぜひ「えこし通信」（注2）で左川ちか特集を組みたいと思い、資料文献調査にあたるとともに座談会に向けて準備を重ねた。

座談会「中村文昭の文学空間　左川ちかの詩」（注3）

では、みな、ちかの詩の素晴らしさに心打たれながら、そのとてつもなく美しい秘密に触れるべく、ちかの詩における美しいイメージ語の流れや暗喩語に満ちた散文脈の構成や、ちか独特の生命思想の視座にからまる夢と現実について討議し合った。この座談会を経て、〝詩は心の言葉の勉強だと思う〟というちかの言葉は私の魂に深く刻まれ、例えば「会話」というちかの詩作品は、その後何度も向かい合い続ける、私にとって最も大切な作品の一つとなった。

　通信刊行の二年後、中村文昭編集長のもと「江古田文学」63号（注4）で特集「天才　左川ちか」が組まれ、私は責任編集の任にあたった。多くの方から原稿掲載や資料提供の協力を得、日藝での詩人城戸朱理氏による特別講演の収録や、学生の論考、評伝、英訳、座談会や年譜資料一覧の掲載等、左川ちかの魅力に多角的に迫る一冊になった。

　今回の『全集』には編者の島田龍氏による精緻な解題が掲載されている。解題には、詩の初出誌や再掲誌と共に、初出稿と再掲稿と昭森社版『詩集』掲載稿との異同が記録されている。詩の異同に関しては、『新版』の小野夕馥による解題でも、大きな異同がある作品に限り、異稿が全文掲載されていた。ただ、島田氏による『全集』の異同は、全文掲載ではなく、特記すべき異同部分を全て抜き出して提示してある。このことにより、ちかが詩作品にどのように手を入れて書き直しているのかが浮かび上がって見えるようになった。解題を一読して、ちかが同じ作品を書き直しながら二度三度と雑誌発表していることに私は本当に驚き感動した。しかもその書き直しは一部の限られた作品ではない。ちかの全詩作品の半数以上が二回以上雑誌発表されており、そのほぼ全てを発表ごとに書き直していることが分かる。詩人ちかのこの書き直し作業は最も注目すべきことだと今回改めて思った。

　左川ちかの詩の異同を見て思うことは、ちかの詩が日本語で表記表現されたものということだ。日本語は、漢字まじり仮名文であり、漢字カタカナひらがなの三つの文字を使い分けている。さらに、句読点をどこに打つのか、助詞は何を使うのか、一字アキや改行、一行アキの有無等の表記表現を繊細に駆使することで、微妙なニュアンスを伝え合うのが日本語の文学作品の特徴であると言える。

　詩は言葉の芸術である。現在、私は日藝文芸学科講師として学生たちと文芸創作の現場で共に学びながら苦闘しているが、どうしても筋書きや言葉の意味のみに重きを置いてしまう傾向にあることは、文学作品行為として警戒すべき注意点の一つであると思っている。特に詩は、一筆書きのように書かれるのが最高だと思ってしまい、書き直すことは敬遠しがちだ。「江古田文学」左川ちか特集の特別講演（注5）で、講師の詩人城戸朱理氏は〝言葉は三つの層をもつ〟と言った。言葉がもつ三つの層とは、形（文字）、音、そして意味である。〝形（文字）と音と意味、この三つの複合体が言葉なのだ〟と。言葉を素材として芸術をつくる詩人の基本姿勢とは、素材である言葉（日本語）を、あたかも事物事象に触るように、幾通りも組み合わせたり入れかえたりして書きかえ、目で読み、声に出してよみ、その音を聞き、納得いくまで表記表現を吟味すること、まさに左川ちかの言う〝言葉の勉強〟なのだとあらためて思う。

「会話」というちかの詩作品を見てみよう。ちかはこの詩を一九三四年三月十日発行の「マダム・ブランシュ」に発表し、その約一ヶ月後、四月一日発行の「苑」に書き直しをした上で再度発表している。詩の構成に変化はないが、数箇所を書き直している。作品「会話」は二人の登場人物の会話として構成されている。作品解読のため、ちかの詩作品自体にはないが、第一の話者をA、第二の話者をBと便宜的に記号を付した上で作品を読んでみよう。

会話　初出稿

A　――重いリズムの下積になつてゐた季節のために神の手はあげられるだらう。起伏する波の這ひ出して来る沿線は塩の花が咲いてゐる。すべてのものの生命の律動を渇望する古風な鍵盤はそのほこりだらけな指で太陽の熱した時間を待つてゐる。

B　――夢は夢見る者にだけ残せ。草の間で陽炎はその緑色の触毛をなびかせ、毀れ易い影を守つてゐる。また、マドリガルの紫の煙は空をくもり硝子にする。

A　――木の芽の破れる音がする。大きな歓喜の甘美なる果実。人の網膜を叩く歩調のながれ。

B　――真暗な墓石の下ですでに大地の一部となり喪失せる限りない色彩が現実と花苑を乱す時刻を知りたいのだ。

A　――

B　――不滅の深淵をころがりながら幾度も目覚めるものに関声となり、その音が私を生み、その光が私を射る。この天の饗宴を迎へるべくホテルのロビイはサフランで埋められてゐる。

（一九三四・三・一〇／「マダム・ブランシュ」14）（注6）

会話　再掲された改稿

A　――重いリズムの下積になつてゐる季節のために神の手はあげられるのだらう。起伏する波の這ひだして来る沿線は塩の花が咲いてゐる。すべてのものの生命の律動を渇望する古風な鍵盤はそのほこりだらけ**の**指で太陽の熱した時間を待つてゐる。

B　――夢は夢**を**見る者にだけ残せ。草の間で陽炎はその緑色の触毛をなびかせ、毀れ易い影を守つてゐる。またマドリガルの紫の煙は空をくもり硝子にする。

A　――木の芽の破れる音がする。大**いなる**歓喜の甘美なる果実。人の網膜を叩く歩調の流れ。

B　――真暗な墓石の下で、すでに大地の一部となり喪失せる**華麗な不在者**が現実と花苑を乱す時刻を知りたいのだ。

A　――――

B　――不滅の深淵をころがりながら、幾度も目覚める**者に閧声をつくり**その音が私を生み、その光が私を射る。

　この天の饗宴を迎へるべくホテルのロビイはサフランで埋められてゐる。

（一九三四・四・一／「苑」2／*初出から書きかえられた部分をゴシック体にした）

　作品は、第一の話者Aと、第二の話者Bとの会話体である。発言はA→B→A→Bと続き、三回目の発言においてはAが言葉を失い沈黙する。そのAの沈黙「――」を受け作品はBの発言で終わる、といった構成である。

　能天気に「神の手は…」と口にするAの発言には楽観的で明るい生命讃歌があり、Bの発言にはそれとは全く違った悲壮な暗さと生命的な希望がある。注目すべきはAの発言の書き直しに比べBの発言における詩人ちかの書きかえの強さである。

　Aが「神」による「時間」を「待つ」のに対し、Bは「夢は夢を見る者にだけ残せ」と言う。初稿では「夢見る者」であったが、改稿で「夢を見る者」と助詞「を」を加えている。そのことで「見る」がより強調され、「夢」を「見る者」＝見者・幻視者（voyante）の意味合いを強くおびる。この改稿は何を暗示しているのだろうか。

　Bは初出稿ではこう言う。「限りない色彩が現実と花苑を乱す時刻を知りたい」と。しかし再掲された改稿では、ちかは大胆な書きかえをしている。初出稿では「限りない色彩」が、改稿では「華麗な不在者」と大胆に書きかえている。つまりAの「神」と、Bの「華麗な不在者」とが、くっきりと対峙するようになっていることが重大である。このBの発言を聞いた時こそ、Aは言葉を失い沈黙するという構成のダイナミズムを作り出していると私は感じる。さて、Bは初稿を踏み越えて改稿でさらに強く言う。「不滅の深淵をころがりながら、幾度も目覚める者に閧声をつくりその音が私を生み、その光が私を射る。」（傍点クリハラ）

Aの「神」が「時間」をもたらす対象は「人」や「すべてのもの」と楽観的で漠然としているのに対し、神というより見者・幻視者・詩人を強調するBは全く違う。改稿では初稿の「もの」が「者」と漢字に書きかえられている。このことで浮かび上がることは、「華麗な不在者」が「鬨声」を「つくる」のは「目覚める者」に対してだけだということだ。「目覚める者」は「夢を見る者」と響き合う。目覚めていて、かつ夢を見る者とは、目覚めているからこそ夢を見ることができる見者・幻視者・詩人のことである。この夢とは、いわゆる夢は夢でしかないという白けた夢ではない。現実にあって決して滅びることのない夢であり、2＋2＝4の散文的な現実を乱す強靭な夢である。

実に、左川ちかの詩作品を何度も書き直すという作業には、こうしたとてつもなく美しい秘密に迫ろうとする詩人としての情熱と誠実さとがある、ということだ。

今、二〇二三年夏、日々底知れないおそるべき自然の力が私たちの日常や現実を襲い続けている。いのち生み彩り育む自然が見せるとてつもなく美しい秘密に言葉を失ってしまうが、左川ちかの詩作品「会話」には、夢を見ながら現実を生き抜くために必要な、強靭な夢のとてつもなく美しい秘密の扉を開く鍵があるように感じてしまう。

あらためてこのたびの島田龍編『左川ちか全集』刊行の意義に感じ入り、詩人の中の詩人である左川ちかの書き直しの過程に触れられたことを、ちかの詩を愛する者の一人として心から喜びたいと思う。

（近代女性詩人研究）

注

1　中村文昭編著『現代詩研究』明治篇・大正篇・昭和篇・現代篇全四巻。二〇〇〇年～二〇〇四年・ノーサイド企画室刊。昭和篇に左川ちかの「鐘のなる日」「昆虫」「緑の焔」「雲のやうに」収録。同篇の栞にクリハラ冉「左川ちか詩集」掲載。

2　えこし会（江古田詩人会）が発行する詩のフリーペーパー。現在「えこし通信」27号まで発刊中（編集人＝クリハラ冉）。

3　「えこし通信」創刊準備六号　小特集　天才詩人左川ちか（二〇〇四年・えこし会）に収載。後に「江古田文学」63号に再録。

4　「江古田文学」63号　特集天才　左川ちか（二〇〇六年・日本大学藝術学部 江古田文学会）。編集長＝中村文昭、特集責任編集＝クリハラ冉。

5　城戸朱理講演「左川ちかと吉岡実　詩語の魅力と魔力」。二〇〇六年十月十七日、日本大学藝術学部文芸学科にて。「江古田文学」63号に収録。

6　「マドリガルの紫の煙」の「マドリガル」は煙草の銘柄。林芙美子『放浪記』にも「マドリガルと云う煙草が買いたかったのだ。」とある。

川崎愛から左川ちかへ

——三原色としての余市

盛昭史

一九一一年二月、のちに詩人左川ちかとして活躍し、その才能を惜しまれつつ早世した川崎愛（かわさき・ちか）が、北海道余市郡余市町大字黒川村に生まれた。ちかは、本別村の叔母の元に預けられた六年間を除き、十七歳までの足掛け十一年余りをこの町で過ごした。

日本海に面する余市は、江戸時代からニシンの千石場所として栄え、明治に入ると戊辰戦争で敗れた旧会津藩士団が入植、リンゴ栽培に成功して農業の基礎が築かれた。一九〇二年の鉄道の開通も相まって市街地は徐々に拡がり、ちかが生まれる十年余り前の一九〇〇年七月、余市は他の十五町村とともに北海道一級町村に指定された。「余市町」の誕生である。ちかが生まれ育った時代は、余市町にとっても成長期に相当していた。

島田龍氏の詳細な調査（『左川ちか年譜稿』二〇二〇）によれば、ちかの祖父川崎長左衛門は町内の登地区に二十町歩（約六万坪）の土地を有し、伯父久五郎の代には、原野二万一千坪の払下げを受けている。一九八六年に登町区会が編さんした『登郷土誌』には、川崎家に関する直接の記載はないが、付図の「大正初期以前登町在住者名」に川崎久五郎の名前が見える。位置は地区のほぼ中央、市街地に通じる本線から分かれて、丘陵地へと向かう道沿いである。現在この周辺は、醸造用ブドウの栽培地として整然とした園地が一面に広がり、往時の姿は留めていない。それでも、少し足を延ばせばリンゴ園は今でもそこかしこにあって、雪解け後の五月には白い花を咲かせる。少女期のちかが見た風景だ。

ちかが母や兄と暮らした大字黒川村二十二番地の周辺は、今では大型商業施設や中層のマンション、民家が立ち並ぶ中心市街地になっている。しかし、当時は低湿地が広がる未開拓地であり、海からちかの家まで二㎞足らずの間に遮るものはほとんどなかった。時化《しけ》の日には、海鳴りの音がちかの身体を揺らしたに違いない。激しい波の音を、次の波の音が打ち消す。その響きを、後年ちかは「ごんごん」と表現した。

「揺籃はごんごん音を立ててゐる」「私は叫ばうとし　訴へようとし　波はあとから　消してしまふ」

（「海の捨子」）

一九二三年四月、十二歳になったちかは、庁立小樽高等女学校へ入学した。汽車での通学である。ちかの家から駅までは、小走りに急げば五分ほどの距離だ。駅舎や線路の位置は今も変わらない。海沿いに平地を走る線路は、蘭島駅を過ぎるとすぐに山間に入って塩谷駅に向かう。両側の斜面にはイタドリが生い茂り、線路脇まで葉を伸ばしていた。溢れる緑色で、ちかの眼が痛んだ。

少女の頃の汽車通学。崖と崖の草叢や森林地帯が車内に入つて来る。両側の硝子に燃えうつる明緑の焔で私たちの眼球と手が真青に染まる。

（「暗い夏」）

やがて、連続する四つの短いトンネルを抜けると、眼下に一瞬、小さな湾が現れる。伊藤整が『海の捨児』に歌った、塩谷の浜だ。一九二八年八月、ちかはその伊藤整を追うようにして上京する。十七歳の出立だった。

ちかの詩才は、東京で開花した。震災からの復興著しい銀座の街を遊歩し、映画や書物、英詩の翻訳、詩人たちとの交友関係を通して、モダニズムの核心に触れ、独自の詩の世界を作り上げていった。故郷である余市町の風景、少女期に感受した波の音や溢れる緑は、抒情を排した硬質な詩の言葉に変容した。川崎愛から左川ちかへ。痩身の少女は黒い服を纏ったモダニズム詩人に変身し、詩表現の最前線に躍り出て、短い生涯を終えた。

ちかの遺骨は、余市川にほど近い町内の美園墓地に埋葬された。対岸には、石造りの壁に赤い屋根をのせた、ニッカウヰスキーの建物が立ち並んでいる。一九三四年に竹鶴政孝が創業したこの蒸留所を、ちかが見ることはなかった。

コロナ対策による行動規制が解除され、余市駅の周辺には、ニッカ工場を訪れる観光客の姿が見られるようになった。その中に、稀にではあるが、左川ちかの足跡を訪ねたいという人がいるのだと、観光関係の方から伺った。ちかが川崎愛として生きた、その町の風景に触れたくて、駅に降り立ったのだという。うれしい話である。

ちかの詩の中に、北国の小さな町で過ごした少女期の体験は、果たしてどんな形で潜んでいるのだろうか。その詩は理知的かつ都会的であり、追憶や感傷とは無縁に見える。それでもなお、その独自な詩表現の底に、三原色のようなものとして余市の風景があるのではないか。そう、小さな声で言ってみたいのである。

（公益財団法人北海道文学館評議員・前余市町史編さん室長）

詩人の故郷・余市

川村 湊

左川ちかが、北海道の余市町出身であることはよく知られているが、その他の余市出身の文学者も少なくはない。彼女と同じく余市生まれで、同じ小樽高女に通った大野百合子（一九〇八～一九三八）は、左川ちかより三歳年上の詩人である。宮崎丈二に詩の教えを受け、同人誌『河』に詩を発表していたが、生前に一冊の詩集もなく、死後に宮崎丈二により『雪はただ白く降りて』という薄い詩集が編まれた。そのなかの「窓」と題された詩――。

詩を書こうとして／自分はぼんやりと／何かを見ている時が多い／机の置かれた窓から／／或る時は／雨のふりそゝぐのを見ていた／空の色をそうして又夏の暮れ方などは／夜店へ行く花の車を／けれどこの頃はその窓硝子に／時折り雪の花が咲く／／自分はながい事こゝに坐り／ながい事ぼんやりと見ている／しかし自分は／いつかそれを楽しんでいる

能動的ではなく、ただ窓の外を眺めているのが彼女の詩の書き方で、その静謐な詩風は、左川ちかの激しいまでの動きのある詩とかなり異なっていることが知れるだろう。

　左川ちかと同じ大川尋常小学校の卒業生には、十歳年上のアイヌの歌人・違星《いぼし》北斗（一九〇一～一九二九）がいる。鰊漁場、果樹園などの産業で経済的に豊かだった余市には、アイヌコタンがあった。余市という地名の起源そのものが、アイヌ語のイヨチ、イオチの両説があり、イヨチが温泉のある所とし、イオチを蛇の出るところとする。

　余市川の畔には今も余市川温泉（宇宙飛行士・毛利衛の実家）があり、「宇宙《そら》の湯」として知られているから、イヨチ説にも妥当性がある。いずれにしても、アイヌ文化と関わりの強い余市だが、違星北斗のような出身のアイヌにも、厳しい民族差別の現実があったことは否めない。「岸は埋め川には橋がかかるともアイヌの家の朽ちるがいたまし」「亦今年不漁だったら大へんだ余市のアイヌ居られなくなる」といった北斗の歌は、それを物語っている。余市の町の栄枯盛衰をアイヌの側から見ているのである。

大川尋常小学校卒業者のなかには、二歳年上の詩人・和田徹三（一九〇九〜一九九九）がいる。伊藤整、左川ちかと同時期に『椎の木』同人だったが、作風の違いで左川ちかの詩については否定的な考えを持っていたらしい。吉田一穂の流れを汲む、形而上的な詩風で、英文学の翻訳・研究でも知られる。伊藤整、左川ちかと違って、生涯、北海道を離れなかったのも、彼らの間に懸隔のあったことを告げているだろう。

> このどす黒い　冬の海のどこかに／夏の色がかくれているはずがない。／さまざまなものを　ただ映しているだけで／海にじぶんの色など　あろうはずがない／人は　いつからかじぶんにあわせて　こころを切りとってきた。／しかし　海にはじぶんというものがない／それは　ただはてしなく広い。／人のこころの　原型のように……

この「海」という詩を見ても、左川ちかの余市の海と、和田徹三の海との共通性と相違とがわかるはずだ。左川ちかの海は、荒々しい自分の心を忠実に反映しており、和田徹三の海は思弁的で観念的だ。

余市の町は大きく分けると、漁村としての地区と、果樹園、商業の町としての大川地区とに分かれる。余市川の流れを境に分けられるその境界を、子供の頃に犯すことは冒険だったと美術評論家の酒井忠康はいう（酒井氏自身は、自分の余市での幼少年時代を素材に『海にかえる魚』という童話集と、『積丹半島記』というエッセイを書いている）。こうした分け方とは別に、海を観照する立場と、海の荒々しさにそのまま没入してゆく在り方の二通りがあったと思われてならない。

吉田一穂、伊藤整、小林多喜二などの道南出身の文学者のなかで、左川ちかはひときわ輝かしい光芒を放っているのだが、余市という彼女にとっての揺籃の土地が、文学者を多く輩出させた創造的風土を持っていたことは特筆されてよい。山と海、果樹園と河川、そして光と影という「自然」が溢れ出さんばかりにみなぎっている。左川ちかの詩は、そこから生まれた。

違星北斗

大野百合子

余市の林檎収穫

余市海岸鰊沖場の光景

本別

協力：本別町歴史民俗資料館・本別町図書館・本別中央小学校

戦前の本別尋常小学校校舎全景
（本別中央小学校10周年記念誌）

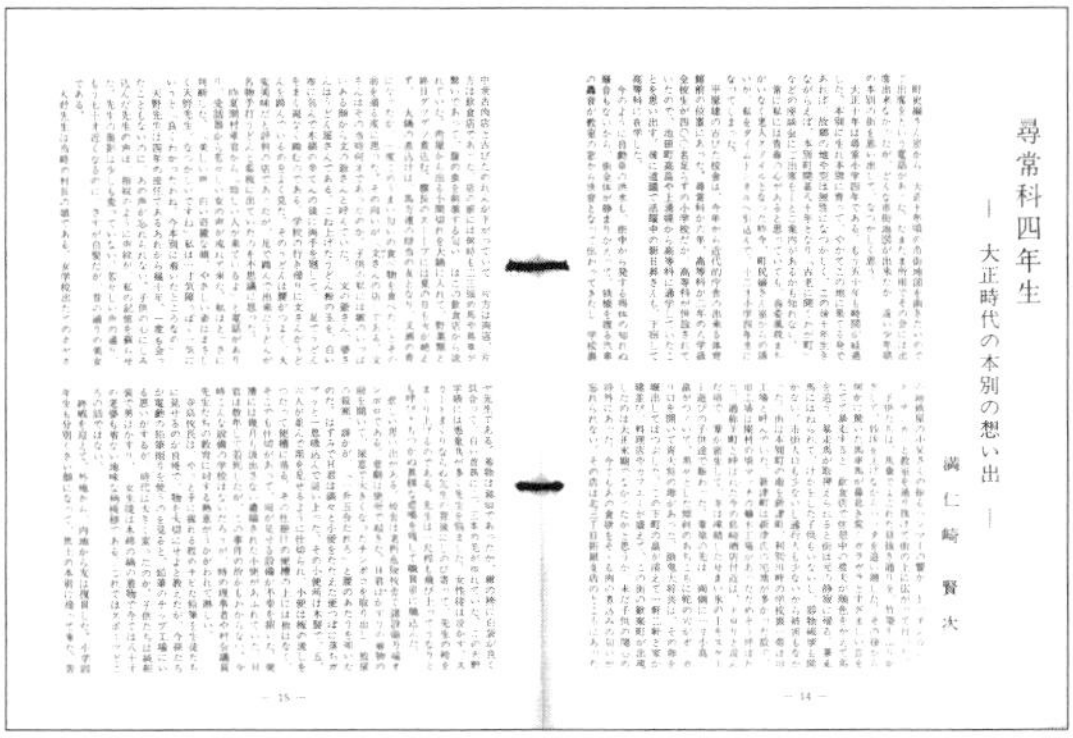

尋常科四年生
— 大正時代の本別の想い出 —
満仁崎賢次

— 14 —

— 15 —

満仁崎賢次（川崎愛の同級生）
「尋常科四年生
—大正時代の本別の想い出—」冒頭
（本別町文化協会機関誌『沖積土』３号）

余市

協力：余市水産博物館・大川小学校

大川町全景

余市町役場

川崎家本家墓地

黒川町（明治30年代）

余市町立大川尋常小学校

大川尋常小学校卒業証書台帳

左川ちかが過ごした本別

田野美妃

北海道の東部、広大な十勝《とかち》平野の東北部に位置する本別町は、人口六二五五人（二〇二三年五月末現在）、山々に囲まれた「日本一の豆のまち」。日照時間が長い、昼夜の気温差と夏冬の寒暖差が大きい、利別川《としべつがわ》とその支流により水資源が豊富などの気候と地形の恩恵を受け、昔から品質の高い豆が多く生産されている農業の町である。

　この小さな町（当時は村）で、左川ちかは小学生時代を過ごした。島田龍氏から電話をいただくまで、私はそれを知らずにいた。住み慣れたわが町だが、まだまだ知らないことばかりである。

「サガワさんというお宅なら、町内にありますよ。親戚でしょうか？」

「ペンネームなので違うと思いますが……左の川と書きますか？」

「いいえ、にんべんが付くサガワです」

　的外れなことばかり話す私に、氏は根気強く、かなりの熱量をもって語り続けた。「ちかが本別にいた」ことを。

一九一七（大正六）年、経済的事情により本別の叔母に一人で預けられたちかは、本別尋常小学校に入学。一二歳で余市の家族の元へ戻るまでの六年間、ここで暮らした。叔母の情報が少なく、分からないことばかりで、本名の川崎さんというお宅は今でも町内にあるが、ちかのことを知る方はいないようだ。

　当時の本別村の人口は一三九五六人（一九二〇年国勢調査）で、現在の二倍以上。わが町も第一次世界大戦の波に乗った空前の好景気を迎え、産業経済が賑わい、豆成金や澱粉成金が現れ、十勝では帯広に次ぐ繁華街を誇っていた。停車場通りには飲食店が立ち並び、道路を馬が往来していた。郊外には製紙工場、亜麻工場が次々と開設され、映画館もできた。道路や橋などのインフラ整備も進み、教育機関も充実した。

　ところが、一九一九（同八）年と一九二二（同一一）年、大水害に見舞われる。利別川が氾濫したため、市街地のほとんどは浸水し、濁流に押し流された流木や丸太に

大正一四年頃の本別市街全景

よって橋という橋は流失したという。幼いちかはこの洪水の恐怖を体験したに違いない。

　歴史民俗資料館に、大正末期に撮影された一枚の写真が残されている。市街地東側にある諏訪山《すわやま》辺りから見下ろしたと思われ、「本別市街全景」とキャプションがある。写真中央から上部に向かって流れているのが利別川。先住民であるアイヌの人々が「アコル・ポロ・ベツ＝我々の親なる川」と呼んだこの川沿いに河岸段丘が発達し、その上に市街地が形成されている。中心部から左側、煙突の目立つ大きな建物が尋常小学校。下の方には国鉄池《ち》北《ほく》線の線路も見え、本別駅の跨線橋や大きな木工場と木材を積み上げた土場、農業倉庫群も確認できる。

　ちかはどの辺りに住んでいたのだろう。賑やかな商店街や住宅地を歩いて通学したのか、橋や踏切を渡って遊びに行ったのか、ずっと気になっている。そして、亜麻畑や農耕馬を近くで観察したり、押し寄せてくるような山の新緑を感じたりしたのではないかと、私は思いを巡らせてしまう。

　子供時代は惨めなことが多かったように記しているちかだが、この地で特技の裁縫を叔母から習ったという。折しも本別精華裁縫女学校が創設されたのが一九一九（同八）年。教育に熱意をもった町民らによる設立運動が実り、この地域ではいち早く誕生した女学校である。本別では、女子の教養としての裁縫が家庭教育として普及していたと考えられる。

　残念ながら、本別でのちかの足跡について詳細は確認できていない。島田氏が来町して、当館の他にも図書館郷土資料室や母校の統合先である本別中央小学校で資料調査をされたが、新たな手がかりは見つからなかった。それでも、ちかが本別で暮らした歳月は作品の中に生きているはずだ。余市、小樽、東京につながる小さな原風景を探しながら、これからも読んでいこうと思う。

（本別町歴史民俗資料館）

本別に生まれて

多賀 新

昨年、島田龍氏から「左川ちか全集」が送られて来た。夭折の天才詩人で一〇〇余年前、本別にいたという共通点から話が有り、わたしの個人的なことを記す。当時、本別の人口は約一八〇〇〇人と聞いていたが、現在は七〇〇〇人を割っているという。一九四六年一二月、多賀家の次男として生を受ける。五人兄弟（四男一女）。家業は食堂、結婚式場、寿司屋として長男（幸太郎）が家を継ぐ。幼少の頃の記憶は余りないが、大相撲夏巡業本別町の時、立浪部屋の力士が家に宿泊したことは鮮明にある。父の影響で小中学時代は野球少年だった。又、画家の有田先生の自宅によく遊びに行き、油絵を初めて見て好奇心が芽生える。本別には絵を描く凄い人がいて、中でも古賀喜久男氏（故人）の作品は北海道の大自然を認識することになる。鹿追町の神田日勝氏（故人）とも高校生の時、二度も帯広の画廊（無名時代）でお会いし、刺激を受ける。私が生まれる前年一九四五年七月、本別の街は米軍の空襲で焼野原となった。中学時代もう一つ夢中になったのは「江戸川乱歩」の小説、映画だ。少年探偵団になりきり乱歩の世界の都会の廃墟にイメージを被せひとり遊びの想像に耽った。後の春陽堂書店から依頼された「江戸川乱歩・文庫全集」装画三〇巻の下地になる。家業が飲食店ゆえ街の人々の無様で善良な酔っ払いを見ていた。朝起きるともう茶の間で酒を飲んでいる客が毎日いた。学校から帰って来てもまだ飲んでいる。冬の日、馬ソリで飲みに来て帰りはへべレケ（お客）を馬ソリに乗せて馬の尻をたたくとちゃんと家に帰る。昔、聞いたことではあるが酔っぱらって寝てしまい途中馬ソリから放り出させれて凍死した人もいたそうだ。習わぬ小僧が経を読むではないが、戦争から生き帰った大人たちは酔うと円陣を組み軍歌を歌って泣いていた。それゆえ軍歌の何曲かは今でも覚えている。父は中国満州から散々ヒドイ目に遭い（又して来たであろう）帰国した。生前ひと言も戦争の話はしなかったし聞かなかった。先祖は富山県富山市。祖父が何らかの事情で北海道に渡って来た。どうして本別に？　それさえも何も聞いていないのが今思うと口惜しい。富山市には古い天保一二年多賀家の墓があり一度だけ墓参りをした。後に父が本別に墓を建てる。高校に入りまもなく野球に挫折し悶々としていた時、学校の行事で仮装行列があり私が映画で見た「鯨神」を元に四メートルほどの鯨をベニヤ板とリヤカーで作り二等賞を受けた。その時の担任の鈴木宗男先生が美術に向いていると助言される。二年生になったら美術部に入ろうと思っていた矢先、本別高校が三月に全焼してしまう。なんと学校が消えた。二年生時は仮校舎、ベニヤ板の教室、美術部も先生もいない。三年生になり署名運動をして美術部を作る。部員二人、指導者もいない。やっとの思いで石膏の「ブルータス」を購入してもらい一年間ひたすら描いた。ハズレ次男の私は一九六五年三月一八歳で上京する。種々のバイトの後、ストリップ小屋に常番として住み込み、その後、数年かけて独学で銅版画を制作する。一九七四年初個展（銀座・シロタ画廊企画）。翌一九七五年初めての海外旅行。当時西独のハンブルクへ。飛行機から見えた風景は北海道・十勝平野とそっくり。黒い森、サイロ、牛馬、ジャガイモ畑。地平線の見える十勝の自然のすばらしさを再認識した。本別には伝説の義経山と弁慶洞がある。麓には夏川公園（現・本別公園）が有りいく度も空想の世界にいた。まもなく本別の家族、末弟、父、母、長男が数年の間に病死して店は崩壊して実家はもうない。東京に出ていた弟（三男・国家公務員）も近年病死。私も五二歳（一九九九年）の時、食道癌、胃癌を宣告され手術を受ける（現・がん研有明病院。奇しくも左川ちかも一九三五年胃癌で入院している）。転移があり、一年間抗癌剤で治療を受けて生還する。リハビリ後、二〇〇一年四国八八ヶ寺お遍路巡礼、一五〇〇キロメートルを四七日間で完歩結願する。空海の道を歩き生かされていることに感謝元気に。現在も制作の日々、国内外で個展を四十数年続けている。本別の事、以前は知るよしもなかった「バロン西」の存在、本別の資料館に西竹一氏の足跡がある。時が時であれば唯一無二の偉人、硫黄島で玉砕、残念でならない。本別も過疎化が進む。そして知る人ぞ知る幻の詩人・翻訳家左川ちかが本別（六年間）にいた。小樽・東京で活躍、将来を嘱望されながら余りにも短い二十四歳で没する。早熟な才能の女性であり、諸行無常の宿命を思う。バロン西、左川ちか、今思うと本別の赤黒い谺を感じている。豆の町本別町。望郷と共に忘却の彼方にある生れ故郷。「方丈記」（鴨長明）行く川の流れに身をまかせ、外国四三ヶ国を旅して来た。陰陽道にひと知れず導かれ七六年も生きて来た我が道程と重ね「左川ちか」の短い足跡を回顧、もしもの、その後を想像している。

（銅版画家）

左川ちかと小樽高女

本間達洋

今、私の手許に大正一二年（一九二三）四月の庁立小樽高等女学校の（小樽高女又は庁女《ちょうじょ》と称した）の入学記念アルバムがあります。小型で薄手（一二頁）の可愛らしい写真帖ですが、いろはにほ五クラスの写真と氏名印刷付きで当時は高価だったと思われ、小樽高女入学の重みを感じさせるものと思います。川崎愛は大正一二年四月に入学。この写真帖の一年ろ組、前から二列目、右から五人目にやや面長の小柄な姿で写っています。兄昇が心配したほど受験勉強に打ち込み、仲良しの三人と共に目出たく入学して希望に溢れていた頃でしょう。この頃の小樽は第一次世界大戦中の空前の輸出ブームによる経済の活況は既に下火となり、全国的な不況の渦中にありましたが、樺太始め北方に商圏を有し、現在も有名な「小樽運河」が同じ大正一二年に完成し、依然道内最大の商都の地位を保っていました。人口も大正一一年（一九二二）には一一万七千人を数え、それまでの区制から市制の小樽市となります。それ故大正期に入ると公私立の中等学校、高等女学校の新設と間口増大の要望が全国で高まる傾向を受け、まず小樽高女では開校当初から一学年一〇〇人、二学級だった間口が大正九年（一九二〇）に一五〇人、三学級、次いで大正一一年には二五〇人、五学級にまで拡大します。愛は五学級になって二年目に入学した生徒でした。更に小樽市は大正一〇年（一九二一）に市民の強い要望と市内経済界の援助により待望されていた小樽高女についで二校目の公立高等女学校として小樽区高等女学校を開設、市制移行に伴い小樽市高等女学校（市女《いちじょ》）と改称し運営します。愛は「市女」進学も可能でしたが「庁女」を選択したのでしょう。「良妻賢母」の庁女、「創造と自由」の市女と校風を異にする二つ公立高等女学校のライバル関係は、敗戦後の学制改革まで続きます。市女の「創造と自由」と呼ぶ校風は、この時代を特徴づける大正デモクラシーの影響を表しており、明治期からの画一的教育から脱却して、多様性や創造性を模索する教育思想は小学校から大学に至るまで全国的な広がりを見せ、折からの進学熱と相まって多くの特色ある学校（特に私立大学）が誕生します。庁女でも愛が入学した翌年の大正一三年（一九二四）七月に着任した第五代小川幸太郎校長のもと、東京女子高等師範学校（現お茶の水女子大）を卒業後、母校の庁女に赴任した教師達（昭和五年までに延べ一四名を数える）が中心となり、「良妻賢母」だけでない生徒個々の能力を伸ばし、上級学校志向に重点をおく教育方針が約一〇年間続けられます。愛の在学中に目をかけて指導してくれた本間重先生（歌人小田観蛍夫人）は女性教師陣の代表と言える存在で、昭和一六年（一九四一）に退職するまで庁女生徒に多大な影響を与えています。後に愛が上京後、桜陽会東京支部でお世話になった河崎なつ女史（後の参議院議員）も東京女高師出身で、明治四五年（一九一二）から大正五年（一九一六）の間、庁女で教鞭をとっており、母校に戻った教師達の恩師であり、東京女高師の大先輩でもあります。愛は昭和三年（一九二八）三月卒業するまで五年間、余市、小樽間の汽車通学の四季の中で詩才を育み、後の一大飛躍前の助走時代を過ごし、八月に兄のもとへ上京する時は小樽と逆方向の函館に向かい、決然と少女期（庁女時代）に別れを告げたものと思われます。不安を抱えて東京へ向かう車中、少し前までの通学時代と同じように車外の風景をジッと見つめながら、内面の心象風景を斬新な響きを持つ煌めくような言葉に置き換えて頭の中で紡いでいる彼女の姿が浮かんできます。愛が去った後の小樽高女は創立二五年を迎えた昭和六年（一九三一）が最も高揚した時期で、同窓会も現在と同じ「桜陽会」と改称されます。しかしこの年九月の満州事変、翌年五月に小川校長が退職すると、特色ある教育方針は、次の第七代葛谷謙一校長が着任するとすぐに変更され、以後準戦時体制下の非常時教育となります。昭和一一年（一九三六）一二月に刊行された桜陽会会報誌「華園《はなぞの》」（創立三〇周年記念号）の末尾に、この年一一月現在の桜陽会会員異動欄に「川崎愛、死亡」と記載があり、おそらく同期の友人達（根上律、野澤郁）が自分達の住所異動と共に「ちか」の死亡を小樽の桜陽会に逸早く連絡したものと思われます。一方で同じ会報誌上に「ちか」の三期上の西村喜久子氏（庁女一六回、画家、昭和四年帝展入選）の満洲紀行記の一文が掲載され、昭和一一年度文展に再度入選し、今後の活躍が期待されているのに比べると「ちか」と「小樽高女」のつながりを示す唯一の消息記載が「死亡」とは誠に残念で、勝手な想像ですが、「左川ちか」ではなく「川崎愛」の名で世に出ていれば、地方である小樽サイドの人々の受けとめ方も違っていたのではと思えてなりません。

（桜陽会相談役）

左川ちかの通学列車と、北国の緑

玉川 薫

私は生まれ育ちが北陸の福井市で、広々とした牧場やポプラ並木に憧れて北海道の大学に進んだ。初めての夏休みになるころ、折角の北海道、近郊の原生林の面影をやどす道を歩いてみたいと列車に乗った。

数駅もすればそんな駅に降りることができる。北国の夏はおもいがけず日差しも強くすぐに日陰を求めたが、そこで私は初めて北海道の緑にたじろいだ。イタドリ、フキ、クマザサのたぐい、あるいはエゾニウなどという植物か。どれも巨大で猛々しい。それらが幾重にも重なりその量感に押しつぶされそうだった。野性の植物のむせるような青臭さもこの地で初めて意識したように思う。

数年して、伊藤整の「生物祭」という短編を読んだ。

「私の幼年の情感のなかに群がり、私の夢のなかに重い葉を揺るがしながら、いつか記憶の奥に埋もれていた北国の風物である落葉松や、虎杖や、蕗や、蓬が、そこの斜面を満たしているのを見ると、私はその中へ倒れ込みたい衝動を感じた。そして林の中から聞える間の延びた閑古鳥の声が、私のずっと奥の方の、抑制することもできない感情を掻き乱した。私を呼びもどしたのは父の病気であった。それなのに、私の這入って来たところは、人を狂気にするような春の生物等の華麗な混乱であった」。

驚いた。この人はこの地で育った作家なのに、人の心を狂わせるような「北国の緑の恐怖」を全身で感受している。

伊藤整と関わり深い詩人、左川ちかの詩から、私はもっと深く、さらに誘い込むような「北国の緑の恐怖」を感じた。

「朝のバルコンから　波のやうにおしよせ／そこらぢゆうあふれてしまふ／私は山のみちで溺れさうになり／息がつまつていく度もまへのめりになるのを支へる」

（「緑」）

「果樹園を昆虫が緑色に貫き／葉裏をはひ／たえず繁殖してゐる。／鼻孔から吐きだす粘液、／それは青い霧がふつてゐるやうに思はれる」（「雲のやうに」）

二〇一三年に行った「左川ちか展」のために、私は左川ちかの詩に登場する植物を抽出してみた。

落葉松、林檎、アカシヤ、向日葵、青樹、躑躅、桃、山吹、無花果、プリムラ、桃花心木、栲、枸杞、忍冬、薔薇、亜麻、篠懸、楡、アスパラガス、ゼンマイ、葡萄、タイム、サフラン、ライラック、梨、パセリ、欅、ダリヤ、オダマキ、オドリコ草、灯心草、南天、杉、笹、すぐり、いたどり、すかんぽ、野苺、石楠花、紅百合、ベコニヤ、キャベツ、鉄砲百合、燕麦、ポプラ、麦、莫連芝草、茴香

趣味で植物画を描いている女性たちのサークルを訪ね、これらの植物の絵を集めた。ほんとうは活きた草花と野草で会場を埋め尽くしたかったのだが。

「私はこの季節になると眼が悪くなる。すつかり充血して、瞼がはれあがる。少女の頃の汽車通学。崖と崖の草叢や森林地帯が車内に入つて来る。両側の椅子に燃えうつる明緑の焔で私たちの眼球と手がまっ青に染まる」

（「暗い夏」）

少女の頃の汽車通学。そこで伊藤整と左川ちか（川崎愛）は初めて出会った。伊藤整は小樽高商の学生で、やはり通学列車で知り合った余市の女学生と恋愛し、性的な関係も持った。同じ車内にやはり余市から庁立小樽高女に通う左川ちかがいた。

「彼女は面長で目が細く、眼鏡をかけ、いつまでも少女のように胸が平べったく、制服に黒い木綿のストッキングをつけて、少し前屈みになって歩いた」（伊藤整「若い詩人の肖像」）

親友川崎昇の妹であるこの少女は、伊藤整の目の端にいつも級友たちと無邪気に笑いあっていた。

伊藤整と左川ちか。詩集を出版した中学教員の青年と十七歳の無邪気な少女。それ以上のつながりは、二人にありようがなかったかもしれない。ただ、「北国の緑の恐怖」はそれを感受する二人にひそかに迫り、呑み込み、終生（一人は二十四歳で胃癌で亡くなり、一人は六十四歳まで生きてやはり胃癌で亡くなった）二人をつないでいたように思う。

私たちは一九九九年の「伊藤整　青春のかたち展」で作った通学列車（向かい合った座席と車窓だけを再現し、余市から小樽までの風景を映した）を左川ちか展でも用いた。

余市小樽間を走る函館本線は、新幹線札幌延伸が成る二〇三〇年までに廃線となるらしい。

私は今夏、もういちど左川ちか・伊藤整の通学列車の車窓風景を撮っておこうと思った。

七月初め、早朝余市へ向かい、午前七時二分発の列車に乗った。

昭和の初めと今と、家々や田畑。さすがに風景は変わっただろう。

ただ、いまも北国の初夏の緑は繰り返す波のように列

車の窓に襲いかかる。私はずっとカメラを構え、車内の気配に耳を澄ませた。車内は余市から小樽の学校へ通う学生、若者で一杯だったが、彼らは揃ってスマートフォンの画面に見入っていて静まりかえっていた。この通学列車はどこへ向かうのだろうと、ふと思った。

（元市立小樽文学館長）

庁立小樽高等女学校背面

裁縫授業（大正15年）

庁立高女校舎跡碑

登校風景（昭和12年）

協力：小樽桜陽高等学校・桜陽会

小松瑛子さんのこと

東延江

私が小松瑛子という詩人を深く知ったのは一九六八（昭和四三）年十一月発行の詩集『朱の棺』を読んだ時だった。

三百五十部中の一五九という番号が奥附にあって所蔵していたということはたぶんいただいたと思うのだが、この詩集を読んでからその詩の中にひそんでいる感性のするどさにいつかお目にかかりたいと念じていた。

私の願いがかなったのは四年後で、北見から札幌に転出した私は早速小松宅を訪れた。

その時の第一印象は今も脳裏に焼きついて離れない。

詩集の中に添えられた伏木田光夫の素描そのままの小松瑛子はそこにいた。

うしろに一つにまとめられた髪、静かなほほえみ、ゆったりとした語り口、私の言葉に浮かべてくれた微笑。

しかし、その時の第一印象をくつがえすような評伝を手にした時、私は改めて小松瑛子という一人の詩人の奥深さに驚がくしたのだ。

それは月刊誌「北方文芸」十一月号（昭四七）の「黒い天鵞絨の天使（左川ちか小伝）」だった。

左川ちかは伊藤整「若い詩人の肖像」に出てくる川崎昇の妹という認識しか私にはなくその詩にも余り興味を持ってはいなかった。

その左川ちかと小松瑛子の接点はどこにあるのだろうと改めて二人の詩を読みくらべてみた。

「黒い天鵞絨の天使」の中で、所属している枯木虎夫主宰の詩誌「詩風土」で小松瑛子作品集をまとめてくれたあとがきに枯木が左川ちかのようであると結び、更に詩集『朱の棺』に対する批評の中で〝かつての左川ちかを思わせる詩集〟という言葉があった。

——私が左川ちかに魅かれた理由は、現代詩史の出発点に加わって、知的で透明なモダニズムの詩をかいたという理由だけではない。

小松瑛子

左川ちかの詩の発想と資質とは稀にみる昇華されたものであり、幼時育った北海道の日本海岸の、とある小さな漁村に風土の心象化であることを知ったとき左川ちかの人間性の基盤というものを北海道の風土との関係において、もう一度再認識したいと思ったからである――

と書かれている。

この頃から更深く左川ちかを追い求め、左川の育った地に何度も足を運んでいた。

その頃小松さんの話を聞く度に、単純に小松さんは小樽や余市のあのかいわいが好きな人なんだと思っていた。

小松さんは遠くを見る様に目を細めながら語る海ぞいの街や村、海の蒼さ、私はそこの深いところに追い求める左川ちか像のあることを察することはできなかった。

左川ちかの小伝を読み返すと、左川を追いつづけた執念、根気はあの弱々しい細い身体のどこにその力をたくわえていたのかと思う。

もしかしたらもっと左川を追いかけていたかも知れない。書き残したい事があったかも知れない。一冊の評伝にまとめたかったのかも知れない。

七十一歳は私にとって早すぎる別れであった。

野の花が好きな人だった。野辺に咲く小さな花にからんで手を添え、のぞき込むその目は幼女のようであり、ほほえみは絵であった。

私が左川ちかと小松瑛子という二人の接点を感じさせられた詩集『朱の棺』から一篇の詩「紙雛」を紹介させていただく。

紙雛

わたしの想像のふかみにある秋
畦道で雲雀の骸《むくろ》をころがしている秋
川辺で病を拭った紙雛を
石にはりつけたままの秋
まとうべき葉をもたない木枯しの裸
おおくの裸の目がわたしをみている

晩年を共に語り合いたかった一人の詩人のいたことを私は忘れない。

（詩人・旭川文学資料館）

〔小松瑛子（昭和四年五月二〇日～平成一二年五月三〇日）東京生まれ。詩誌「詩風土」「日本未来派」「情緒」「核」「地球」に所属した〕

小松瑛子詩集『朱の棺』
（1968年11月）

川崎家の男たち

——表現者・編集者の系譜

島田龍

余市や小樽を圏内とする後志《しりべし》地方の文学史をひも解くと、川崎愛＝左川ちかの親族の活動が目につく。最初に名が挙がるのは一九〇四年生まれの川崎尚《ひさし》（結婚後、田居姓）。愛の母方の従兄にあたる。一九二一年に同人誌『青空』を創刊、小樽の歌人小田観螢に私淑した。声望は高く、後志内外の同人誌に詩歌・小説を寄稿している。

上京後は『文芸レビュー』、第二次『椎の木』、『信天翁《あほうどり》』で昇や伊藤整と活動をともにしたが、東京ではじきに創作から遠のいた。『蘇春記——素膚の伊藤整』（岩崎書店、七六）、若い頃の詩歌を集めた『信天翁』（六興出版、七六）など著作も多い。歌集『むらぎも』（アカシヤ社、二四）から「この思ひ知らぬ吾妹がとぼとぼと帰る白足袋夕闇に消ゆ」を挙げよう。一九三五年の『北海タイムス』の文芸回顧（『蘇春記』所収）では、「中央でも漸く認められ」「今日現役としてもちいられる一人」として、従妹の左川ちかを紹介している。

次に川崎喜代治。一八九六年生まれ、尚の長兄である。戦後は「小樽市議会のバク弾児」の異名を持った議員でもあったが、戦前からの経歴は複雑で、別名義も含め著作は多い。一貫して様々な団体を組織する生粋のオーガナイザーだった。延長線上で複数の雑誌の編集に乗り出している。道内初の建築雑誌『北門建築』（のち『家』と改題）には、尚（田中兼通名義）の作品や伊藤整のプロレタリア的詩篇「夕暮」を掲載した。機関誌『北海青年』の編集を一時、愛に任せてもいる。彼自身は文学者ではなかったが、戦中には伊藤らに職を紹介するなど、川崎家の惣領格として若者の活動の場を提供した。

そして川崎昇。同級生である尚から『青空』の編集を受け継いだ。同誌には伊藤を始め、後志の文学青年が集った。無名詩人だった伊藤にとって昇は「たつた一人の読者の君」（川崎昇宛書簡、二六・六・二八）であり、「私が芸術家であれば、私を発見したのは彼であった」（伊藤整『若い詩人の肖像』新潮社、五六）。

昇の歌をいくつか紹介しよう。末妹のキクだろうか、「妹と果樹園をゆく土のしめり足にすがしく感じたりけり」「久に来て幼き妹としみじみと母のことのみ多く語れり」（「母校」『アカシヤ』一、二二・一〇）。

庁立小樽高女の受験勉強に勤しむ愛を気遣い、「入学《いり》たさの一途こゝろか夜更まで妹は机に向きて起をり」「しかすかに入学《いり》たきものか身の弱さも思ひになけん予習する妹」「本に伏し今は疲れの寝につける妹《な》が愛しさにマントきせけり」（「妹」『青空』八、二三・四）。

仕事が休みの日には、母と林檎園で働き愛の学費に充てた。「やすみ日は朝とく出でて母のみの母と働くわが身の安けさ」（「日曜労働」『青空』九、二三・七）。小樽に下宿し、余市に残る家族を思う。「故郷の家を守り居る母や妹をしのぶかり寝の幾夜経にけん」（「帰郷抄」『青空』一三、二四・四）。

『青空』同人の三浦勇は尚を「郷土伝統味の豊潤」で「ポエカルな純情歌人」、昇を「老域に達せんとする努力の人」と評した（「余市歌人」『青空』六、二二・三）。流行とは無縁の、本人の人柄を窺わせる作風だろう。

昇は伊藤や愛に先駆け上京する。第二次『椎の木』や『信天翁』の編集に協力し、『文芸レビュー』を創刊。いずれも昇の作品はごくわずかで、編集にほぼ専念した。自分の作品は「もう少し後で出すのだ」と伊藤に苦笑いした（『若い詩人の肖像』）。のちに「僕は、文学をやりたかった。だが、あの頃はみんな貧乏で、コーヒー代をもっているものがなかった。必要にせまられて僕は、金の入る編集の仕事をえらんだのだ」と語る（小松瑛子「黒い天鵞絨の天使」『北方文芸』五―一一、七二・一二）。古風な叙情詩人だった伊藤は、東京で翻訳と小説に活路を見出したが、昇と尚はモダニズムの奔流に呑み込まれたのかもしれない。

昇の文学への思いは編集者として衰えてはいない。「われわれが提出するのは、新しき勢力に立つ新しき価値である。明日の文学である。明日の文学への道がわれわれの道だ」（『文芸レビュー』二―一二、三〇・二）と後記に宣言。佐藤春夫や舟橋聖一らを招いた講演会を企画するなど精力的に動いた。川崎兄妹、尚や伊藤たちは「北海道の生活を、そのまま東京に持って来ている風であった」（上林暁「足袋の思い出」『伊藤整全集七』月報、新潮社、七二）。

戦時中のある日、昇と尚と伊藤は酒を飲み交わした。二人は「やっぱり小説を書きたいという志を棄て切れないらしい」（伊藤整『太平洋戦争日記』新潮社、四三・九・二六）。戦後はかつての文学仲間が集った同人誌『春夏秋冬』に昇も参加したが、最後まで筆を執ることはなかった。一方で、北海道で出版社川崎書店やデーリィー

川崎昇（左）と伊藤整（市立小樽文学館蔵）

マン社を創立、多くの図書・雑誌を出版する。最後まで編集者であった。

「かほどの兄いもうとの愛情を見たことがなかつた」と中山省三郎（「海の天使よ」『椎の木』五—三、三六・三）がいうように、兄妹の絆は固かった。その昇が久しぶりに筆を執ったのが、妹を想った「遠い記憶」（『左川ちか全詩集』栞、森開社、八三）であるのも彼らしいと思う。女学生時代の愛は、『青空』など家にある兄たちの雑誌を暗記するほど読み尽くした。川崎家の男たちは文学との出会いをもたらした。そして兄が詩歌から離れた翌一九二九年、愛は翻訳家として出発し、雑誌作りにも参加するようになる。川崎家の男たちの思いと期待を背負い、表現者、編集者としての左川ちかが誕生する一歩だった。

女たちの金光教

島田 龍

川崎愛子姫之霊神。左川ちか（川崎愛）、没後の霊称である。金光教信徒の家に育ったことはあまり知られていない。例えば、教会長を祖父に持ち、教会の敷地で育った小川洋子の作品は、金光教との関係で語られることも多い。小川本人にも関連する著作がある（『祈りながら書く』金光教徒社、二〇一〇）。

金光教は信徒を束縛する厳しい教義を持たない緩やかな宗教だ。日常生活を重んじ、「取次ぎ」に代表される神と人といった関係を重視する。教会の教師が一人一人の悩みに寄り添うカウンセリング宗教と呼ばれる。また、神道と異なり「死」を穢れと捉えてはいない。「生きても死にても天と地とはわが住みかと思えよ。」（『金光教教典』「金光大神御理解集・神訓三」）、「死んだ者の魂は、天地の間にふうふうと、ぶゆが飛ぶように遊んでいるので、どこへ行くものでもない。」（『金光教教典』「金光大神御理解集・佐藤光治郎の伝え二八）と、生と死の境界線を分かたない。小川作品においても、「生」と「死」を断ち切らず、もう一つの世界を「物語」として取り次ぐ構造が見て取れる。

左川ちかに関しても金光教を補助線として、「生」と「死」と肉体の関係、接続する世界の観察者・取次者といった視点で読み直すこともできるだろう。本稿では川崎家と金光教の関わりを概観しよう。

伊藤整の自伝風小説『若い詩人の肖像』（一九五六）には、「私」の親友川崎昇（愛の兄）が若い頃に信心した金光教の話がしばしば登場する。「私は川崎昇の前にいる時だけ、私がそうありたいと思う詩人として振舞うことができた」と全幅の信頼を寄せる川崎のイメージは、信仰の存在を踏まえると理解の助けになる。

　彼には若い修行僧か宗教家のような感じがあった。私はまだ知らなかったが、彼には金光教にこった叔母さんがいて、その頃彼もまたその信者であり、教会へ通っていたのだった。　伊藤整『若い詩人の肖像』（新潮社、

一九五六）

川崎は小樽に住む衣斐千次郎方の二階に下宿し、伊藤はそこに通い詰めていた。市内には今もその旧衣斐質店が残っている。衣斐家は川崎家の親戚筋にあたり、衣斐夫婦も敬虔な信徒だった。千次郎は女性を連れ込む伊藤に、神様を祀る部屋の真上でそのようなことはやめるよう抗議したこともある。『若い詩人の肖像』では、教会に通う女性信徒への川崎の恋情も語られる。

余市町の川崎家はもともと真宗大谷派の檀家であった。ところがチヨ（愛の母、一八七八〜一九四一）、妹のウメ（一八八一〜一九五一）、チヨの子である異父兄妹（昇：一九〇四〜八七、愛：一九一一〜三六、キク：一九一六〜八六）といった女系家族が金光教の信徒となった。

> 信者のお道引きの上に大きな功績をあげた人として川崎ウメ氏を忘れることができない。余市教会に御縁ある人々の殆んどは、この人の道引きに依る処が大きかった。『金光教北海道布教一〇〇年史』（金光教北海道布教史編集委員会、一九九一）

『若い詩人の肖像』にある「金光教にこった叔母さん」ことウメは、布教史に名が記されるほど、余市の金光教布教に大きな役割を果たした。ちなみに黒澤明映画にたびたび出演していた俳優河野秋武はのちにウメの娘と結婚している。

余市の金光教について略述しよう。『金光教北海道布教一〇〇年史』などによると、余市における金光教布教の始めは明治三〇年代半ば。しかし、当時の教会長兄弟が続けて深刻な不祥事を起こし余市を去ったらしく、金光教の信用は著しく失墜した。約一〇年後の大正初年、小樽教会所属の石倉忠平（一八五六〜一九一七）が布教を再開するも数年後に死去する。娘婿も相次ぎ他界、残された娘の石倉イシ（一八八三〜一九七一）が教会長となった。先の不祥事の記憶から当地での布教と活動は困難を極めたという。忠平は警察に抑留されたこともある。イシも「世間の冷たい眼」にさらされ「筆舌に尽くしがたい苦難」（『先師のおもかげ』金光教北海道教師会、一九七七）と辛酸をなめた。

『余市町郷土誌』（余市町教育委員会、一九三三）をひも解くと、余市の教信徒数は一五三名。天理教が約一〇〇〇名、メソジスト教会が約二〇〇名である。町の人口は当時一九〇〇〇人ほどで、大多数は神道・仏教だった。イシの清廉な人格は長く信徒たちの支えとなっていた。その死後は教勢奮わず、のちに余市教会は小樽教会に吸収合併（一九九〇）されている。

石倉イシを助け、力になっていたのが川崎ウメだった。

衣斐千次郎の孫・千代は次のように回想する。

余市教会の川崎ウメさんは石倉先生の片腕となって、大変な布教熱心な方で、たびたび祖父と家族で夜が明けるのも知らぬげに信仰話をされ、祖父亡き後も私の家を泊り場所として布教されました。（略）「お水は大切に使わなくてはいけないよ」と子供の頃教えられた言葉は印象に残っています。　衣斐千代「金光教と我が家」（『金光教小樽教会布教満九十年記念誌』金光教小樽教会、一九八六）

小樽の信徒たちの中心に衣斐家があり、余市のそれは川崎家であった。明治末年から大正の半ばにかけて川崎家は急速に没落する。チヨたちの長兄久五郎の家族、末妹ミサヲら主な親族も続々と余市を離れていったが、チヨとウメの二人は残った。

愛に戸籍上の父親はいなかった。彼女の父は「僧侶」だったと、妹キクは語っている（小松瑛子「海の天使　左川ちかの詩」『ラ・メール』一、一九八三・七）。その素性は不明だ。川崎家の女系が信仰をともにしていることも興味深いが、チヨと「僧侶」の出会いにも何らかの背景があったのかもしれない。

自分たち兄妹の、かなしい生い立ちを話して聞かせた。そこに登場してくるのは、生母であるひとりの女性だった。そういうことを話しているときでも、左川ちかは、とくべつ気持をたかぶらせることもなく、とつとつと話し、話し終ると、『嘘だと思うかもしれないけれど、私が言ったことは、本当のことなの』と、さびしく微笑んだ。　江間章子『埋もれ詩の焔ら』（講談社、一九八五）

親友だった江間章子による回想である。詩人左川ちかの言葉を、実人生に引きつけて理解するのは適切でないかもしれないが、「母」「父」が登場する詩篇もわずかにある。

母は歌ふやうに話した／その昔話はいまでも私たちの胸のうへの氷を溶かす　左川ちか「言葉」部分（『椎の木』三―一二、一九三四・一二）

その路をゆく人影は私の父ではあるまいか。呼びとめても振り返へることのない脊姿であつた。夜目にも白く浮かんでゐる雪路、そこを辿るものは二度と帰ることをゆるされないやうに思はれる。　左川ちか「冬の肖像」部分（『椎の木』一―四、一九三二・四）

一九一六年にチヨが「再婚」（キクの父）し、昇と愛

川崎家略系図

- 長左衛門 ＝ ハナ
  - 久五郎
    - 喜代治（長男）
    - 尚（田居、三男）
  - ミヨ
  - チヨ
    - 昇
    - 愛
    - キク
  - ウメ
  - サヨ
  - ミサヲ

金光教小樽教会

旧衣斐質店

を残し余市を離れた前後は、ウメが兄妹の母親代わりになっていたと思われる。余市黒川町にあった川崎家の長屋はウメ名義となっている。その後、愛は本別町の親族のもとに六年ほど預けられた。二三年、キクを連れ余市に戻ったチヨは本別から愛を迎え、昇を含め初めて家族全員が揃った。ウメたち川崎家と金光教の繋がりが確認できるのもこの頃からだ。チヨは余市登町に小さな林檎園を持った。小樽の女学校に進学した愛の学費を、小樽貯金局で働き出した昇とともに捻出した。チヨとウメ、石倉イシら女たちの肩を寄せ合うようなネットワークが、愛の少女時代を支えていたように思う。

　川崎愛個人がいかなる信仰を持ち合わせていたか、確たる証言は得られていない。とはいえ、母や叔母、兄が心を寄せていた信仰の雰囲気を肌で感じていたことは想像に難くない。それは言葉や思想以前の生活としてである。

　一九三五年秋、愛は西巣鴨の癌研究所附属康楽病院に入院する。母チヨは上京し病室に付き添った。余市のウメからは林檎が届いた。帯も解かずに看護する母に「ただもう有難い」と愛は日記に書き残した。衰弱が目立つようになった自分の姿に母が涙した折、「母さん泣かないで、死んでいくのが、わたしでほんとによかったと思う。もしこれが兄さんだったら、姉さんも、奎もかわいそう（引用者：昇の妻と息子）。そして母さんも――」と声をかけた。

　翌年一月、東京世田谷の自宅で愛は息を引き取る。枕元にいる兄と母に「みんな仲良くしてね」「ありがとう」と最後の力を込め言い遺した。「みんな仲良く」は愛が幼い頃からの母の口癖だった。

　三月二一日、余市教会において川崎ウメを祭主とする合祀祭が執り行われた。新たな死者の霊神を先祖の霊神に合わせて祀る儀式である。ウメはそれまでも父母（愛にとっては祖父母）や早逝した妹サヨ、娘らを祀っており、この日は姪の御霊の安らぎを祈った。遺骨はその後、余市美園墓地の川崎家の墓に埋葬された。いつの頃からか、名もない石塊の傍らに卒塔婆がたっていたという。一九四一年にチヨが死去、同じくウメがその霊を送っている。

　余市でウメは姪の吉岡キク夫妻と晩年を過ごした。五一年ウメ死去。一人キクだけは亡くなるまで教会に足を運んだという。余市教会がなくなった今、彼女たちは小樽教会に祀られている。川崎家の女たちは、女たちによって静かに祈られていた。

※本稿を執筆するにあたって、川崎家遺族・金光教教学研究所・金光図書館・金光教小樽教会・旧余市教会・余市町・小樽市関係者の方々にお世話になった。心より感謝申し上げたい。

編集者左川ちかと銀座

島田龍

兄川崎昇と伊藤整らの文芸誌『文芸レビュー』で翻訳を始めたとき、川崎愛は左川千賀と名乗った。詩人としてデビューしたとき、左川ちかと名乗った。彼女にはもう一つの名があった。『文芸レビュー』一巻四号（二九・六）の後記（川崎昇）を引く。

> ところで、此処に御紹介いたしますが、左川麟駛《りんし》朗《ろう》君です。今後主として広告のことに当ることになりました。よろしく。

四号・五号の後記には購読料の送金に関する告知を麟駛朗と思われる「係」がしている。広告・会計を担当するアシスタントだった。翻訳家として、編集者として、詩人として出発するに際し、その都度「左川」にこだわったことの意味は重い。

左川が訳した文学者たちの多くはパリ・セーヌ左岸に集ったモダニストである。『文芸レビュー』という雑誌自体が、彼らの多国籍な文学シーンを色濃く伝えていた。三つの左川には彼女の憧れと意志が象徴されている。

当初、中野の昇宅を発行所とした文芸レビュー社は、一九三〇年五月に銀座西四丁目の井上ビル三階に移転した。セーヌ左岸と同じく銀座には、文学を志す若者が集っていた。阪本越郎、瀬沼茂樹、春山行夫、滝口修造、衣巻《きぬまき》省三、城左門など、東京での左川の人脈はここから始まった。

> 三階は屋根裏部屋で、大きな文芸レビュー社の看板をかかげてあった。四畳半位の部屋は、同人がいちどに入ると、たちまちいっぱいになった。なんとなく落ちぶれた、装飾のない、「文芸レビュー」の返品を片隅につんだ畳敷の部屋であるが、私たちには金殿玉楼にみえ、「屋根裏の哲人」を気どった。
>
> 瀬沼茂樹『伊藤整』（冬樹社、七一）

アシスタントとして事務所に詰めていた左川は、二階に住む北園克衛と出会った。

僕はそこで一人の若い詩を書くといふ少女に紹介された。そのいかにもしなやかな体つきの少女が左川ちかであつたのである。当時彼女はまだ自分の書く詩が、他の詩人達が書く詩とあまりにかけ離れてゐるので、戸迷ひしてゐるといふ状態だつた。凡庸でない詩人が最初に経験するこの不当な不安といふのが、いかに無慈悲なものであるかを、平凡な詩人達は想像することができない。

北園克衛「左川ちかのこと」（『詩学』六―八、五一・八）

北園にみせた詩とは、彼に聞き取りした小松瑛子によれば「昆虫」であるらしい（「左川ちかと北園克衛」『北海タイムス』七二・一一・一五）。左川ちかにあっては、翻訳家、編集者、詩人それぞれが密接に繋がり、セーヌ左岸と銀座がその母胎になった。

一九三二年、札幌にいる従兄の川崎喜代治が組織した北海道青年協会の機関誌『北海青年』の編集に関わっている。同誌は各地の青年団運動に関する記事や時局雑感を中心とする。三巻二三号（三二・三）の奥付には編集兼発行印刷人に「川崎愛」とある。東京支局が銀座の文芸レビュー事務所に置かれた。文芸とは無縁の同誌に携わったのは、喜代治との個人的関係によるものだろう。確認できる『北海青年』が不揃いであるため正確な期間は詳《つまび》らかでないが、前年まで編集兼発行印刷人を務めていた喜代治から左川に交替、二五号では再び喜代治に戻った。東京支局はそのまま存続する。青年協会の活動範囲が拡大するにつれ、在京関係者の談話や寄稿記事も散見、左川の関与は部分的にせよ継続されていたようだ。文部省社会教育局の官僚でもあった阪本越郎が「世界各国の青年団」を連載しているのは、左川の人脈によるものだろう。しかし、翌年から東京支局の名が見えなくなる。雑誌の編集作業という意味で一年足らずとはいえ、『北海青年』での実務経験で得たものは小さくなかったと思われる。

川崎家の男たちから編集者のバトンを受け取った左川が本格的に取り組んだのが『エスプリ』である。北園と一九三三年一二月から共同編集した文化社交雑誌だ。編集事務所は銀座西八丁目の日本鉱業会館に置かれた。創刊号の後記で北園は、この雑誌を『Vanity Fair』のようにしたいと綴っている。このアメリカの人気雑誌は『文芸レビュー』の海外関係記事の種本で、左川の初期翻訳の底本でもある。

『エスプリ』は最新モードを扱うエッセイやコラムがメインだが、堀口大學の訳詩やA・ビアスの短篇もある。寄稿者は、衣巻省三、阿部知二、近藤東、春山行夫、中河與一、長田恒雄といったモダニズム文学の人脈に加え、音楽評論家の大田黒元雄、建築家・デザイナーの山脇巌・山脇道子夫妻や山越邦彦、映画評論家の野口久光・筈見恒夫、英文学者の戸川秋骨など多彩だ。北園が小栗雋一郎名義でも書いていることから、左川も別名で穴を埋めている可能性はある。『エスプリ』については、小野原教子「北園克衛とファッション」(『人を着るということ』晃洋書房、二〇二〇)が数少ない先行研究である。

確実に左川が書いた文章は、一号と二号の後記欄に「s.s.c.c.」の署名で発表したものだ。

> 電車やバスにゆられて、郊外の景色も見あき向側の座席の人間がみんなロボツトのやうにつまらなくなりましたら、此のエスプリを御覧下さいませ。あの薄暗い倹約した電燈の光のもとで宝石のやうに新鮮に、優美に、或は有効にあなた達の前に輝くことでせう。(略)気紛れな方達よ! スポーツもシネマも恋のあそびにもあきちやつて、猫の目のやうに変り易い街の流行を拾はうとお思ひでしたらこの小さな携帯便利な旅行案内は如何でございませうか。
>
> 左川ちか「Chamber music」(『エスプリ』二、三四・二)

溌溂としたモダンガールの言葉がここに躍っている。三号には「ギグリーめぐり」(本書収録)という小文を寄せている。銀座のカフェ寸評である。北園は先に引いた「左川ちかのこと」でエスプリ時代を次のように回想する。

> もうすつかり夜となつた銀座のオフイスの三階の暗い窓を背にして、一寸ビアズレエの少女を思はせる黒い天鵞絨の衣裳を着た左川ちかと、編集プランを練つたり、遅い夕食をとつたことなどが想ひ出される。
>
> 北園克衛「左川ちかのこと」

戦前戦後と、北園が多くの雑誌を編集してきたことは周知の通りだ。左川が北園から影響を受けたのは、詩よりも編集者としてだったかもしれない。

> 彼女は日中、北園克衛と、銀座うらのウナギの寝床のような、狭く、細長い粗末なオフィスの机で、広告文を書くような仕事をしていた。
>
> 江間章子『埋もれ詩の焔ら』(講談社、八五)

事務所では、訪ねに来た友人とたわいもないおしゃべりをした。左川に逢いたくなったら銀座へ足を運べばよかった。セーヌ川左岸にシルヴィア・ビーチが開業したシェイクスピア・アンド・カンパニーのような書店を銀座で持ちたいと江間章子に語った。お洒落でダンディな人と左川が思っていた衣巻は、彼女が事務所でよく鉛筆でテーブルを叩いており、詩作をしていたのではと追想する（「沢山の天使」『椎の木』五―三、三六・三）。「今度、立派な洋服をあつらへ、粋で見事なネクタイをつけて、一日銀座あたりを連れて遊ばしてやらう。でももう君はゐない」と、その死を悼んだ。

　春山行夫が「左川ちかはハリイ・クロスビイの詩を訳した。それからその結果として百貨店で赤いスリッパを買って、銀座を散歩した」（「ペンシル・ラメント」『椎の木』五―三）と回想したように、銀座という街が左川にはよく似合った。銀座の明治製菓で開催された『椎の木』座談会にこげ茶の洋装で参加した左川は、高祖保と初めて出会い、以後親交をあたためた。中村千尾には『エスプリ』の創刊号を渡している。一方で、編集の合い間に思い悩むこともあった。

> しばらく山も海も見ない。山が見たくなつた。（略）幾年か昔に逆もどりしさうに海がなつかしくてたまりません。地面があがつたり下つたりしてゐるやうに思はれる潮鳴り。（略）もう賑やかな通りを歩くのが厭になつた。毛皮や、外套や、飾窓や、笑ひ声でいつぱいになつてゐる鋪道は何だか少し私にはまばゆすぎるやうに思はれます。《エスプリ》がやうやく校了。ちよつと、面白い雑誌になりさうです。売れるか知ら、紙屑が褐色の落葉と共に風に追ひたてられて、街がうすよごれて来る頃です。
>
> 左川ちか「冬の日記」（『今日の文学』四―二、三四・二）

故郷の風土に由来する自然と、モダンな都市の表象がシュルレアリスティックな詩想に同居する。本人の内なる揺れを感じさせる一文だ。

　『エスプリ』は四号（三四・四）まで発行された。編集者としての最後の仕事だった（五号は予告のみ）。ちょうどこの頃、銀座の資生堂に江間といたときに、向かいから火事が起きた。江間と手をつなぎ、じっと火を見守った左川は、帰りの電車のなかで「私はきっと小説を書く」「人生とか何とかでなく、甘い、アイスクリームのやうに、舌の上に乗せるとすぐ融けてしまうやうな小説を」と話した（「左川さんの思ひ出」『椎の木』五―三）。

　翌一九三五年二月には北園に葉書（本書収録）を出している。

「エスプリ」1－3号

明るい銀座の舗道をなつかしくなりました。いつかのやうに北園さんは外套の襟を立ててこれがおしやれなんだなんておつしやて街を歩いてらつしやるのでせうか。今迄非常につまらなかつた銀座もきっといい銀座になつたのでせう。

翌一九三六年、小説を書くことなく入院する。半年持たないと江間は昇から聞かされた。

「左川さん、早く元気になって……」「私も、そうなりたいわ……。また、江間さんと銀座で逢いたい……」「それまでに、もうひとつか、二つ、ちがうコーヒー店をみつけておきますよ。左川さんの気に入るような趣味のいい店を、ね。……」ちかはうれしそうに微笑んだように、私には見えた。

江間章子『埋もれ詩の焔ら』

黒天鵞絨《ビロード》のスカートをひるがえし、ヒールの音が踊るように銀座通りに響いていた。

左川ちかが見えた場所

内堀弘

一九八〇年、私は東京の郊外で小さな古本屋をはじめた。平日の昼下がりには、人の気配もなくなるような静かなところだった。そこに詩歌集を並べた。

『左川ちか全詩集』（一九八三・森開社）が出たのはその頃で、巻末の初出雑誌の一覧に、私はまず夢中になった。「文芸レビュー」「レスプリヌウボオ」「白紙」「マダム・ブランシュ」「海盤車」「呼鈴」「新形式」等々、初めて見る誌名ばかりで、しかもかっこいい。それは、二十四歳で、アルバムを一枚も遺さずに逝ったインディーズのミュージシャンが、十代の後半からまわっていた小さなライブハウスのリストを見るようだった。

あの時代のモダニズムの詩集は、眼を凝らせば見つかった。でも、小さな雑誌は見つからない。文学事典にも、文学館の木箱のカードにも、ほとんど記録がない。その小さなライブハウスがどんなところかは、もうわからなかった。

何年か経った頃、北園克衛の研究で来日していたジョン・ソルトさんが店にいらした。北園について、大学で学べることはあまりない。いま、当時の関係者をまわって話を聞いていて、それがとても面白いと話してくれた。そして彼らは、今でもベレー帽をかぶっているよと、嬉しそうに笑った。そのモダンな老人たちが「オメガ」のメンバーだった。

しばらくして、私はボン書店という、一九三〇年代の出版社に興味を持ち、調べごとをはじめた。ここは北園克衛らが出していた「マダム・ブランシュ」の発行所にもなった小さなモダニズム出版社だ。私も、あの老モダニストたちを訪ね歩いた。

彼らが出していた「オメガ」は、一九三二年に一商（府立第一商業学校）の学生たちが出したモダニズム詩雑誌で、上田修、宗孝彦、菊島恒二、桜井八十吉など、メンバーは一九一五年生まれ。つまり、当時はまだ十七歳の、今でいえば高校生の雑誌だった。それを「マダム・ブランシュ」の弟分（いや妹分）を気取って「ミス・ブランシュ」と呼んだそうだ。

たしかにこの二つの詩雑誌は大きさ（見た目）も似ているが、創刊は「オメガ」の方が一ヶ月ほど早い。彼らが当初見ていた（つまり真似をした）のは「マダム・ブランシュ」の前身の「白紙」という詩雑誌だった。

上田修は最後の詩集『やがて誰も居なくなる』（一九九一）に「左川ちかへの追憶」という詩を載せている。その頃、私は上田に、左川ちかとどんな交遊があったのかを尋ねたことがある。上田は、ぶっきらぼうに「別にないよ」と答えた。そして「俺たちは「白紙」で彼女の詩を読んでいたから」と話した。

そんなマイナーな詩雑誌を、高校生がどこで手に入れたのかを尋ねると、上田は「紀伊國屋だよ」と答えた。上田によれば「俺たちは不良」だから、授業をサボって新宿の紀伊國屋書店（ここは一種のインディーズショップだった）に行って新しい詩雑誌を見る。それから喫茶店に入ってみんなで回し読みをしたそうだ。平日の昼下がり、高校生たちは、そんなふうに左川ちかと出会った。

十六〜七歳の彼らはつくづく北園チルドレンだった。初めて北園を訪ねたとき、不良たちは畳に正座したというから、彼らの教授だ。その教授が「彼女（左川ちか）のエスプリは洗練され盡して」いる（「二人の若い女詩人」・一九三二）と言ったのだから、二十歳の彼女は彼らの憧れだったに違いない。

ところで、春山行夫は「私が批評家として文壇にデビューしたのは、昭和六年（一九三一年）八月の『新潮』」で、そこに初めて評論を寄稿した、と書いている（「私の『セルパン』時代」）。これを読んだとき、「そうか文壇か」と染み入るような感慨があった。では、春山が、一九二八年に自ら創刊した「詩と詩論」をはじめ、さまざまなリトルマガジンに書いた舌鋒鋭い批評は、それはどこのことだったのか。

一九三二年、北園は「白紙」を「マダム・ブランシュ」へと改組する。左川ちかはもちろん、そこに上田たちの「オメガ」や「海盤車」、浜松の「呼鈴」、神戸の「オペラ」など、リトルマガジンから若いインディーズたちを次々とピックアップして、新しいネットワークを作った。それを北園は「アルクイユのクラブ」と名付けた。ここには、文壇へ向かう上昇志向のようなものがまるでない。文壇の外側、アカデミズムの外側、でも尖端が見える。そんな新鮮な場所が一瞬生まれたのだ。その一瞬を、左川ちかは、旺盛に、いきいきと駆けたように見える。いや、彼らが目にしたのは、一瞬ではなく、本当は永遠だったのかもしれないのだが。

六十年が過ぎて、上田修は、最後の詩集を「やがて誰も居なくなる」とした。ここにあの頃の新鋭詩人たちの名前がある。彼らが、どこから居なくなったと思っていたのか。もっと聞いておけばよかった。

（古書店主）

左川ちかと三岸節子

川村 湊

昭森社版の『左川ちか詩集』（発行は森谷均名義）の装丁は三岸節子によるものであり、詩集に挿入された三点の挿絵（デッサン）も三岸節子のものだ。私はこの原画がどこかにあると思い、三岸節子や好太郎の美術館に人を介して問い合わせてみたが、どこにもないという。たった五部しか作られなかったという昭森社版の「書痴本」（その他、並製版は三〇〇部、特装版四五部）には、三岸節子の肉筆デッサンが入っており、古書値で八〇万円以上となっている。一点ものの肉筆画のあることが稀覯中の稀覯本として『左川ちか詩集』の値を押し上げている理由だ（三岸節子のデッサン画だけだとすれば、真筆でも百万円はしないかもしれない）。

『詩法』（紀伊国屋書店）の昭和九年一一月一日発行の第四号で、伊藤整は「『路次ぐらし』と『詩作法』女艸会洋画展」という絵画展の評で「三岸節子氏の三点は共に光線をよく生かしてゐる点で、作者の精神力の確かさがあり、格に入ってゐるものと思ふ」という感想を書いている。この頃から、伊藤整と三岸節子は何らかの関係性を持っていたといえる。昭和一〇年には伊藤整訳の『チャタレイ夫人の恋人』が健文社から出版されたが、この版は「猥褻文書」として問題になりそうな箇所は削除されており、発禁にならずに版を重ねた。この本の装丁者が三岸節子であり、表紙の絵と扉のデッサン画をそれぞれ描いている。

戦後に猥褻文書として裁判沙汰となった伊藤整訳の『チャタレイ夫人の恋人』は、小山書店版（ロレンス選集として出された）であり、これが有名になったものだから、最初の健文社版は忘れがちになるが、伊藤整と三岸節子の接点について考えるには見逃せないものだ。

夫の好太郎を亡くした節子は、挿絵でも装丁でも、画家がやってゆける仕事は何でもやらざるをえなかった。乳飲子の黄太郎を抱えた彼女が、絵画より一段低く見られていた挿絵や装丁を引き受けたのも、そうした経済的理由があったからだ。

三岸節子「室内」© MIGISHI

『チャタレイ夫の恋人』の表紙画は、昭和一一年の第一回七彩展に出品された「月夜の縞馬」のデッサン（下書き）にほかならない。作者のエッセイによれば、ガラス製の縞馬（の置物）を手に入れた彼女が、この縞馬をモチーフに絵を描きたかったこと、また、好太郎が生前に「お月様と縞馬」というおとぎ話を作っていること、そしてD・H・ロレンスの作品が野性的なエネルギーを感じさせ、縞馬のモチーフと絡み合っていることを自ら指摘したうえに、「私の上には家があり、家の上には幾つもの背負いきれない重荷がある。感情的に支へ切れない桎梏《しっこく》がある。私はこの桎梏を縄の様なもろいものと思つて解かうとあせるのだが、他人のエゴイズムや世間といふ饒舌なおせつかいの為めのヂレンマにかゝつて身動きもつかず、果してこれが鋼鉄の鎖であつた事に気づくのである」と、製作の意図を説明している（『みづゑ』三六七号、昭和一〇年九月）。

二匹の縞馬が、絡み合ったような縄に繋がれ、その縄の先には何人もの人間が立っている。世間の人々は、縞馬を鎖で縛り付けることによって、その野生のエネルギーを減殺させ、その奔放さを撓《たわ》めようとしているのだ。『左川ちか詩集』を編集した伊藤整は、この〝月夜の縞馬〟の絵を挿絵として流用し、表紙にも使った。左川ちかの「青い馬」のモチーフと繋がるものを感じたからだろう。後の二点の挿絵も、三岸節子のデッサン画帖から採られたもののようで、一人と三人の女性像の線画である。これも、三岸節子がよく描いたデッサンのモチーフである。伊藤整は、左川ちかの詩のなかに、野生的なエネルギーの迸《ほとばし》りと、背負った重荷と桎梏に耐える、強い女性性を感じていたのだろう。三岸節子の絵によって、（伊藤整訳の）『チャタレイ夫人の恋人』と『左川ちか詩集』とが、不思議な縁で結びつくのである。

新島への旅

川村 湊

　一九三四（昭和九）年八月末、左川ちか（当時二三歳）は東京の霊岸島の岸壁から東京湾汽船の三五〇トンの古い船に乗り込み伊豆七島の新島に向かって船出した。彼女にとって、津軽海峡を渡る青函連絡船以外では初めての航路だった。北海道余市の北の暗い海ばかりを見て過ごしていた彼女は「こんな明るい海」は見たことがなかったと、同行した二歳年下の後輩の詩人の江間章子に語った。

　ただ、この船旅は、荒天で最初の予定地である式根島には渡れず、新島の古い温泉ホテルで一泊しただけの慌ただしいものだった。その上、帰りの海は大時化《しけ》で、航海中はずっと船酔いに苦しめられた。それでも若い女性同士らしく、身近な人物たちの噂話をよくしていた。そのなかで「イトウセイ」という名前が頻繁に出ていたことを当時、小学三年生（八歳）で、「二人のお姉さん」といっしょに一枚の毛布で寝ていた男の子のシュモンちゃんは、覚えていた。この旅を企画した雑誌『セルパン』（第一書房）の編集長で、イタリア文学者・三浦逸雄の息子の三浦朱門である。他の同行者は、アンドレ・マルローの翻訳者のフランス文学者の小松清と、その助手の画家志望の青年である（ほかに、専門のカメラマンもいたらしい）。

　この旅について、左川ちか、江間章子とも旅の思い出を書いているが（江間「或る夏の思ひ出　式根島」、左川「明るい夢と江間章子さん」）、この旅が「八月末」に行われたということは、曽根博義の『伝記　伊藤整』（六興出版）に記述されたのが典拠となっているようだが、これはちょっと危うい。なぜなら昭和九年七月一五日印刷、八月一日発行の『セルパン』八月号に、「新島・式根島の白光」という「ルポルタアジユ」を三浦逸雄が書いており、同行者（左川ちかや、息子の朱門）の名前こそないが、彼が現地を訪れたことには疑いがない。とすると、雑誌の発行日からして、その旅が「昭和九年」のものであっても、「八月末」ということはありえない。印刷や発行の日付に少しサバを読むにしても、八月末の旅行のことを「八月号」に書くのは不可能だ。考えられるのは、江間章子が文中で使っている「初夏」という言葉であり、この船旅が六月か七月のことであれば、日付の問題は氷解する（七月と書いている文献もある）。もっとも、三浦逸雄の文章では、先に新島に渡り、次に式根島にも渡ったことになっている。女性二人とも、波が高く、小舟で新島から式根島には渡れなかったと書いているから、同一の旅の話だとしたら、二人の勘違いか、三浦逸雄は本当は渡らなかった式根島のことを空想で書いたということだろう（それにしてはリアルすぎる。また、同行のカメラマン小野賢治の写真もある——これも新島か式根島かは、判然としないが）。いずれにしても、「ルポルタアジユ」なる言葉が日本のジャーナリズムで使われ始めたのは、この文章を嚆矢としているようだ。

　左川ちかの短い生涯で、旅らしい旅といえば、北海道・東京間の何回かの往復と、この新島行以外は、死の直前の一九三五年に、家庭教師をしていた仏蘭西人とのハーフの美少女・保坂百合子（一六歳）と信州の岡谷や諏訪を旅行したぐらいだった。

　だが、彼女はチャンスさえあれば、海外旅行に憧れていた。それも仏蘭西の巴里に行きたかったことは間違いないだろう。萩原朔太郎のように「ふらんすに行きたし」と思えども「ふらんすはあまりに遠」いので、せめて巴里の代わりに銀座で、江間章子といっしょに〝銀ぶら〟をして、コロンバンで〝お茶〟したりしていたのである。そして、若い女性の夢として、巴里にあるようなシャレた写真屋やお菓子屋を開きたいと章子がいえば、ちかはセーヌ河左岸にあるような本屋をやりたいと言う。「左川」という筆名は、この「セーヌ左岸」から来ているという説もある。

　中村千尾も、左川ちかと銀座を歩いていて、フランチェスカの本を取り出し、こんな本が書きたいと言っていたのを聞いている。巴里や仏蘭西への憧れの向こうに、宗教にも似た「自然」との共生が透けて見えるようだ。

　ところで、私は長い間、作家・三浦朱門がその第二創作集『礁湖』で太平洋の島々を舞台とした小説を書いているのを不思議に思っていた。原始的な現地人の恋愛を描いた「ポナペ」など、それまで日本の文学ではあまり取り上げられることのなかった舞台であり、素材なのだ。三浦逸雄の文章を読み、当時の日本人にとって、伊豆諸島は、八丈島や小笠原諸島、さらにカロリン諸島から太平洋上のミクロネシアの島々（パラオやポナペ）に渡る入口であったことを私は知った。彼らの旅は、離島の異文化やエキゾチックな風俗を探訪するものだったのだ。『礁湖』は、十数年遅れのシュモンちゃんの新島からの土産話だったかもしれない。

詩の翻訳／創作の境界を超えて

菊地利奈

詩を日本語に翻訳するという行為と、詩を日本語で創作するという行為は、非常に近しい関係にある。口語自由詩が西洋詩の模倣から始まった経緯を考えれば、当然ともいえるかもしれない。日本語詩が西洋詩の翻訳に多大な影響を受け発展してきたことに鑑みれば、その過渡期にあった一九二〇年〜三〇年代において、日本語詩を書く上で最も効果的な〈学習方法〉は、自分自身が西洋詩を翻訳することだったと言っても過言ではないだろう。

西洋文学の翻訳にたずさわった多くは男性と考えられがちであるが、今でも文庫で親しまれるギリシア神話や児童文学の翻訳を手がけた野上弥生子、アイルランド文学の翻訳に精力的に取り組んだ松村みね子等、女性が果たした役割も正当に評価されるべきである。例は枚挙にいとまがないが、一九〇二年には瀬沼夏葉がツルゲーネフの邦訳を『新小説』に、大塚楠緒子（一八七五―一九一〇）はメーテルリンの邦訳を『女学世界』に、一九〇八年には瀬沼の『チエホフ傑作集』、一九一三年には野上がトマス・ブルフィンチのギリシア神話、一九一七年には松村がW・B・イェイツと並びアイルランド文学の双璧と言われるJ・M・シングの代表戯曲『いたづらもの』を、一九二〇年には野上が『ハイヂ』を発表している。また、翻訳選集の先駆けといえる森鴎外の『於母影』に収録されたゲーテの「ミニヨン」等四篇は、森鴎外の妹である小金井喜美子（一八七一―一九五六）による邦訳だと言われている（注1）。『於母影』は一八八九年、上田敏の『海潮音』が一九〇五年、堀内大学の『月下の一群』が一九二五年に出版されたが、これらの翻訳詩集として名高いアンソロジーと比べても、翻訳文学における女性の活躍は決して遅れをとるものではなかった。

ジェイムズ・ジョイスの『Chamber Music』の完訳を一九三二年に出版した左川ちかも、この系譜に属する。左川は一九二九年四月、フェレンツ・モルナールがアメリカの雑誌『Vanity Fair』（一九二九年二月号）に掲載した短篇小説「Love and Deception」（第一話）の邦訳で文壇デビューを飾る。その後約八ヶ月にわたり、一九二七年から一九二九年の間に『Vanity Fair』に掲載されたモルナールやオルダス・ハクスリーらの短篇を次々と訳し発表。短篇訳は、左川の兄・川崎昇（一九〇四—八七）とその親友・伊藤整が手がける『文芸レビュー』に掲載された。翻訳作品が『Vanity Fair』に集中したのは、左川の意思や選択というよりは、翻訳文学の紹介で文壇での地位を確立しようと奮闘していた当時の伊藤が、なんらかの形で『Vanity Fair』をまとめて手に入れ、左川をはじめとする文学仲間達にその翻訳を割り振り、自ら編集する雑誌に掲載する采配をしていたからだろう。

英語散文作品の翻訳から文学活動を開始した左川は、一九三〇年八月、自作詩「昆虫」と「青い馬」の二篇で詩人デビューを果たす。「昆虫」は川崎と伊藤が刊行した『VARIÉTÉS』第一号の巻頭をかざり、「青い馬」は北園克衛の機関誌『白紙』第一〇号に掲載された。以降左川は、ほぼ毎月、さまざまな詩誌に自作詩を発表するようになる。

左川が英語詩の翻訳を開始するのもこの時期だ。文学作品の翻訳において、散文を翻訳することと詩を翻訳することは大きく異なるため、英詩翻訳は左川にとって新たな挑戦だったであろう。散文から詩への移行を考慮したのか、初めて手がけた翻訳詩は散文詩「SLEEPING TOGETHER」だった。ハリー・クロスビーの一六篇からなるこの散文恋愛詩の訳は（注2）、左川の詩人デビューの二ヶ月後、『L'ESPRIT NOUVEAU』（一九三〇年一〇月）に発表されている。その三ヶ月後にあたる一九三一年一月からは、ジョイスの『Chamber Music』（一九〇七年）の左川訳が掲載されはじめられる。韻が重視され、かつ、古典へのアリュージョンが多い、連続性を持つ三六篇の恋愛詩からなる『Chamber Music』の訳を、左川は数篇ずつ、一年以上かけて詩誌に発表しつづけ、一九三二年八月に『室楽』として、椎の木社から出版。一般に『Chamber Music』の訳者として知られる西脇順三郎の完訳「室内楽」が収録された『ヂオイス詩集』（一九三三年）に先駆けた出版だった。

左川が作詩を発表しはじめる時期と、英詩の翻訳を発表しはじめる時期とが、ほぼ同じであることに私は着目する。左川はこの時期、ヨーロッパのモダニズム運動のまっただなかにいたクロスビーやジョイスの英語詩に触れ、それらの詩作品を辞書片手に訳しながら、自作を創作していた。日本のモダニズム詩人らが西洋のモダニズム詩の邦訳を読むことで学ぼうとした詩作技法を、左川は欧米のモダニズム詩人らの原詩と向かい合い、自ら英語から日本語に訳すことによって、その技法を自分の血肉とし、自らの日本語詩創作につなげたと私が考える所以である。

左川の翻訳と創作の関係は、単語の使い方、語順、文体に端的にあらわれている。左川詩には、英語詩を翻訳する行為を通して身につけたであろう表現が散見される。たとえば、「草ら」（「風」）、「種子ども」（「単純なる風景」)、「街々」(「黒い空気」)、「葉等」(「循環路」)あるいは「葉ら」(「暗い夏」、「夏のをはり」)、「太陽等」(「出発」)にみられる名詞の複数形の使い方(注3)。太陽にいたっては「二頭の太陽」(「断片」)という表現もあり、地上から見える太陽はひとつという概念を壊すとともに、「頭」で数えることで生物としてとらえられる太陽を誕生させている。

動詞の使い方でいえば、「河は走る」(「冬の肖像」)。日本語にすると新鮮な主語と述語の組み合わせだが、英語では「A river runs.」。英語では河/川は「流れる」のではなく「走る」のだ。形容詞との組み合わせでは、「としとつた雪」(「雪の門」)。英語では「old snow」であり、積もったばかりの雪ではなく古く汚れた状態にある雪というような意味で、ごく一般的な表現であるが、左川は敢えてoldが持つ「老いた」の意味を適用することにより、新鮮な日本語表現を生むとともに、「雪」の脱無生物化をはかっている。

名詞でいえば英語のheartとsoul。左川が初期段階で翻訳したクロスビーとジョイスの英語恋愛詩においては、「心」にあたる単語にsoulとheartがある。左川はheartの邦訳には時に「心」を、時に「心臓」をあてた。心情をあらわす「心」や「胸」といった日本語表現に加え「心臓」は、翻訳詩のみならず詩作品の中でも使われている。たとえば、左川の詩篇「白と黒」では、「私の心の花壇をたたき乱して逃げる。」と、気持ちや心理状態に重点が置かれる「心」が使われている。「われた心臓」(「Finale」)では傷ついた心が、「走れ！　私の心臓」(「緑色の透視」)ではやる気持ちが、「心臓」という言葉を用いることで物理的な重さを持って表現されている。「人々は重さうに心臓を乾してゐる。」(「葡萄の汚点」)では、重たい心持ちやそれを軽くしたい気持ちが、「心臓」という言葉で肉体を持ったかのようにとらえられている。

この他、左川詩の特徴のひとつに挙げられる、「私は知る。」(「夢」)、「私は見る」(「雲のやうに」)、「私は見た」(「舞踏場」)といった、断定的な表現。短歌や和歌の伝統では省略されることが多い「私」という主語を敢えて明記し、かつ、そのすぐあとに述語が続く文体をとるこの手法も、主語が省略できない英語の文法構造を反映しているように思われる。主語、動詞、その直後に目的語がくる英文法の語順を、日本語に取り入れたようにみえる表現も多い。詩篇「夢」の「私は知る。人々の不信なことを。」は、倒置というより、むしろ英語からの直訳だ。それが証拠に「I realize (that) people are unfaithful.」と語順が自然に英語に移行する。この手法は、意外性や驚き、そして、臨場感や緊迫感を生む。「それから私は見る/果樹園がまんなかから裂けてしまふのを」(「雲のやうに」)や「私は見た/花園が変つてゆくのを」（『舞踏場』）はその好例だろう。

　さらに興味深いのは、左川はこれらの英語詩から翻訳を通して得たと考えられる手法を、自作詩創作に利用するだけではなく、英詩を翻訳する際にも応用しているようにみえることである。左川にとって、詩の翻訳と詩の創作の境界線が曖昧であるように私が感じる理由はここにある。『Chamber Music』最終詩第一行「I hear an army charging upon the land,」をみてみよう。「I hear」とは、積極的に聞くというよりは「聞こえてくる」に近い感覚がある。そのため、語法的には西脇訳の「軍勢が国へ攻めよせ来る音がする。」が〈正しい〉。一方左川は、この短い一行に敢えて読点を挟み込み、「私はきく、軍勢が国を襲撃し、」と訳している。

「私はきく、」という原詩最初の二語「I hear」を強調した短文で始まる左川訳は、「私」という主体に軍勢が攻め寄る危機感、恐怖や焦りを力強くとらえている。「私はきく、」から始まることで、読者に「私」の視点からこの詩を読むことを可能にさせている。この最終詩は、『Chamber Music』のクライマックスだ。詩中の「私」は、黒い甲冑を着た兵たちが鞭をふるい、馬を走らせ海から迫りくる夢を見ている。馬があげる水しぶき。男らの高笑い。夢で呻く「私」。左川の訳は、読者にこれらを「私」の視点でとらえさせるため、最終行で、緑の髪の毛をなびかせながら男らがついに迫り、「私の心臓(heart)」が絶望し、恋人に「なぜあなたは私を独り残して去つたのか」と叫ぶところで「私」が夢から覚める時、読者も「私」とともに夢から覚めたかのように、この長篇詩を読み終えることができる。

　左川の詩の翻訳と詩の創作の軌跡を追えば追うほど、両者の境界線はより曖昧になってゆくように私には思われる。境界線は果たして存在しえるのだろうか。左川は翻訳する行為から得た手法を詩作にいかし、かつ、翻訳という行為においてもその手法を適用することで邦訳詩を完成させていったのだろう。詩の翻訳と詩の創作は、左川の文学活動の両輪だった。どちらが欠けても成り立たなかった。左川にとって翻訳とは、海外の文学作品を紹介する行為というよりも、自身が詩を知るための行為だったのかもしれない。翻訳と創作が相互にecho（共鳴／反響／模倣）しあうことで誕生した左川詩と左川訳は、二一世紀の我々にも、新鮮さと斬新さを届け続けてくれている。

注

1　山本楡美子・棚沢永子編「女性詩集年表」（『現代詩ラ・メール』一九九一年一月号）

2　「Sleeping Together」は、同タイトルの詩集ではなく、クロスビーの死後一九三〇年に雑誌『transition』に掲載されたもの。

3　左川の詩及び翻訳詩の引用部分はすべて『左川ちか全集』（島田龍編、書肆侃侃房、二〇二二年）。

（文学研究）

感想・夢想・妄想

柴田元幸

ミナ・ロイの「寡婦のジャズ」、ハリー・クロスビーの「SLEEPING TOGETHER」など、左川ちかによる気合いの入った訳詩を読むと、もう喜びしかない。一行一行、意味と無意味が衝突して異様なエネルギーが生じているのはひたすら祝福の対象である。本人の詩と翻訳詩とどちらを取るかと訊かれればまあやっぱり本人の詩を取るだろうが、翻訳詩に時おり見られるぶれ、危なっかしさ（おそらくは原文の構文にかなり律儀につき合った結果だろう）もそれはそれで捨てがたい。

「白い Clover の透視がある。あなたの足のひとでとはためく着物の私への到着。扉の把手の上のあなたの手は新月の臆病だ」（クロスビー「SLEEPING TOGETHER」の中の「WHITE CLOVER」）といったあたりはさすがに意味が取れていないんじゃないかと思って原文を見てみると、どっこい、だいたいそんな感じ（つまり超難解）なのである――"There is a clairvoyance of white clover, a coming towards me of the white star-fish of your feet, an aeolus of drapery. Your hand on the knob of the door is the timidity of the new moon"（柴田試訳――白いクローバーの透視がある　白いヒトデたる君の足が僕の方へやって来る　衣は風の神　ドアノブにかけた君の手は新月の臆病さ）。

一九三一年から三二年にかけてジェームズ・ジョイスの『室楽』を訳したとき、「川崎昇が買い与えた厚い英和辞典を引き、伊藤整の監修を受けながら翻訳した」と島田龍は解説している（『左川ちか全集』三四八ページ）。できることなら伊藤整が監修する前のバージョンを見たい。『室楽』訳は全体にちょっと整いすぎていて荒々しい活力に欠ける気がするので。まあ原文も荒々しいというようなものではないので、監修のせいではないかもしれないが。

兄川崎昇が買った「厚い英和辞典」とはどんな辞典だろう。僕の手元には昭和三年（一九二八年）刊の『三省堂英和大辞典』がある。二六八〇ページあるので、いちおう「厚い」と言えるだろう。当時ほかに英語の大辞典がどれくらいあったか知らないが、まあ十も二十もありはしなかっただろう。だとすれば、大手の三省堂から出ていたほぼ最新の大辞典を兄が買ってくれた可能性も、数パーセントはあるんじゃないか。

僕の『三省堂英和大辞典』は昭和三年三月一日初版で、同年同月二十日刊の第五刷である（すごい売れ行き！）。十年か十五年くらい前、琵琶湖近辺の古本屋で四百円で買った。僕は左川ちかが使っていた『三省堂英和大辞典』第五刷が回りまわって琵琶湖近辺の古本屋に行きつき、それを僕が買ったという展開を夢想する。……まあそれは妄想がすぎるとしても、九十五年前に出た『三省堂英和大辞典』をいま僕はパラパラめくり、左川ちかが見たにちがいない項目（aeolusとか）を見て独りしみじみする（もうすっかり、彼女がこの辞書そのものではないにせよこれと同じ辞書を使った気になっている）。

左川ちかがチャールズ・レズニコフ、ジョン・チーヴァーを訳しているという事実にも感動させられる。レズニコフはポール・オースターが敬愛した詩人（一八九四―一九七六）で、オースターは一九七四年、レズニコフに会いに行っている。左川ちかはいかにもレズニコフらしい、日常の風景をほとんど俳句的に簡潔に記述した詩を何点か訳していて、淡々とした訳文が意外に味わい深い。チーヴァーは左川とほぼ同世代で（一九一二―八二）、左川が亡くなる前年の一九三五年から『ニューヨーカー』に短篇を発表しはじめ、五〇～六〇年代に多くの名短篇を生み、二十一世紀に入ってから村上春樹が新たに翻訳した。左川が訳した「遅い集り」は、一九三一年、チーヴァーの知人がやっていたリトルマガジン*Pagany*（よくそんなもの日本で手に入れたなあ）に載せてもらった習作で、その後単行本にも収録されていない。左川、レズニコフ、チーヴァー、オースター、村上といった名前がゆるくつながるのを見て、なんだか嬉しくなる。

むろん語学力は完全ではない。asの用法とか、教えてあげたくなる。……というと偉そうだが、このすごい人に、そうした点では少しは奉仕できると思うのだ（そういう男の「大きなお世話」が女を潰してきたのだ、と言われるだろうか）。ヴァージニア・ウルフの「憑かれた家」に出てくる、「私」という意味のone（ただし「私」性は薄めてあるわけだが）を「人」と訳しているのも、曖昧さを意図的に残したというより、そういう用法に出会ったことがなかったというのが（あくまで翻訳者としての勘にすぎないが）真相ではないかと思う。こうこうこういう用法なんですよ、と説明してあげたら、「そうですか……」と言って訳文を練り直してくれただろうか。妄想は尽きない。

　とにかく。手に入る文献も限られ、女性としてやれることも限られ、何よりも生きる時間が限られた中で、これだけの仕事をしている。賛嘆の念あるのみ。

参考

左川が底本に使った、ハリー・クロスビー「SLEEPING TOGETHER」が載っている *transition*, 19-20 はここで見られる：https://archive.org/details/transition-19-20/page/233/mode/2up

ジョイスの「室楽」（"Chamber Music"）原文はここに：https://www.theotherpages.org/poems/joyce01.html

レズニコフ「詩の一群」のうち「その家は冬に暖い……」は：https://www.poetrynook.com/poem/house-warm-winter-cool-summer

「一頭の黒い馬と白い馬が……」（"A black horse and a ..."）は：https://allenginsberg.org/2015/02/meditation-and-poetics-41-reznikoff-11/

「再び日は長い……」は：https://www.poetrynook.com/poem/days-are-long-again-skies-are-blue

ウルフ「憑かれた家」（"A Haunted House"）原文は：https://www.gutenberg.org/cache/epub/29220/pg29220-images.html

（アメリカ文学）

二つの夕暮れと左川ちか訳『室楽』

戸塚学

一九三一年に発表された左川ちかの詩に、夕暮れが登場するものが二篇ある。「黒い空気」（「今日の詩」三一年四月）と、「錆びたナイフ」（「白紙」三一年四月、引用は「詩と詩論」（三一年六月）に拠る）である。この二篇は、左川がジェイムズ・ジョイス『室楽』の翻訳を連載しているさなかに発表された。ここでは、この二篇の詩を読み解き、両作と左川訳『室楽』との関係について若干の考察を試みる。

夕暮が遠くで太陽の舌を切る。／水の中で空の街々が笑ふことをやめる。／総ての影が樹の上から下りて来て私をとりまく。／森林や窓硝子が女のやうに青ざめる。／夜が完全にひろがる。／乗合自動車が焔をのせて公園を横切る。

その時私の感情が街ぢうを踊りまはる。／悲しみを追ひ出すまで。

（「黒い空気」）

青白い夕ぐれが窓をよぢのぼる。／ランプが女の首のやうに空から釣り下がる。／どす黒い空気が部屋を充たす——一枚の毛布を拡げてゐる。／書物とインキと錆びたナイフは私から少しづつ生命を奪ひ去るように思はれる。

すべてのものが嘲笑してゐる時、／夜はすでに私の手の中にゐた。

（「錆びたナイフ」）

二つの詩は、「夕暮が遠くで太陽の舌を切る」、「青白い夕ぐれが窓をよぢのぼる」と、「夕暮」、「夕ぐれ」の語を含む一行から始まる。いずれの詩も実景を写実的に描くわけではないが、夕方から夜にかけての空間の像を、前者は街の中、後者は都市の中の一つの部屋を舞台に提示したものと解せる。前者は「黒い空気」を表題とし、後者も詩行の中に「どす黒い空気」という語句を含むが、これは日が落ちて辺りが暗くなった夕暮れ時の空気の感触を指しているだろう。二篇は夕闇の「黒い空気」が世界を覆っていく過程を共通して主題化したものだと考えられる。

前者では「総ての影」が「私をとりま」き、「夜が完全にひろが」って、「私」は夜の街の中でその身体性を失うかのようである。後者では「どす黒い空気が部屋を充た」し、部屋の中の事物が「私」の「生命を奪ひ去」るように感じる。夕暮れに伴う「黒い空気」は、いわば主体が侵食されるような感覚を「私」にもたらしている。

だが「私」はそのように夕暮れの黒の中に身を浸すことに、安堵や解放感を覚えているように見える。「黒い空気」では「私」の「悲しみ」は夜気の中に霧消しており、「錆びたナイフ」では「私」が自分を取り囲む夜を逆に手中にしたように感じている。二篇の詩が描き出しているのは都市空間の中に身を置く主体の孤独とでも言えようが、その孤独は「私」を不安や悲哀に陥れるものではない。夕闇は「私」の存在を黒の中に覆い隠し、むしろ世界と一体化したような親密な感覚をもたらすのである。

注目したいのは、二篇の詩の夕暮れが空を焼くように彩る赤ではなく、青のイメージを付与されていることである。前者では「森林や窓硝子が……青ざめる」、後者では「青白い夕ぐれが……」というように、日が落ちて世界が色を失っていく様子が、青のイメージで描き出される。青はまた、夜の黒を準備する色でもある。この夕暮れの青は、左川が訳したジョイス『室楽』連作「2」（「詩と詩論」三一年一月）の、夕暮れの青と通じるものだと考えられる。

たそがれは紫水晶から深い更に深い青に変る、ランプ
は薄い緑の光で街路樹を満す。

古風なピアノが曲を奏でる、静かな緩漫な軽快な曲を、
彼女は黄色いキイの上にかゞみ彼女の頭は此方へ傾く。

内気な考へとかなしい大きな眼と人々が聞き入る間を
さまよふ手と。たそがれは紫水晶の光で更に深い青に
変る。

（「2」、『室楽』）

『室楽』三十六篇の連作の第二番目に位置づけられた右の詩は、巻頭の詩に引き続き、連作のうちに音楽の調べをもたらすとともに、話者の恋の対象である女性を音楽の演奏者として登場させる。昼の光をいまだ揺曳させた黄昏のアメジストは、夜の深まりとともに濃い青色へと変化していく。これは恋の感情の深まりや、「彼女」の澄んだ瞳の色の深さとも通じるイメージである。原文を

左川が依拠したと見られるエゴイスト版（*Chamber Music*, London, The Egoist Press, 1923.）から引く。

THE twilight turns from amethyst / To deep and deeper blue, / The lamp fills with a pale green glow / The trees of the avenue.

The old piano plays an air, / Sedate and slow and gay ; / She bends upon the yellow keys, / Her head inclines this way.

Shy thoughts and grave wide eyes and hands / That wander as they list— / The twilight turns to darker blue / With lights of amethyst.　（II, *Chamber Music*）

　ジョイスの原詩と左川訳、左川の二篇の詩を並べてみると、『室楽』の「II」の語句が左川の詩に取り入れられていることが見てとれる。「街路樹」（“The tree of the avenue”）は「黒い空気」の「街々」及び「樹」へ、「ランプ」（“The lamp”　ここでは街灯の意味だろう）が「錆びたナイフ」の「ランプ」へと置き換えられている。「薄い」（“pale”）が「青ざめる」（「黒い空気」）、「青白い」（「錆びたナイフ」）に置き換えられ、さらに「紫水晶」（“amethys”）や、「深い更に深い青」（“deep and deeper blue”）の深い青が、二篇の詩の夕暮れのイメージの源泉となっているだろう。夕暮れを青のイメージで捉える『室楽』の「II」の一言一句を日本語に置き換えるという過程を経て、左川の夕暮れの詩二篇の語彙や表現が生み出されたのだと考えられる。

　ただし、原詩の甘美な雰囲気は消し去られ、幻想的で不穏な雰囲気の世界が新たに作り出されている。恋人の女性も姿を消すが、二篇の詩の「女のやうに青ざめる」、「女の首のやうに」という不気味な比喩に、女性のイメージがかろうじて痕跡をとどめている。

　注目したいのは、左川が“The twilight turns from amethys”を、「たそがれは紫水晶から深い更に深い青に変る」と原文の構文をなぞるような形で訳した点である。原文の名詞を「日が暮れると……」などと動詞で解きほぐして訳すことも可能だろうが、左川は「たそがれは」という無生物主語を立てることを選んでいる。また、直下に「紫水晶から」という語句を続け、“amethyst”を色というより宝石そのものとして訳出している。原詩最終行のアメジストは実体的に描かれているので、左川はこの最終行から逆算するようにして、第一行をこのように訳したものと見られる。

　この「II」の第一行の構文が、二篇の詩の第一行に写し取られている。「夕暮が遠くで太陽の舌を切る」、「青白い夕ぐれが窓をよぢのぼる」は、いずれも夕暮れを意味する無生物が主語に立ち、目的語に働きかける構文である。この夕暮れは「太陽の舌」を「切」り、あるいは「窓」を「よぢのぼ」るというように、実体をそなえかつ意志を持った物体のように振る舞う。「たそがれ」という形のないものと「紫水晶」という物とを結びつけた原詩（及び左川の訳文）の表現が、夕暮れを「切る」や「よぢのぼる」という動詞と直結させ、形を持たない夕暮れが世界に物理的に関与するような表現を生み出したのだと考えられる。以下、二篇の詩ではそれぞれ「街々」や「ランプ」や「影」といった事物が人物以上に生き生きと動くような世界が展開される。『室楽』「Ⅱ」の第一行の持つ形が、左川の二篇の夕暮れの詩の世界を決定したと言ってよいだろう。

　左川は『室楽』翻訳時、英語を自由に読み書きできるわけではなかったと思われる（たとえば原文のlistはlisten（聞き入る）ではなく、望む・欲するの意味だろう）。だが、第一行のアメジストを宝石として訳した箇所や、第一連でS音、第二連でK音、第三連でK音とS音を響かせている箇所など、訳文には原文との格闘や訳語選択の工夫の跡が見られる。伊藤整の助言があったにせよ、原文を読み解き語彙や構文を選択していく翻訳の過程が左川に与えた影響は大きかったと思われる。

　左川の『室楽』は、固い名詞の使用、意味の飛躍のある語句の組み合わせ、原文の語順を踏襲した構文などにより、原文の文意よりも過剰な訳文が生み出されている箇所がある（この点については、以前、拙稿「左川ちか訳・ジョイス『室楽』」（「Right Margin」二〇二二年一二月）で論じた）を思わせるそうした訳文の表現が、結果的に左川の詩語の豊かで硬質な語彙や表現を生み出していると考えられる。『室楽』を含む左川の初期翻訳を検討することで、左川の詩的言語が言葉と言葉との響き合いの中から生まれてくる過程を改めて見つめ直すことができるだろう。

（日本文学研究）

「グローバル・モダニズム」と翻訳と“Sagawa Chika”

秦邦生

今から三年ほど前の二〇二〇年にブルームズベリーというイギリスの学術出版社から *Global Modernists on Modernism: An Anthology* というタイトルの本が出版された。その中に左川ちかの一文も英訳で収録されている。訳者は中保佐和子氏で、訳出されたのは「樹間をゆくとき」という一九三五年六月に『椎の木』に掲載された、ごく短い同人たちの詩評である。

左川の一文を英訳で収録したこのアンソロジーのコンセプトは「モダニズムについてのグローバル・モダニストたち（の発言）」というタイトルが表現している。文字通り世界各地全一五の国・地域・集団——ラテン・アメリカ、カリブ海地域、サブサハラアフリカ、アラブ世界にはじまって南太平洋からアシュケナージ系ユダヤ人のディアスポラまでカテゴリー化して網羅する野心的な構成で、そこに日本も含まれている——の「モダニスト」と目される作家や詩人たちの短めの自己言及的な散文の英訳を集めたもので、なんらかの前衛運動のマニフェストや詩集・長篇作品に附された序文や後書きが多い。左川の散文も視覚性と強く結びついた彼女の詩学の表現としてのみならず、当時の日本の同人詩誌活動の一端をうかがい知れる資料として編者の一人アリス・ムーディは紹介している。

全七六作品を収録するこのアンソロジー中で“Modernism in Japan”のセクションには七篇の散文が収められており、平戸廉吉、『赤と黒』宣言、萩原恭次郎、芥川龍之介、小林多喜二、小林秀雄とならんで、左川ちかが日本の「グローバル・モダニズム」の代表的書き手の一人として選ばれていることにはやはり注目すべきかもしれない。この英語圏におけるいち早い再評価の背景としては、二〇一五年に英訳で出版された *The Collected Poems of Chika Sagawa*（中保氏による翻訳）が英語話者たちのあいだでの左川ちかの知名度を飛躍的に高めたことが当然ながら第一の要因としてあり、それは端的に喜ばしい。

ただしこのような出版物に、アンソロジーという形式によって文字通り世界中の「モダニスト」作家たちをサンプリングしてカタログ化し、英語によるモダニズム研究の内側に取り込んでしまいたい、という（特に近年のアメリカ発の）人文学研究の貪欲なまでのグローバル化志向を読み取って一抹の不安を覚えたことがまるでないと述べるのは、やはり嘘になってしまうだろう。かつて英語でModernismといえばエリオット、パウンド、ジョイス、ウルフなどだけを想起するのが至極当然だった時代の伝統的な発想は、ここ二〇年余りで時空間的に膨張した“New Modernist Studies”からすれば耐え難いまでに偏狭なものと見なされるようになってきた一方で、「ヨーロッパを地方化する」（ディペシュ・チャクラバルティ）一手段として非英語圏のモダニズムを英訳する行為は、結局は英語の覇権言語としての地位を強化するだけという皮肉な結果に終わってしまうのではないか――この懸念はなにも筆者だけものではなくて、「グローバル・モダニズム」を論じる可能性の条件にはそもそも“the uneven politics of language”がある、と正面から認めるこのアンソロジーの編者たちにも確かに共有されていることは、フェアネスのためにも附言しておきたい。

だがこのような殺伐とした「言語政治」についての議論の背後には、特定の言語を何らかの領域的支配の道具と見なしたり、その言語の文学を何者か（「日本人」とか「アメリカ人」とか）の専有物と見なしたりするような、現実問題としては避け難くとも、本来的にはやはり貧しいと言うべき発想が潜んでいるのだろう。例えば、既に百年近くも前に左川ちかが先駆的に日本語へと翻訳紹介したヴァージニア・ウルフの諸作品は、もはやイギリス人のものでも、（特定の国籍と一致する）英語話者のものでもなく、ましてや日本語話者だけのものと思い込むこともできない。それとまったく同様に、彼女の同時代の英語モダニズム文学の翻訳を重要な触媒の一つとして創造された左川ちかの硬質な詩的言語は最初から標準的な日本語からかけ離れた地点で書かれていて、はじめから翻訳を内在した、いわば「生まれつき翻訳」としての左川の詩はそもそも日本人のものでも、日本語話者だけのものでもなく、まして英語圏の研究者だけの専有物になってしまう可能性も、原理的には存在しないのではないだろうか。

当然、英訳による左川ちかのアンソロジー収録は英語支配の現状追認には終わらない。英語や日本語という単一言語自体の輪郭をあやふやにするような攪乱的行為として「翻訳」を再想像するための最良の実例は、島田龍氏の編集による『左川ちか全集』に収録された翻訳作品の数々のなかに見つけられるだろう。他者を理解し尽くしたと思い込むための翻訳ではなくて、理解し得ない部分、知の限界の向こう側へと宿命的に魅了されるための翻訳——ウルフの“On Not Knowing Greek”（「ギリシア語を知らないことについて」）というエッセイに倣って、“On Not Knowing Sagawa Chika”からはじまる想像力の飛翔についてもっと自由に語るのは研究者としての私の任ではないけれども、一コモン・リーダーの密かな愉しみとして誰にも見せずに秘匿しておきたいとは思っているのだ。

（英文学）

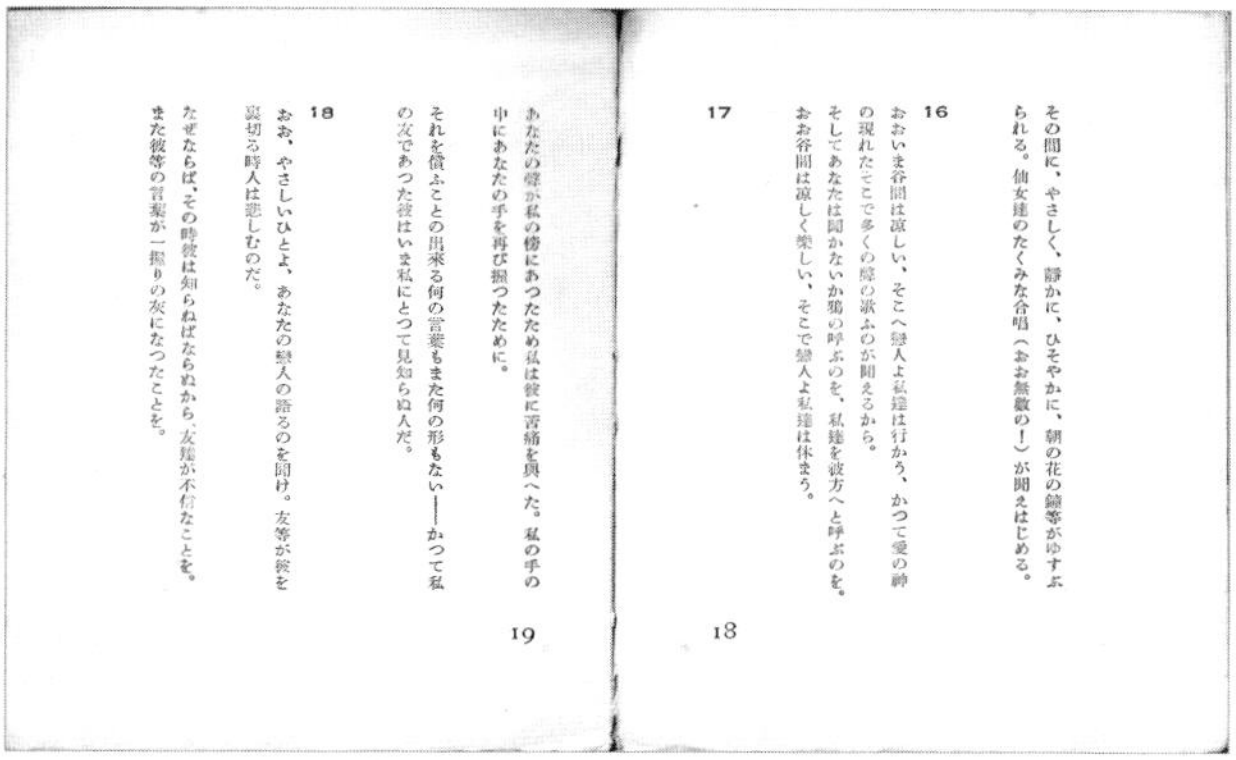

その間に、やさしく、靜かに、ひそやかに、朝の花の鐘等がゆすぶられる。仙女達のたくみな合唱（おお無數の！）が聞えはじめる。

16

おおいま谷間は涼しい、そこへ戀人よ私達は行かう、かつて愛の神の現れたそこで多くの鳩の歌ふのが聞えるから。

そしてあなたは聞かないか鶫の呼ぶのを、私達を彼方へと呼ぶのを。

おお谷間は涼しく樂しい、そこで戀人よ私達は休まう。

17

18

あなたの聲が私の傍にあつたため私は彼に苦痛を與へた。私の手の中にあなたの手を再び握つたために。

それを償ふことの出來る何の言葉もまた何の形もない——かつて私の友であつた彼はいま私にとつて見知らぬ人だ。

18

おお、やさしいひとよ、あなたの戀人の語るのを聞け。友等が彼を裏切る時人は悲しむのだ。

なぜならば、その時彼は知らねばならぬから、友達が不信なことを。また彼等の言葉が一摑りの灰になつたことを。

19

ジョイス著／左川ちか訳『ジョイス』（椎の木社、1932年8月）

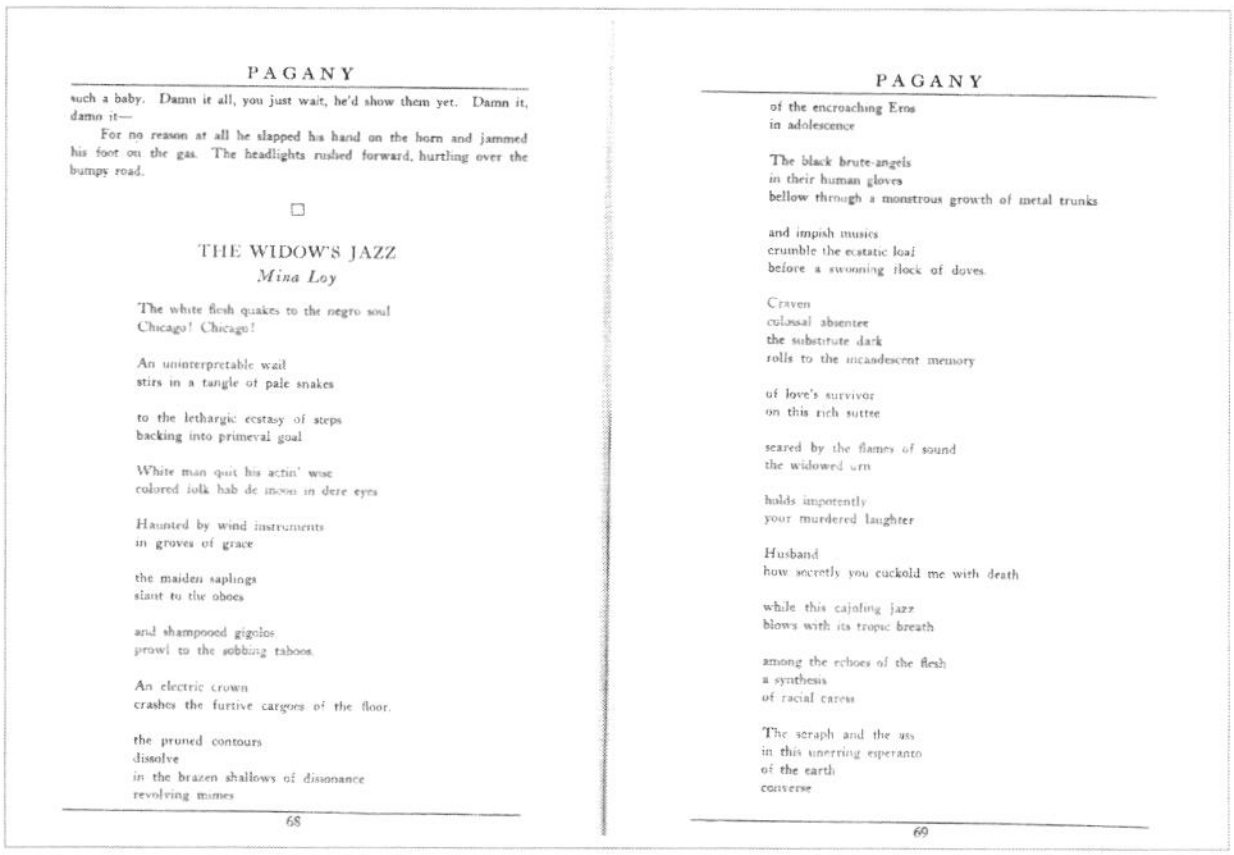

PAGANY

such a baby. Damn it all, you just wait, he'd show them yet. Damn it, damn it—

For no reason at all he slapped his hand on the horn and jammed his foot on the gas. The headlights rushed forward, hurtling over the bumpy road.

□

THE WIDOW'S JAZZ

Mina Loy

The white flesh quakes to the negro soul
Chicago! Chicago!

An uninterpretable wail
stirs in a tangle of pale snakes

to the lethargic ecstasy of steps
backing into primeval goal

White man quit his actin' wise
colored folk hab de moon in dere eyes

Haunted by wind instruments
in groves of grace

the maiden saplings
slant to the oboes

and shampooed gigolos
prowl to the sobbing taboos

An electric crown
crashes the furtive cargoes of the floor.

the pruned contours
dissolve
in the brazen shallows of dissonance
revolving mimes

68

PAGANY

of the encroaching Eros
in adolescence

The black brute-angels
in their human gloves
bellow through a monstrous growth of metal trunks

and impish musics
crumble the ecstatic loaf
before a swooning flock of doves

Craven
colossal absentee
the substitute dark
rolls to the incandescent memory

of love's survivor
on this rich suttee

seared by the flames of sound
the widowed urn

holds impotently
your murdered laughter

Husband
how secretly you cuckold me with death

while this cajoling jazz
blows with its tropic breath

among the echoes of the flesh
a synthesis
of racial caress

The seraph and the ass
in this unerring esperanto
of the earth
converse

69

ミナ・ロイ「THE WIDOW'S JAZZ」（『PAGANY』2-2、1931年4～6月）

神秘的な種子のように

チョン・スヨン

「何だかうまく言えないけど、素敵なショックを受けました。」

　韓国語訳の左川ちかの詩を読んだ読者からこんなコメントをいただいた。何だかうまく言えないけど……。これはまさに私が初めて日本語でちかの詩を読んだ時呟いた言葉、そのものだった。何だかうまく言えないけど、何となく素敵だね。暗いけど、ただ暗いだけではなく、奥底に希望の緑が感じられる暗さだよ。その深緑からは原始の自然が感じられる。それは人間という生き物の根源とも繋がっていると思うよ。百年も前にこんな詩があったとはね。しかも若い女性が吐いたこの詩は、きっと今の韓国読者に響くところがあると思う。と、私が韓国の編集者に話したことを覚えている。まだちかの詩を翻訳出版するかいなかを判断する段階でのことだった。韓国のイッタ（잇다：韓国語発音で繋がるという意味もある）出版社の編集者が英語訳の左川ちか詩集を発見し興味を持ってから、私に送ってくれた日本語の詩を読んだ後の私の返事だった。当時はまだ『左川ちか全集』を手に取るのが難しかったので（オークションなどで出回っていたもののすぐなくなったりしたから）、手のひらくらい小さいサイズの『前奏曲』やばらばらのページがコピーされた『左川ちか資料集成』などでちかの詩に近づいていた。一篇ずつ読んでいくうちに、私もさっきの読者が言ったように新鮮な衝撃を受けたのである。これは訳さないと。今現在出版するに当たるパワーがある。前世紀の若い女性が全力で書いた言葉のパワーだ。そして出版して半年後、予想通り左川ちかの韓国語版翻訳詩集『季節のモノクル』は詩を愛する読者に静かな反響を呼んでいる。訳者として、こんなに嬉しいことはない。誰もが知らない詩人を紹介し、その詩語をこの国に散蒔《ばらま》く。素敵な仕事だ。

詩集のタイトルを決める時はずいぶん悩んだ。宮沢賢治の『春と修羅』のように、ちかを代表する表題が必要だった。詩としては「前奏曲」が一番よかったが、表題にしてはウォーミングアップしている様子で力が足りない。個人的には「菫の墓」もいいと思ったが死の影が大きかったせいか出版社から断られた。できればちかが選んだ詩のタイトルを表題にしたかったので、「海の天使」、「記憶の海」、「暗い夏」などがあがった。一番最後まで悩んだタイトルは「太陽の娘」だった。しかし、どうしてもちかは太陽の娘というより、月の娘だったのである。出版日が一か月前に迫ったある日、私は韓国語で訳した五十八篇の詩を白いＡ４用紙に一枚ずつプリントアウトしてテーブルの上にばらまいた。そして手当たり次第読んでみた。これは春、これは夏、これは秋……、これは冬だ。ああ、季節。ちかは、季節を中心に詩を書いていたことが分かった。ちかが生涯に書いた詩は全体的に四つの季節をうまく案配したように思われた。しかも死の直前、一番最後に書いた詩は「季節」。とてつもなく素敵な詩だった。「晴れた日／馬は峠の道で煙草を一服吸ひたいと思ひました。／……／そして遠い年月が一度に散つてしまふのを見ました。」季節を走る馬のような詩人。そういう人生。早く過ぎてしまったけど、見るべきものはちゃんと見、書くべきことははっきり書いた、その集中力……。その時、「季節のモノクル」という言葉が目についた。モノクル、片眼鏡だ。モダニストだけであって、英語を使う。モノクルは、当時西洋でもそろそろ骨董品になりたてていたものだったが、ちかの目には魅力的に映ったオブジェだったに違いない。タイトルは、これだ。『季節のモノクル』。そして、表題の存在は大きい。これから韓国読者に左川ちかという詩人は、片眼にモノクルをつけて季節を眺めているイメージとして刻印されるだろう。それもいいと思う。

隣の国の文学だからこそ、翻訳者にはいくつかのベネフィットがあると、私は時々思う。まずは、自然物の近さだ。日本と同じく韓国にも春夏秋冬という四季が鮮やかで、春には木蓮が、秋にはタンポポが町の隅々で見られる。あ、季節が変わっているな、年月が過ぎているな、そう呟く時に、目につくものがほぼ同じだということだ。似たような鳥が空を飛び、似たような魚が川を泳ぐ。それぞれ呼び名は違うものの、見た目のイメージは重なる。しかしいつも驚くのは、地理的にこんなに近く、形態的にこんなに似た環境に囲まれた人々が、こんなに異なる考え方を持っているのである。感受性が凝縮されている詩の世界では、ますます、それが大きく表れるのだ。例えば、死の世界観について。韓国の人は死をタブー視する傾向がある。死は土の中に閉じ込められる生き苦しいもので、死後はあるゴールを向いて一生懸命走った後に到達するフィニッシュの空間、閉ざされる終わりの空間だ。しかし、日本の詩や小説を読んでいると、死は、新しい次元への旅、広い宇宙への飛行というふうに、新たなスタートの空間になったりもする。『銀河鉄道の夜』に行かないまでも、ちかの詩「死の鬚」に出てくる「死は私の殻を脱ぐ。」という考え方は、韓国にまずないと思う。終わりだと思っていた死が、殻を脱いで全く別の次元で始まるのだ。こういう別の次元の想像が、韓国の

読者に「素敵なショック」を与えるのかもしれない。人間、見た目は似ていても、こんなに違う、正反対の考え方ができる生き物だ。ということが発見できるのも、文学の魅力であり、面白さである。ちかは詩「単純なる風景」の中で「また種子どもは世界のすみずみに輝く。／恰《あたか》も詩人が詩をまくやうに。」と語った。ちかの詩語は、今韓国に見たこともない神秘的な種子のように蒔かれ、輝いている。新しい始まりを想像しながら。

（翻訳者）

チョン・スヨン訳
『계절의 모노클』
2022

中村多文子訳
“INSECTOS』
2022

サワコ・ナカヤス訳
『THE COLLECTED POEMS OF CHIKA SAGAWA』
2015

スペイン語圏の左川ちか

中村多文子

スペイン語圏でもここ数年、左川ちかの詩集のスペイン語訳が出版されている。彼女の認知度はまだ低いと言わざるを得ないだろうが、それでもスペインとチリで、スペイン語とガリシア語で出版された。特に、チリが先頭を切ったこと、スペインではまずガリシア語の翻訳が出たことは大変興味深い。チリはノーベル文学賞を受賞した女性詩人ガブリエラ・ミストラルをはじめ、多くの詩人を輩出している国の一つである。ガリシアもガリシア語で活躍した女性詩人ロサリア・デ・カストロが有名な土地である。詩への親しみが窺える。こうした背景があるとはいえ、チリでは二〇二〇年になんと二冊の翻訳本が出版された。そのうちの一冊には、病床で左川が書いた日記も収められている。左川作品をより理解するためでもあるが、左川ちか自身への関心も推察される。

これら翻訳をきっかけに、スペイン語でもレビューや読者の反応が発表されている。それらにはまず、英訳からスペイン語訳されているため、英訳された中保氏への敬意と感謝、そしてスペイン語で読める喜びが強く表現されている。左川については、日本のモダニズム詩人として評価が高い。ヨーロッパ前衛主義の影響を受け、特にシュルレアリズムの要素があると同時に、日本詩の伝統も兼ね添えているというのが共通の評価である。また、彼女の生涯と共に語られる時は、その短い生涯ゆえに作品が濃いとの意見もある。

さらにスペインでは、左川ちかの詩「緑の焰」が、あるアートグループの展示のモチーフとなった。イベント名が詩のタイトルと同じで、この詩がそのイベントの理念と相通ずるところがあったようだ。左川ちかの詩が文学の世界に留まらず、他の分野でも注目されたことはとてもすごいことでないかと思う。

左川ちかに言及したブログなどは翻訳が出版された二〇二〇年以降のものが目立つが、それ以前、主に彼女の生き様についての内容ではあるが、二〇一五年にネットで発表されていた。スペインで筆者が日本語からスペイン語訳を試み、トレモサス出版から出版した『Insectos』（昆虫）は、この記事のおかげである。編集者のポルペタ氏はこの記事を読んで興味を持ち、英訳を読んだ。そしてスペイン語でもいつか出版したいと考えた。このきっかけがなければ、『Insectos』は存在していないかもしれない。

さて、この『Insectos』は本のタイトルはないまま作業は始まったが、日本語からの翻訳を「売り」とする目標を目指した。二〇二二年のマドリード・ブックフェアにあわせてなんとか出版にこぎつけた。ブックフェアでは、全く言語体系の違う言語の詩をスペイン語に訳したという点について、お褒めの言葉をたくさんいただいた。ありがたい貴重な経験をさせてもらった。

翻訳作業はやりがいはあったし楽しかったのだが、悩んだことも多々あった。例えば、「風」に出てくる枸杞色。日本語では短く表現できるがスペイン語では数単語必要で長く、短い詩ならではの表現が崩れ、間延びした感覚を与えてしまう。試しに似ている色を探してもみたが、首は傾げたままだった。単なる色なのかもしれないが、枸杞の色は枸杞の色である。詩型をとるか、枸杞をとるかで悩んだ。枸杞自体、スペイン語圏の人々の認知度は他のドライフルーツほど高くないと思われるが、私が枸杞の色なんだと思ったように思ってもらいたいと、枸杞の色を選んだ。

そして出版後はレビューを書いていただき、訳の変更の提案までいただいた。その提案から、体言止め表現への反響が強いように感じた。違和感を持たれたのかなと思った。でも、詩である。スペイン語の詩でも名詞が中心となり、名詞節のみで表現されることもある。体言止めのうち、関係代名詞を使用した表現と、現在分詞を使って少し動詞感を出したものがあった。関係代名詞を使った名詞節の表現は全て、きれいに主部と述部のある表現に変える提案をいただいた。なぜだ？　と考えさせられた。その表現に注目してもらったということは、他とは違う表現として認識されたということで嬉しい。と同時に、そこだけ突出した感覚を与えすぎたのか、余韻が残りすぎたのかと心配になった。でも、それは左川ちかの特徴で生かされるべきだと考える。それだけが独立しているわけではなく、ちゃんとつながっていき、調和されている。スペイン語でも同じような感覚を与えられているかどうかはネイティブでないと分からないが、何かしらの感覚を抱かせたのであれば、その意味で原作に少しは近づけられたのかもしれないと思う。そして、きちんと読んでくれる人がいるのだとありがたく感じた。今回収められなかった作品で、スペイン語圏の人々の心に届くような訳を今後も挑戦していきたい。

（スペイン語学）

「より良く」する
——左川ちかを訳すことについて

サワコ・ナカヤス

私は二〇〇二年に左川ちかを発見した。詩の創作でMFA（芸術修士）を取得し、日本に移った年のことだ。それまで人生のほとんどをアメリカで過ごしてきたので、「出身国」で生活してみるには良い頃合いだと思ったのだ。大学院在学中に三冊の詩集を書いたが、一冊も出版はしていなかった。私は無名で、日本には何のコネクションもなかった。

日本に行く少し前、リトマス・プレス（Litmus Press）の編集者で雑誌『アオフガーベ』（ドイツ語で「使命」＝ベンヤミンの「翻訳者の使命」にちなむ）の編集長E・トレイシー・グリンネルから、日本の現代詩特集の編集をやらないかと誘われた。日本の現代詩なんてほとんど何も知らなかったが、私は引き受けた。これを機に一気に学ぶ気はあったし、現代詩ということで、名作の権威がさほどのしかかってこないのも有難かった。

一つだけ、小さな手がかりがあった。ジョン・ソルト（John Solt）が北園克衛に関する、膨大なリサーチに基づく研究書を書いていて、エリック・セランド（Eric Selland）によるその本の書評が、ジェロルド・シロマ（Jerrold Shiroma）が編集長を務める小出版社デュレーション・プレス（Duration Press）から出たばかりだった。この本で私は初めて左川ちかに触れたのだ。『アオフガーベ』からは現代詩人を並べるよう言われていたが、左川の詩にあまりにも惹かれたため、彼女を中心に据えることにした。そもそも、多くの点で彼女の詩はどんな現代詩にも劣らず現代的に感じられた。いくつか影響源をたどれないわけではないが、この人独自としか言いようのない感性とスタイルがその詩にはあった。彼女の感性を形成した文化的環境、時代、場所がそこには反映されていたのだ。

大学院時代に私は、詩人・翻訳者として名声高い故キース・ウォルドロップ（Keith Waldrop）の文芸翻訳ワークショップに参加した。ここで学んだことの価値、ここで吸収した価値観はいくら強調しても足りない。キースは実験的な詩人であると同時に、フランス語詩の英訳の功績によってフランス政府から芸術文化勲章を授与されてもいる。何よりもまず芸術家であり、芸術家として自由であること、自律していることを何より大切にする人間だった（このアプローチがどんな場合でもうまくいったわけではない。妻のロズマリー・ウォルドロップ〔Rosmarie Waldrop〕に訊けば、彼の「実験的な」料理が時に失敗した例を語ってくれる）。大学運営や事務仕事、推薦状を書く等々、我々下々の者たちが仕方なくやっていることにはおよそ不向きだった。そう、キースはいささか浮世離れした人物だったのである。

もしキースが、詩人として、とりわけ翻訳者としての強い自立心を植えつけてくれなかったら、私の人生は違ったものになっていただろう。左川を訳しはじめたころ、ビート詩を専門とする日本の研究者たちに私はたびたび出会った。どうしてみんながみんなビート詩を研究するのか不思議だったが、向こうも向こうで、なぜ私がそんな「マイナー」な詩人を訳しているのか首をひねった。けれど、キースによるキャリア志向ゼロのキャリア指導のおかげで、左川の知名度が低いことも全然気にならなかった。私はもうすでに魅了され、もうすでに翻訳を始めていたのだ。

翻訳ワークショップで、キースはよくこう言っていた。「翻訳することで、それをより良くするんだ（Make it better in the translation）」。この一言が素晴らしいのは、その射程範囲が広いからだ。それとは、スペクトルの端から端までのあらゆる地点を等しく指す。単語、フレーズ、行、センテンス、ジョーク、文体、リズム……タイトルまで至る、作品全体。この一言は抽象的な掛け声などではなく、とことん実践的なものであり、かつ翻訳者にとっては大きな挑戦だ。原作者よりもさらに機敏な書き手であることを翻訳者に求めているからだ。そしてこれは、きわめてラディカルな発言でもある。何しろ文芸翻訳にあっては、翻訳が原文と同じ良さになるなどあり得ないという思いが主流であり、したがって翻訳者は定義上、アメリカではよく言われるように「不可視」であるばかりか、原文の作者より劣った存在ということになる。そのような論理にしたがえば、翻訳が「等価」になっただけで万々歳であり、「より良い」なんて夢の夢である。だがウォルドロップ的な「より良く」の思考こそ、駆け出しの翻訳者が陥りがちな劣等意識から抜け出る後押しをしてくれるのだ。

（美術の世界は、芸術の「完全性」〔perfection〕という神話を愛している。きっとそれが値段をつり上げてくれるからだろう。ニューヨーク近代美術館でのオープニングで、私はある画家の隣に立ったことがある。その画家はなんと、自分の絵に何回もペタペタ触っていた。私はギョッとして息をのんだ。芸術作品に触ってはならない、という思いを私たちは埋め込まれているのだ。だがそこで、私は脳内を配線し直した。画家は年がら年じゅう絵に触っている。結局のところ、作品はそうやって作られるのではないか。我々ただの人間は芸術作品に触ることを許されない。この事実が、芸術家に神のような後光を与えている。文学においても私たちはこういった「美術館文化」の中で生きていて、芸術を傷つけては大変とばかり、芸術に「触る」ことに臆病になっているのだ。）

そうした価値観をキースは、自分の翻訳において実践していた。時にそれは、翻訳しないという形すら採った。たとえばアンヌ＝マリー・アルビアク（Anne-Marie Albiach）の『État』のように、フランス語のタイトルをそのまま英訳タイトルとして残したこともあった——意表をつく見事な選択だ。あるいはボードレールの『悪の華』の翻訳で、旧約聖書『詩篇』の短詩（verset）形式を使ったのは、翻訳でも韻を維持しようとするとどうしても生じる無理を避けつつ、ボードレールのリズムを再現するためだった。詩人で研究者の藤井貞和は、左川ちかがジェイムス・ジョイスの韻文詩集『室楽』（*Chamber Music*）を散文に置き換えるという大胆な決断を行なったことで、左川が日本語散文詩のパイオニアになったと述べている（『日本文学源流史』青土社）。これもキースの話から遠いものではないと思える。翻訳するという行為の核心は、書くという行為なのだ。そしてキース・ウォルドロップも左川ちかも、「より良くする」を実践していたのである。

＊

左川の詩を読んで、その多くに、憂鬱と超現実が曲がりくねった水流のように流れていることに私は衝撃を受けた。構文そのものに、悲しげで物思わしげな響きがあった。「循環路」の一節の「空の少年の肌のやうに」という「の」の反復は、北園克衛の詩に見られる入れ子状の「の」の連なりを思い起こさせる。北園はこの着想を抽象的な極限まで推し進める一方、左川はこれを、希薄さと親密さが両立する一行において、抑制を効かせ、手ざわりある美しさを添えて用いている。訳文を眺めてみると、「の」が英語の中では様々な助辞になっているのがわかる——sad *like* the skin *of* the boy *in* the sky。私はこの「の」に感嘆せざるをえない。信じられないほど柔軟で、縦横無尽、見事に曖昧な助詞！　北園が嬉々として使ったのも無理はない。はたまた、もしガートルード・スタインが日本語で書いたとしたら、彼女もきっと「の」を楽しんだはずだ〔訳注　スタインは“A rose is a rose is a rose is a rose”という一文で知られる〕。（ちなみに韻律的にいえば、英訳は弱弱強《アナペスト》だが〔skin, boy, sky が「強」〕、原文の日本語に英語の韻律をあえて当てはめると、反対に強弱弱《ダクティル》〔「そ」「しょ」「は」が強〕のように聞こえる〕。）

もうひとつ、左川の構文を翻訳とあわせて見てみよう。「ガラスの翼」の冒頭である。

人々が大切さうに渡していつた硝子の翼にはさんだ恋を、太陽は街かどで毀してしまふ。

草稿では、私はこのように訳した。

People carefully pass along love, held between glass wings, which the sun destroys on the street corner.

このエッセイを書くためにこれをもう一度見直してみて、左川が英語の構文で日本語を書いているように私には感じられた。語順がどちらの言語でもほぼ同じだからだ。しかしこの訳は決定稿ではなく草稿だったことを私は思い起こした。決定稿はこうなった。

On the street corner, the sun destroys the love, held between glass wings, that people had carefully passed along.

だが選択肢は他にもある。この一行に埋め込まれた荒々しさを、そしてそれがいかに様々な可能性を開くかを強調した訳し方もあるだろう。たとえば——

The sun on the street corner destroys love, held between glass wings …

この訳し方がいいのは、太陽が擬人化され、哀れで無垢な「恋」に襲いかかろうと街角をうろつくいかがわしいキャラクターに変容しているところだ。これは、左川の詩でしばしば、自然が残忍なギャングのような力を持つ、のっぴきならぬ存在となっていることとも響き合う（たとえば「黒い空気」の、「総ての影が木の上から降りて来て私をとりまく」）。

あるいは、「で」をあえて別の意味で読み、「街角」がひとつの武器であるような解釈（街角で＝街角を使って）

を打ち出すこともできる。

The sun uses the street corner to destroy a love placed
between glass wings …

最後にもうひとつ——

People placed their love between wings of glass, and
passed it along with great care—the sun destroys it on
the street corner.

最初のフレーズの能動態の声が私には好ましいし、「人」と「太陽」の対立が明確になっている点もいい。振り返ってみると、これが最良の読みだったかもしれないとも思えてくる。こうしなかったのは、「恋」を代名詞(it)で言い表わすのを避けたいという気があったからだ。この一行のひとつの中心的存在である「恋」の力を希薄にしたくなかったのである。こういう場合にありがちなことだが、そもそも一連の詩を訳すにあたって、「恋」と「愛」を一括りに「love」としてしまったことへの疚しさがすでに私にはあった。左川がここで使っている「恋」という語は、より持続的・包括的で安定した感情を表わす「愛」よりも情熱的な、燃える炎のようなものだ。もし今翻訳するとすれば、別の訳し方を選ぶかもしれない。同様に、英語的な構文をそのまま残した草稿の方が良かったのではないかという主張も今ならできる。私がこの一文を翻訳されたものと錯覚したのも、おそらくそのせいだろう。左川が英語に慣れ親しんでいたことを思えば、そうだったとしても不思議はない。

最後にもう一例、「五月のリボン」から——

暗闇に手をのばすと
ただ　風の長い髪の毛があつた

I reach a hand into the darkness
Only to find　a long wind of hair

この一節もやはり、「の」の曖昧さが鍵となっている。「風」「長い」「髪の毛」が組み合わされば、普通なら「風になびく長い髪の毛」(long hair blowing in the wind)とでもなるだろう。だがここでは、「の」が「風」に付いていることで、そうした読みは排除されている。私はこの部分を訳すにあたり、読者にもそれと似たような感じを味わってほしいと願った。この一節が何を意味するにせよ、暗闇の中の手、髪と風といったいかにもありふれた要素の、ほんの少しずれた感覚がその意味の下敷きになっているからだ。左川のように「の」を絶妙に使って、それを伝えることはできない。しかし、左川の構文を翻訳してみてわかったことだが、日本語では文構造が「てにをは」によって可視化されるのに対し、英語は語順がそれと同じ役割を果たす。というわけで私は、“a long wind of hair”という語順を選ぶことによって、windという語が名詞的（the wind＝風）にも、動詞的にも（winding＝曲がりくねる）、さらには形容詞的（a wind of hair＝ひと吹きの髪）にも響くようにしている。「の」の感じを英語の構文に組み込もうという、私なりの試みである。

*

翻訳にはいくつもの決断が必要であり、ややもするとつい細部にとらわれてしまう――単語の選択・構文・トーン・文体・句読点等々、要するに書く営みのメカニクスに。しかし、翻訳者が下す最も大きな決断と言ってもおかしくないものについては、あまり議論されていないし、あまり可視化もされていないように思える。すなわち、具体的に何を訳すのか、そしてその選択をどのように行なうのか。名翻訳家の故マイケル・ハイム(Michael Heim) は「その作品が英語で存在しないことが罪だと思うなら翻訳すべきだ」と語ったと言われる。私がこれに同意できないのは、何よりまず、英語圏がべつに宇宙の文学的中心ではないという思いゆえだ。世界のさまざまな文学は、英語で存在しないという残念な状態から救われるのを待っているわけではない。またそのようなスタンスは、なぜ人は何かを翻訳しようと決めるのか、その理由の幅広さを否定してしまう。左川ちか、キース・ウォルドロップ、私も含めて、我々の中には、よく知られた書き手のみならず、未知の詩人を進んで訳す者もいる。研究者のエリス俊子は、左川が日本ではほぼ無名の詩人たちを訳したことを指摘し、翻訳作業が左川にとって詩的な筋肉を鍛える、一種の筋トレになったのではないかと論じる。翻訳はテキストに取り組む最も密接な方法の一つであり、詩人としての、作家としての能力を伸ばす無数の手段を与えてくれるものなのだ。

時とともに私は、ウォルドロップの「より良く」という呼びかけの意味を広げていった。すなわち、文芸翻訳と呼ばれる地味な作業を通じて、あらゆるものをより良くする――つまり文学をより良くする――という意味に。そしてそれは、英語で読める作品を増やすことによってのみ為されるのではない。流れに逆らって、左川ちかのように無名でほぼ忘れ去られた詩人を翻訳することは、日本文学にとって何か意味があるだろうか、ありうるだろうか？　出来合いの道を行って、著名な詩人を――日本の「ベストの」詩を――翻訳する方が容易だろう。けれども当時私はすでに、文学であれ何であれ、「質」というものが世界でどう測られるかについて、多くの疑問を抱えていた。また日本の家父長制的傾向や、何が権威とされるかのパターンに対する自分なりの疑念もあった。質は固定的なものではない、それだけは分かっていた。また当時、私が訳した日本の詩にお金を出そうという人は一人もいなかったから、自分に対して責任をとるだけでよかった。そしてもちろん、キースのおかげで、左川ちかの背中に乗っかってキャリアを築こうなどという気持ちは私にはこれっぽちもなかった。

詩人である翻訳者には特別な役目がある。詩人として、ひいては芸術家として、芸術の論理を、おおむね資本の論理内で生じている（なぜなら資本の論理から逃れるものは何もないから）活動にはたらかせることだ。私がこのほとんど知られていなかった詩人を翻訳せずにいられなかったのは芸術家の論理だ。*The Collected Poems of Chika Sagawa* の翻訳にものすごく長い時間をかけたのも、やはり芸術家の論理からだろう。そもそも詩を書くことはネガティブな経済活動であり、詩の翻訳はさらに輪をかけてネガティブである。私の左川の翻訳も、経済的考慮のまったく外にあった。それでべつに構わないのだ。私にとって、作品に対して狂おしいほどの敬意と愛情がなければ、翻訳はほぼ不可能だ。人との関係を築くのと同じように、私は作品との関係を深めていく。そして生身の人との関係と同じように、左川と私は最適のタイミングで出会い、彼女は私にとって「ベスト」の詩人に——私の人生のその時期に翻訳するのに最適な詩人に——なったのだろう。

左川を翻訳したことは、私をより良くしてくれた。彼女が私に与えた影響は、文章、芸術といった次元をはるかに超えている。大好きな詩を翻訳することは私の人生を豊かにしてくれるし、好きでもないものを翻訳するには人生は短すぎる。こうして私は、左川ちかの翻訳に十年以上を費やすことになったのである。

（詩人・翻訳家）

［共訳・小田巻郁哉、島田龍、柴田元幸］

モダニズム女人詩抄——左川ちかをめぐる星座群

川村湊　編

左川ちかは、詩を書いて原稿料をもらったのは三回だけであり、それは『若草』と『モダン日本』と『行動』に書いた時のことだけだと書いている。その意味ではこれらの雑誌は商業誌といえる。それ以外は兄事する伊藤整などが関係した『詩と詩論』や『椎の木』や『文芸汎論』のような同人誌（機関誌）で、彼女はそうした雑誌の有力な書き手だった。それ以外に発表誌として目立つのは、地方で刊行されている同人詩誌で、高岡の『女人詩』や横浜の『海盤車』、浜松の『呼鈴』などで、彼女は誌友といった形で寄稿している。とりわけ方等みゆきの主宰していた『女人詩』は、全国各地の女性詩人を鳩合《きゅうごう》しようとしたものであり、左川ちかはそうした理念に賛同して参加していたものと考えられる。

平塚雷鳥の『青鞜』以来、長谷川時雨の『女人芸術』、片山廣子の『火の鳥』などの女性文学者が集まった文学運動（グループ）はそれまでにも存在していたが、詩に限定したのは『女人詩』が初めてだった。東京の左川ちか、江間章子を始めとして、高岡の方等みゆき、倉田ゆかり、秋田の澤木隆子、鹿児島の藤田文江、浜松の塩寺はるよなど、日本各地にモダニズム系の女性詩人がいて、それぞれ言葉の妍《けん》を競っていた。方等みゆきを中心とする〝女人詩の会〟は、高岡や東京などで親睦や交流のための会を催し、女性による創作詩の運動を継続させていたのである。

女子の高等教育の拡張に大きく寄与した高等女学校は、本来的には日本女性の「良妻賢母」の要請に棹さしたものだが、外国語教育、西欧近代文学の教育は、女性の解放の自覚と自由の権利意識の進展をもたらした。モダニズム詩の世界においても、世間一般の男性優位の風潮は変わるところはなかった。『女人詩』はそうした風潮を打ち破るような意思に基づいた女性詩人たちの雑誌であり、方等みゆきは、その主宰者であり、スポンサーだった。

これに左川ちかが呼応したといってよいだろう。「私は人に捨てられた」（「緑」）と詩の中に書いた彼女は、女としての感性や抒情性に泥《なず》まない「人」の本質的存在としての苦しみを歌った。

劣位の性として貶められていた「女」を客観的な立場から見通し、時には中性的な視点からその弱さや涙を剔抉した。それは「女流（閨秀《けいしゅう》）」という名でその文学活動に枠をはめようとする男性優位社会への反抗にほかならなかった。また、それは女性的な弱さや優しさを逆手に取った抵抗であり、そこに詩的な主体を立ち上げようとする困難な〝彼女たち〟の戦いであったのだ。左川ちかを筆頭とする、そうした女性モダニズム詩の同時性と世界性を認識することが、日本近代詩史の読み替え、書き換えにつながってゆくのである。

伊東昌子

生没年不詳。台湾出身の詩人・饒《ぎょう》正太郎（一九一二〜一九四二）と結婚し、二人の子どもをもうけたが、夫の死後、台湾に渡り、義父に誤解によって殺害されたといわれる。『椎の木』の同人であり、詩論もよくした。単著としての詩集はない。「アネモネ祭」という作品は二種あるが、これは『詩法』に掲載されたもの

アネモネ祭

短い幸福のために
赤いリボンを取り給へ
もうお友だちの時間
黒パンの莢がはじける

＊

またアドニスの血で染り
意気な仮装はアネモネ祭
恋しい人を選びます

＊

すぐれた花束
ポエムの星は

菫とび交ふ希臘の花火
七つの風にある瞬間

＊

オフヱリヤさまの眉に似た
麦藁帽子は思ひつき
ジヱムロオズまがいに光る
ひとりぼつちではない
焼肉のをぢさん

＊

メカニカルな月磨き
歴史の側で燃えてゐる
ドン・ロペスと申します
お姫さまの街角で
ハアトのジヤツクが赤くなる

＊

蝶と言ふ字の翅に
ベンガルの嘘を搦らませやう
しやもじのやうな
春が来て
ヴエニユス花瓶がひつくりかへる

＊

キャベツの村は

ロメオの季節
スインボルの月を数へる
カリイの恋歌は優美だね

（『詩法』第九号、昭和十年四月）

塩寺はるよ

一九一四〜一九三四。詳しい伝記的事実は知られておらず、浜松の西遠女子学園を卒業し、浜松市内の喫茶店「白ばら」で働いていたと伝えられる（本名・百合子）。満二十歳で病没した後、同人詩誌『呼鈴』の主宰者である浦和淳によって『化粧匣の都邑』が編まれた。彼のエッセイによって左川ちかが塩寺はるよの詩に共感を抱いていたことが知られている

化粧匣の都邑

＊

見事な春の帰郷から
沖の太陽ときみを皺の白紙で拂つた

祭典のはしゃぎに芽をふく海の対岸
ひねくれた花嫁さまがおでましになる

*

童話の風は春の頬に
まばゆい朝に船出する
切紙細工の掌で夢を呼びさまし
あなたもお聴き
古風な月の輪の手まりうたを

*

陽気な唄にまどはされて
曇り日の林を行ったり来たりする
喜劇はそんなに仕組まれて
化粧匣に朝をつつんだ
あなたの頬の間から
寺院の柱が見えて来た

*

沖で見つけた家族の絵
ゆれる馬車で睡眠をもよほして
街の風評が雨の中を横切つた

（『化粧匣の都邑』呼鈴詩社、昭和九年）

莊原照子

一九〇九〜一九九九。『椎の木』誌上で左川ちかや山中富美子などと妍を競った。著書としては、詩と散文を集めた昭森社刊の『マルスの薔薇』がある。戦中に死亡が伝えられていたが、戦後にも生存していたことが判明した。晩年は鳥取県の老人施設で逝去するまで暮らした

シシリイ生れの稚い家婢

シシリイ生れの稚い家婢が　その健かな紅いろの指で
うす汚れた冬の模様紙を引きはがすと
樹立はたちまちにして

燦爛たる金箔を身にまとつた

シシリイ生れの稚い家婢はやがて　水の滴る洗濯物を
青空の隈にかざしてゆく
ピオ　ピオ　ピオと
透明な口笛をふるはしながら

その時　わたしが　樹立の中から叫ぶのだ
瀕死の鶸《ひわ》わたしが
物質の壁にはばまれつつ
こんなにも烈しく叫ぶのだ

（娘さん　四月の娘さん　私を此処から出させて下さい
もいちど碧穹に飛ばせて下さい　貴女はまあそこつにも
私をここにぬりこめて　もう再び起てなくして了はれた
さあ早く私を戸外に出させて！）

だが
愉しい家婢
シシリイ生れの稚い家娘は
わたしの言葉を理解しない
わたしの悲叫に耳をかさない

かの女はあちらをむいたまま　純白な林檎の花かげで
またくり返し奏でるのだ
ピオ　ピオ　ピオ　ピオと
らぷりまべらの一節を！

（『マルスの薔薇』昭森社、昭和十一年）

澤木隆子

一九〇七～一九九三。男鹿市生まれで、秋田高等女学校を卒業ののち、東洋大学に進学した。長く秋田県の高校で国語教師を務めるかたわら、詩作を行った。『椎の木』など、左川ちかと同じ詩誌の作品欄に掲載されることが多かった。左川ちかとの合作詩「冬の旅」がある（他の筆者は竹中郁、春山行夫、杉田千代乃）。詩集に『ＲＯＭ』『石の頬』『迂魚の池』などがある

橋を渡る五人の少女

Ⅰ　風を掌に享けて橋を渡る少女

Ⅱ　光をもろ手にいたゞき、橋を渡る少女

Ⅲ　白い花束をかゝへて橋を渡る少女

Ⅳ　林檎を一つ捧げて橋を渡る少女

Ⅴ　衣裳の裾をつまんで橋を渡る少女

（『ROM』紅岩堂、昭和六年）

中村千尾

一九一三〜一九八二。東京生まれ、山脇女高出身。女性詩人の草分け的存在として、長く詩活動を行った。詩集に『薔薇夫人』『見えない手』『美しい季節』『日付のない日記』等がある。生前の左川ちかとの交流があり、その思い出の一端が追悼文に記されている

ピカソのお皿

世界の一隅では

こんなお皿が作られている
お皿から　お皿へ
黒ん坊がとびうつり
色彩がリズムにのつてとびうつる
怒つた魚が針をたてて
そこら中を刺戟する
恐ろしいお皿
ピカソの濃厚な血が塗られているようだ
彼は快楽の一片をお皿に変えた
若さと老いの透明さ
見事な混濁の釉薬
暗黒の気魄に
太陽もタヂタヂと汗を流す
そしてピカソは永遠にお皿の中にも生きている

（『中村千尾詩集』無限現代詩選書②、昭和四十九年十月）

倉田ゆかり

一九一三～二〇〇六。富山県高岡市生まれ、高岡高女で方等みゆきの教えを受けた。多くの詩を『女人詩』に発表し、第一詩集『きりのはな』を刊行して、左川ちかの好意的な評を受ける

きりのはな

ねえ弟よ
もうだめだと思っていた桐の木に　やっぱり五月になるとあんな
きれいな花が咲くのね
あなたは白線入りの帽子にさよならして　こんなにも雄々しく
街頭に立った
あなたはとうさんの
私はかあさんの　つよいかたうで
二人がどんなくるしいみちをあゆんでこられたか
かひなをみよ　あしをみよ
さあわたしたちは　くろい馬車にいばらをつめこんで　とほくへ（と）ほくへおひ
やらう
あなたの仕事着　私のエプロン　やぶれるまではたらかう
青葉がみんな手をそろへ
すきとほった空のみちが無限につゞき
桐の花さへ　あんなに老木のうへでむらさきのはなを無数につけた――。

（『きりのはな』女人詩社、昭和九年）

江間章子

一九一三〜二〇〇五。詩人、作詞家、翻訳家。左川ちかとの出会いが、江間章子を詩人とした。第一詩集『春への招待』の扉には「C・SAGAWA」の献辞がある。「夏の思い出」や「花のまわりで」などの歌曲も有名。全詩業が『江間章子全詩集』にまとめられる。翻訳に『アルハンブラ物語』などがある

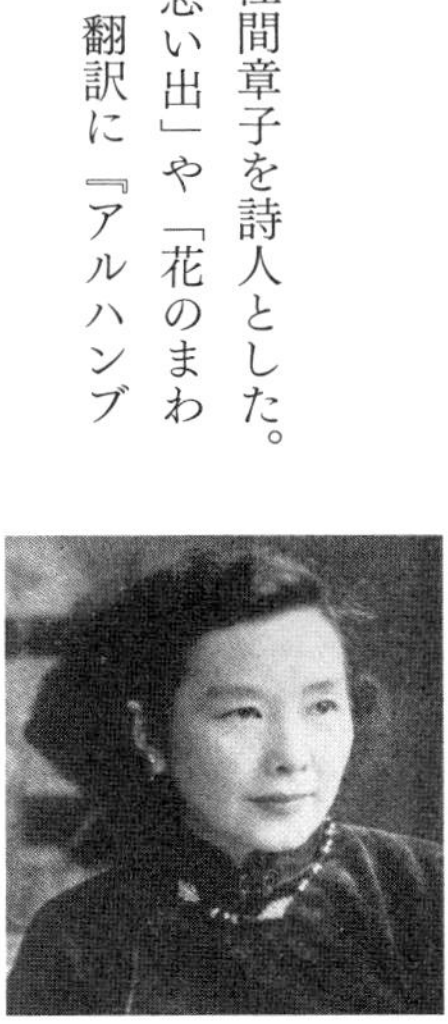

オランダ苺の夕べ

母たちの手によつてわたし達はお揃ひの服装になつた。五人。旅の朝。わたし達は新らしい瀑布を見た。何処で？　此の町で、この旅舎の庭を出て。そして、ぼくたちは出発する為には髪を切り揃へた。光りの糸とか凡ゆるわたし達にはには忘れられてゆき度いものが、もつと小さくなつてゆく仕事場は、大きくエンジンを響かせてゐた。土を踏んでゆくため、わたしの足の裏は濡れた。水の流れに沿つて小さな小さな花が遠くまでさいてゐた。友たちは水の中から出て、わたしたちに加はつた。

（『春への招待』東京ＶＯＵクラブ、昭和十一年）

方等みゆき

一八九六～一九五八。射水郡生まれ、京都府立第一女学校を卒業した。航海士だった夫の死後、高岡に戻り、高岡高等女学校の国語教師となって後進を指導した。女性専門の詩誌『女人詩』を主宰し、左川ちかからも寄稿を受けた。多くの同人詩誌に関与したが、詩集は『しんでれら』一冊しかない

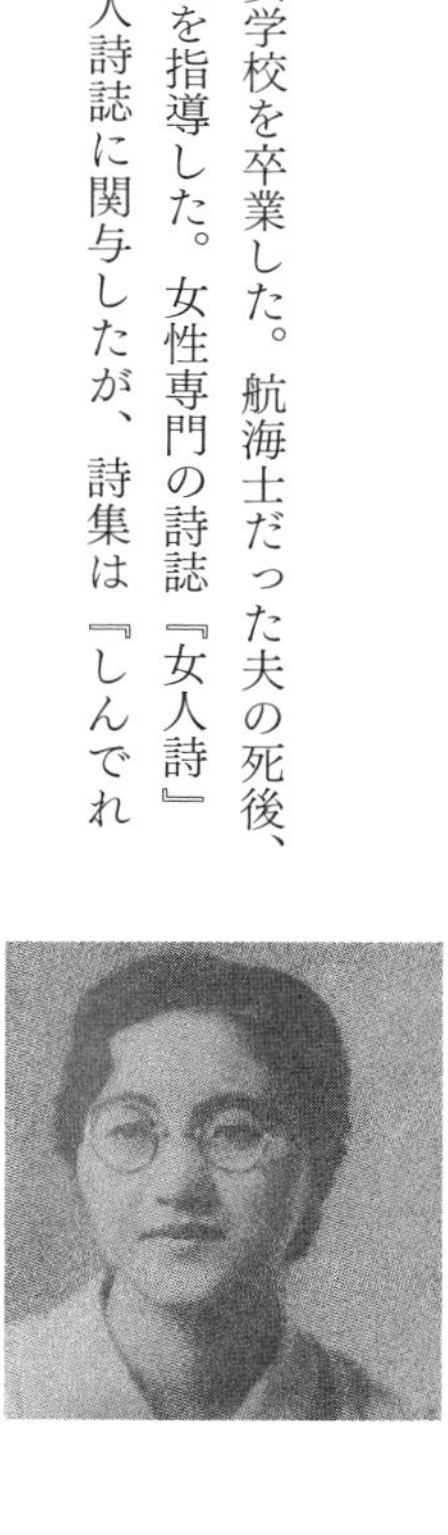

金魚

古風な蝙蝠傘に視野をかへて、緑草の野路をかへる午後四時の圏内は、杉木立の家に子供らがまってゐる。小さなもゝいろの触手をのべて、木がくれにわたしのくろいスカートがみえると、おかっぱをふりたて　野の匂ひをさせて、まりになってかけてきて　蔦になる。

空腹の母と子、わたしはあはてゝ　水色のワンピースに白鳩のエプロンをかけ、みどりの胡瓜をきざめば、可憐なシロフオンのトレモロ、琥珀のオイルの静謐が滴ると、マヨネーズは泰山木の花片になり、氾濫するギヤマンのうつわ、トマトの紅と馬鈴薯の雪と、さあ野菜サラダができましてよ、カーテンをさっとひらいて　木立の気流をはこび、たのしい母子のばんさん会、むぎほいろの子どもたちの、いきはづませたものがたり、

〃ねおかあちやんねおかあちやん〃
まろやかなくちをあけ、金魚になつた子どもたちは、母をまんなかにおよぎまはり、
母親もいつか青い藻のおもひをとかして　嫣然とをびれふる　あかい游魚になって
ゆく。

（『しんでれら』非人称命題叢書、昭和九年一月）

山中富美子

一九一四〜二〇〇五。高知県生まれで小倉で過ごした。『椎の木』で、左川ちかのライバルと目された。歩行が困難だったと伝えられている。若くして亡くなったと信じられていたが、老人施設で今世紀まで生きていたことが判明した。死後、四年にして初めての詩集『山中富美子詩抄』が森開社から刊行された

午後

昼が太陽を眠らせる石の蔭に。
屋根が窓硝子をのぞかせる。しめておく。
私は内にあつて待つ支度をする。静かにゐる為に

冷めたい敷物の上で、
煖爐はかたちを正し、壁は寝台を忘れる。
私は手と耳とハンカチで靴を封じる。
微笑のわきに、心をこめて、音を聞き。
やがて立ちあがる。眠りが、私を残して、
午後の約束に廊下が後方に戸口を開ける。
樹木が影をとらへる。風は休息する。
庭があおむく。鳥籠があらはれる。
わきで花が眼をさます。時計にさまたげられて
私は針のやうにそつと下を片づける。
いくつかに名前が切られて明るさを見る。
部屋は役目を果さぬ。
近よつて私はこしかけを残す。
立ちどまつて私は用意せずに昨日のしらせを待つ、
樹蔭にはなれて。うしろで。

（『山中富美子詩抄』森開社、平成二十一年）

藤田文江

一九〇八～一九三三。奄美大島で育ち、鹿児島第二高女を出た。唯一の詩集『夜の聲』は、地元の有志の手によって何度か刊行、復刊された。夭折詩人として、熱心な読者に支持されてきたことは、左川ちかの場合と相似的である

島！

アイルよ、それは仕方のない事だ。
たとえ私が此の邦を幾万ぺん廻り廻るつたとて
絶海のあなたへまみえる事は不可能であるのだから。
アイルよ、総ては悲しみの中に在る時にのみ
美しくあるらしいのだ。
私は日に三度その寒い風に汚される。
それは誰にも気づかれないうちにそっと
足跡さえ残さないで去つてゆくのだが、
私はかれを牧師よりえらいと思っている。
おそらくあらゆる説話よりも行為は熱をもつ故に。

アイルよ、あなたは草をもち樹をもち花をもつ。
そしてやさしい川の流れをも。
それに尚あなたは孤独であると嘆く、
あゝアイルよ、それも仕方のない事だ。
およそ生きとし生ける者孤独でない奴が何処にある。
此の絶対をせゝらわらう奴は墓の外で風邪引いた髑髏《サレコウベ》位のものさ。

それにしてもアイルよ、
あらゆる悪徳を燦と身につけて
あなたはなぜにその様な悲しい顔つきをしてゐるのだ。
およそ此の世に最も高貴なるものは、
浪費と情痴と貧困だ。
それ故にアイルよ、
あなたも老いらくの肌をまだまだ荒さねばなりませぬ。
その傷ついた肌を鳴らして渇望へ、渇望へ、
その青き永遠を越えて。――おゝ神様は莫迦におはす。

（新装改訂版『夜の聲』セダー社、平成十七年四月）

上田静栄

一八九八〜一九九一。大阪に生まれ、後に家族と一緒に朝鮮に渡り、京城高等女学校を卒業した。田村俊子に師事し、林芙美子と同居して詩誌『二人』を出した。岡本潤や小野十三郎と同棲し、ダダイズム、アナーキズムの詩人たちと親炙して、その文学的影響を受けた。第一詩集『海に投げた花』は、高村光太郎の序文を受けたものだが、モダニズム、シュールレアリズムの傾向が指摘された。英文学者の上田保と結婚した

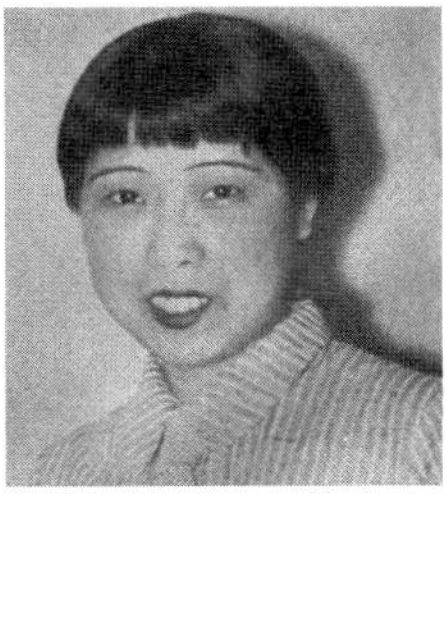

私はおもく
かたむいてしまつた

明るい食器棚の、
皿や茶椀のやうに、
重なりすれあひながら、
なんと楽しげな彼等だ。
新らしい家具の、
光と匂ひの、
蜜蜂のやうに飛び交ふ中に。

温いお菓子のやうな顔。
満足の笑顔といつしよに、
卵色の桃色の言葉が、
たれかれなく撒きちらされる。
眼もこころも、
彼等でいつぱいにされて、
私はおもくかたむいてしまつた。

（『海に投げた花』三和書房、昭和十五年七月）

＊著作権未詳の方がいます。お心当たりのある方は編集部までご連絡ください。

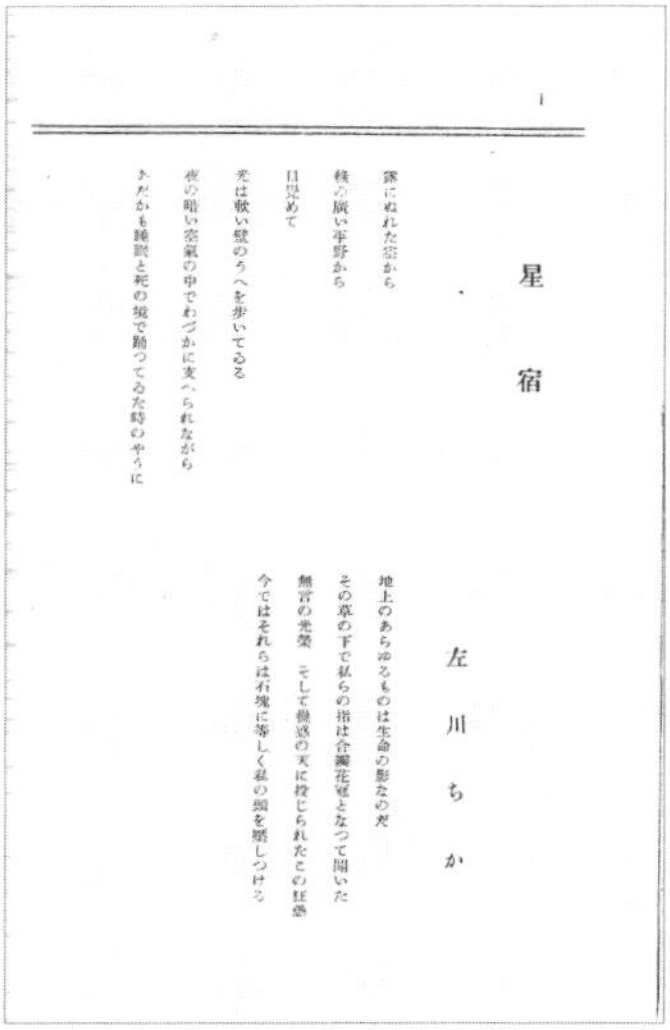

1

星宿

露にぬれた空から
緑の廣い平野から
目覺めて
光は軟い壁のうへを歩いてゐる
夜の暗い空氣の中でわづかに支へられながら
あだかも睡眠と死の境で踊つてゐた時のやうに

左川ちか

地上のあらゆるものは生命の影なのだ
その草の下で私らの指は合瓣花冠となつて開いた
無言の光榮　そして微溫の天に投じられたこの狂燥
今ではそれらは石塊に等しく私の頭を壓しつける

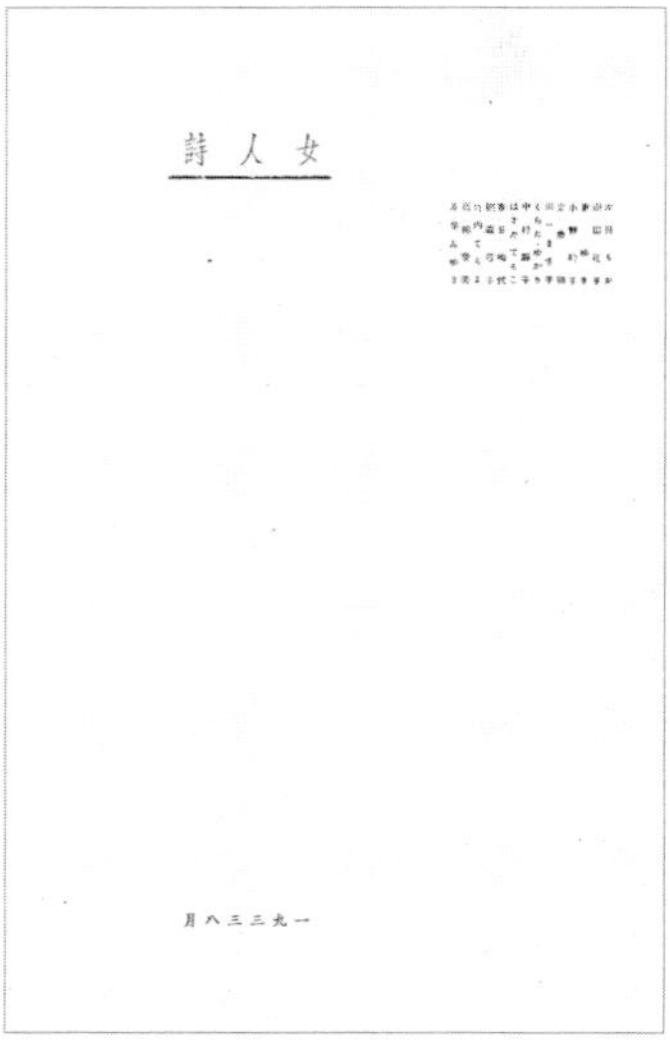

女人詩

一九三三 八月

左川ちか「星宿」
（『女人詩』11、1933年8月）

追憶詩の系譜

島田龍

左川ちかの詩は孤独であったが、彼女自身は多くの詩人・文学者との出会いに支えられていた。生前、そして没後、彼女にまつわる詩篇がいくつかある。今や知られざる作品を紹介したい。

藤村青一（一九〇八～没年不詳）は大阪出身、関西モダニズム詩人の一人だ。東京の百田宗治を訪ねた折に左川と出会った。百田は若いモダニズム詩人を積極的に盛り立て、『今日の詩』、(第三次)『椎の木』、『苑』、『文章法』など「椎の木」グループのなかに左川もいた。

左川と出会った藤村は、「淡水と気温」と題した詩篇(『仮説』二、一九三二・七／『保羅《パウロ》』近代の苑社、一九三二)を捧げた。左川が「硝子の道」を寄稿した『関西文芸』の紹介者が藤村と思われる。詳しい交際は不明だが、左川の崇拝者だったのかもしれない。

※引用詩篇のルビのうち（ ）は引用者による。

淡水と気温―左川ちか女に―

ぼくの顔は冷たいかしら。道理、顔には小川がさらさ
　ら流れてゐる。
あの水脈《みお》の青さに浮沈する枯葉の……。
魚のやうに後退するぼく。ぼくの鰭《（ひれ）》は悲しく顫《（ふる）》へて。
ぼくの枯葉のあのぼくは放浪の身、河底に全く沈む身。
沈むだぼくを拾《ひろ》つておくれ。
あのそれは水母《くらげ》のきみ。
きみは検温器のきみ、ぼくの身体に折れてくる。
きみの指は水銀のきみの指、ぼくの紋理《（もんり）》へ押してくる。
きみは滴りおちる、きみは雫。雫のきみはぼくの方へ
　歩んでくるよ。
きみは硝子の聖母《まどんな》のきみよ。きみは絹糸を吐いて生き
　てゐる。
それは哀愁の透明に罩《（こめ）》る水泡《みなは》となつて。
いや、いや、きみは固く小さい真珠貝のなかの真珠。

さうよ、屹度。

雲また雲がきみをかくし、雲また雲がぼくをかくし。
雲また雲がきみをすぼめ雲また雲がぼくをすぼめーると、
きみは身を整理《ととの》へる小鳥のやうに。
雲また雲がぼくを便乗する。と、きみは雲また雲に投影する。と、きみの方へ。

さうして僕も飛翔《とぶ》のよ、
浮気者の蒲公英《たんぽぽ》であるのよ、
沈潜する白日《ひる》の夢であるのよ、

微かに点《とも》る浮灯蕊
胸の揺曳《ゆら》ぐ影の辺りの小匣《こばこ》の内の童話《めるへん》の内の王子の寝《べ》床《つと》を走る水色の油虫だよ。

忍びよる宮殿の窓帷《かあてん》に懸垂する蛭のきみは王女よ。

けれども、ええ知つてゐますとも。ぼくは……。

きみは閉るきみの部屋のなかの化粧室での厳しい身構へを。

きみを捕へたぼくのあはれ。ぼくの掌に手応へした『哀しき玩具』とは何?拳銃《ぴすとる》。

ぼくの鏡張りの胸板を目懸けてゐるきみの現身《うつそみ》
ドン‼ぼくは鏡の罅《ひび》で絞る光栄であるのです。水の澪れる音がして、きみの後姿に陥《お》ちこむものは誰れ。


金の勲章。

銀の勲章。

—ぼくは孰方《どちら》を選ばねばならないの。

ぼくのきみはぼくの胸を、ものの見事に射つてゐる。

ぼくの通風。空虚《うつろ》に敷かれた星座が光つてゐる。

ちか、ちか、光る鱗片の牽制。あのぼくの胸から上《のぼ》つてゆく水泡《みなは》の墓標はただ、それ。


銀のお月様ひとつ。

『椎の木』(一九三六・三)で組まれた追悼特集では、萩原朔太郎・堀口大學・西脇順三郎らがその死を惜しんだ。同人の内田忠(一九〇五~四四)は詩「線」を寄せた。当時、内田は故郷の福井県丸岡に戻っており、左川と親しく手紙をやり取りしていた。シルヴィア・ビーチのような本屋を出したいとの夢を内田に語っていた。

線　か丶る日に左川ちかの死を聞く

林が落葉してもう音信《おとずれ》がなくなつた日、
私は水平線を射るため家を後にした。

林が、向うには海が、私の肺が映つてゐる。木霊して
ゐる。
一寸の間私は空飛ぶ鳥のやうに軽く、空には砂が蹴散
してあつた。
私に耳を藉《か》せず椚《くぬぎ》の葉よ何処へ行つたか。
私は一人で、葉らは賑しさうであつたが。

あなたの音信をまねて、手はふるへる、
この手を放てば私は私でなくなる。
晴れた日の林の中で空と海と一枚になつた。

『海盤車』の追悼特集（一九三六・六）は、村野四郎（一九〇一〜七五）による追悼詩を収める。左川に目をかけていた、モダニズム詩壇のオピニオンリーダー春山行夫（一九〇二〜九四）の『詩と詩論』人脈を通して左川と関わり合ったと推測される。ここでは初出である『書窓』（一九三六・四）版を掲げる。

碑銘――左川ちか子氏のために――

花園の中を
あなたは黒い服をきてあるいた
あなたの背後《うしろ》で　風と雲がなりひゞいた
光線はあなたの目にいたく
あなたを伏目がちにした
あなたの裳を水と花がいろどつた
それは何よりも美しく
あなたの内部からの反射のやうだ
あなたのやさしい眼は
あの日の黒い眼鏡の縁の中へ消えうせた
もう　あなたは何処にもゐない
あなたに痛々しかつたあなたの景色が
私たちの周囲《まはり》に
私たちの中で
ものがなしく耀いてゐるばかりだ

モダニズム詩は東京だけのムーブメントではなく、左川は全国各地の詩人たちと交流があった。石川県在住の打和長江（一九一〇または一一〜没年不明）は、追悼詩を地元紙（『北陸毎日新聞』一九三六・四・八）に発表している。詳細は不明だが個人的な交誼があったようで、アテネ・フランセに学んだ打和が東京で新聞記者をしていた時期（一九三四〜三五年頃）の縁かもしれない。

黒縁の写真――逝ける左川ちかの霊に捧ぐ――

深夜、氷雨は朔風を濡らし、窓下の小川は水嵩まして

ごぼごぼと流れる。
光なき窓のあるじの行儀悪さ、雲が、一杯飛びこんで来さうになつて、私は、もう、鉄道に乗つて、走れるだけ走つてゐた。
ムーランルーヂュの風車は、激しく回転してゐやう
小田急のレールは、光れるだけ黝光《ゆうこう》するんだ
その日、君の黒縁の写真が届けられ、もう一度、東京へ出ると、言ひ残して来たのに君の生活は、色濃く消えていつた
美味だつた英語を食べて、もう、外人とは話せなくなつた君、ロンドンタイムスも、今は悲しみの夢
世田谷の、麦は、随分、伸び、だが霜柱を、踏みしめる気持——
さらさらとゆく、風は止み、雲は落ち
嗚呼、草々等を、押し分けて、何処へ水は流れる
氷雨に濡れた朔風よ

北園克衛（一九〇二〜七八）の詩誌『白紙』『マダム・ブランシュ』を通じて左川を知った詩人は少なくない。上田修（一九一五〜九六）もその一人だろう。北園自身、出会ったばかりの左川の詩才に驚き、詩人としてデビューする背中を押した。上田の晩年の詩集『詩集やがて誰も居なくなる』（宝文館出版、一九九一）には左川の他、饒正太郎・伊東昌子・酒井正平・西崎晋・中村千尾・桑原圭介らを回想した詩を収録する。文字通り、やがて誰もいなくなるモダニズム詩人の生き残りとして左川ちかを想った。

左川ちかへの追憶

こんな暗い夜に／謎のケルト模様のような／あなたの心は　何を／あの世で感じるだろう／闇にただよう光の娘よ／あなたのタマシイは／銀の天の川を／さまよい　あるき／遠い彼岸から／ひびいてくる　ウェーバーの／青い序曲にのって／祈る心を忘れた／地上の子供たちに／グリムやアンデルセンの／話のカケラを／投げてよこす／天の川に織られた／星の波の千の手は／宇宙の劇場のどんちょうかも知れぬ／砂と死と風が／バイオリンを弾く／夜のオーケストラで／蛙のコオラスが／故知らぬ／唄を唄つている／私は海に捨てられた　と／そのとき／暗い夜のなかに／帚木星が／黙示録のように／降ってきた

新発見資料

ギグリーめぐり

1

SS・CC

明るい三日の感触は自動車のエンヂンから。

*フルウツパアラア新橋千疋屋。魅惑的なウインドグラスの楽しさにくらべて、コオヒーのまづいこと。さすが果物は、フレツシユな太陽の匂がする。先づフルウツポンチなど無難です。

*羅甸区。割合広くて感じがいい。人を待つてゐる間のオルゴオルは悲しい或は楽しい伴奏です。紅茶の方がおいしい。

*エスキモー。どんなお菓子でもおいしいですが、紅茶にシユウクリームはお嬢さん達の大好物

*資生堂喫茶部。きらびやかな殿堂。気どつた花が沢山咲いてゐる。コオヒーは大変つまらない味です。

*モナミ。見かけだほし。そしてコオヒーも紅茶も。

*コンパル。何て騒々しいでせう。こんなところでお茶をのんだりする方は百姓と呼ばれます。

＊コロンパン。仏蘭西風なおいしいお茶とお菓子。マッチもエキゾチックです。

＊不二屋・オリムピックは一般向き。日動画廊のテイルームはいちいちテエブルクロスをかへておしぼりがついて清潔なので気持がいい。ブルークボンドの高尚な味。

2

キユペル。室が暗いから、夜分に行くといいねえ。コオヒイは？何は？と宣伝するのは気がひけてどうかと思ふけど、御存知の通り多少飲まされてゐるツと言ふ感じがしないでもない。フランス風に砕けた方が格好よろし。

★

ボンマルセ。あちらでは、グランマガザン、こちらではささやかな茶菓店でございますのよ。割合に透明なピンク色の店だね。チコンキはあかんね。ぢやが、メドモアゼルの愛想がいいので賑はつてら。ここへ来る紳士、女性は銀座では相当気が利いてゐる方で好感がもてる。

★

カアル。マアチヤントの茶房で、シックな連中は座りに来ない。何しろ椅子が二、三脚しかねえね。だが誰にも逢ひたくない時はここがいい。但しアヴエックは止した方がいいな。

★

万茶ん。コオシイは古強者だけはある。常連が多くて一寸入りにくいね。

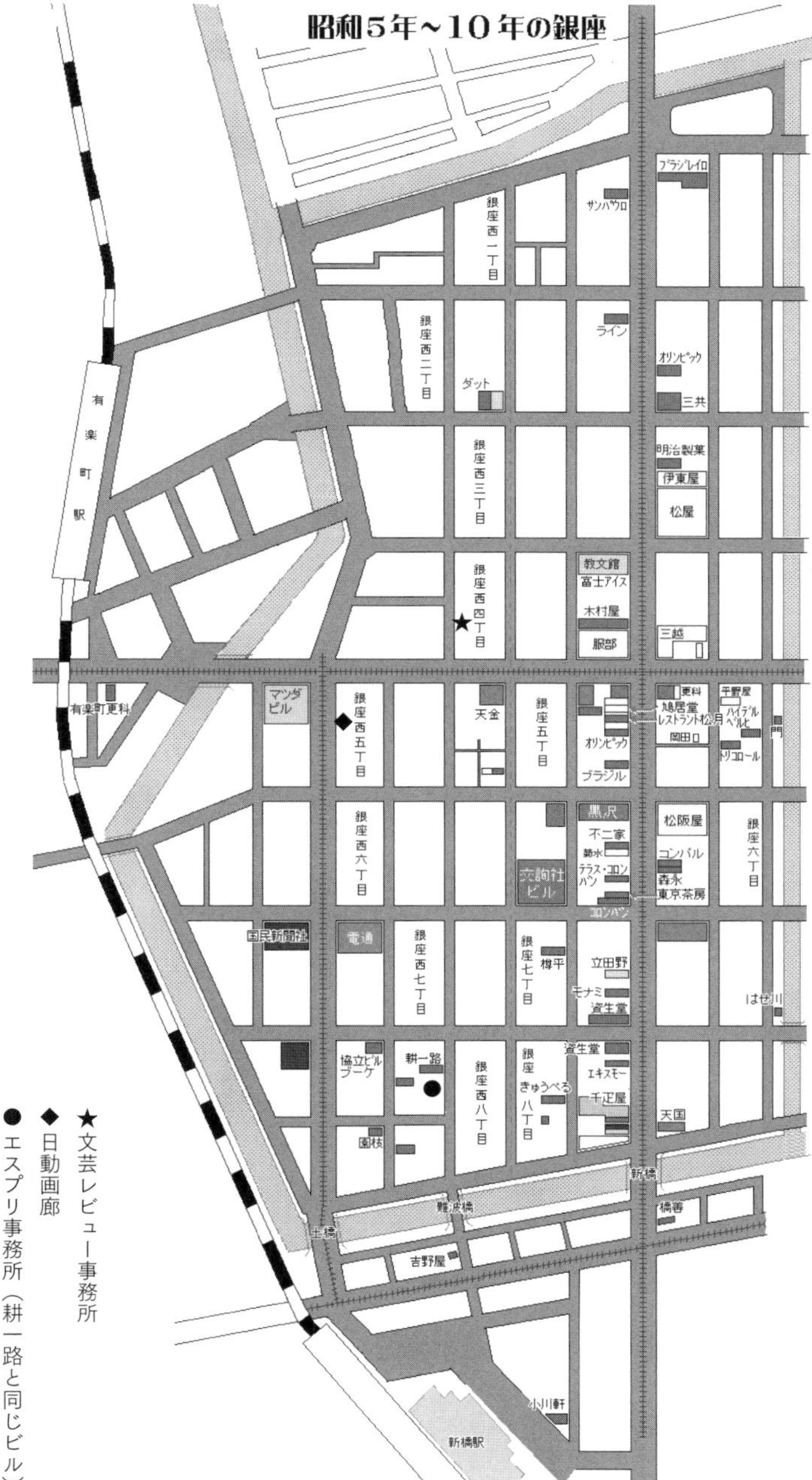
昭和5年～10年の銀座
有楽町駅
有楽町更科
銀座西一丁目
銀座西二丁目
銀座西三丁目
銀座西四丁目
銀座西五丁目
銀座西六丁目
銀座西七丁目
銀座西八丁目
銀座五丁目
銀座六丁目
銀座七丁目
銀座八丁目
サンパウロ
ブラジレイロ
ライン
オリンピック
三共
ダット
明治製菓
伊東屋
松屋
教文館
富士アイス
木村屋
服部
三越
マンダビル
天金
更科
平野屋
鳩居堂
レストラント松月
ハイデルベルヒ
岡田
門
オリンピック
トリコロール
ブラジル
黒沢
松阪屋
不二家
菊水
テラス・コロンバン
コンパル
森永
東京茶房
交詢社ビル
コロンバン
国民新聞社
電通
樽平
立田野
モナミ
資生堂
はせ川
協立ビル
ブーケ
耕一路
資生堂
エキスモー
きゅうぺる
千疋屋
天国
園枝
新橋
難波橋
土橋
橋善
吉野屋
小川軒
新橋駅
★文芸レビュー事務所
◆日動画廊
●エスプリ事務所（耕一路と同じビル）

*「ギグリーめぐり1」は『エスプリ』三号（一九三四・三・五発行）にSS・CC名義で掲載。全集未収録。「ギグリーめぐり2」は同四号（一九三四・四・五発行）に掲載。こちらは署名がなく北園克衛の手になる可能性がある。一部、原文に句読点などを補った。

1 「ギグリー」は由来不詳。左川ちかが通っていた文芸レビュー事務所（西四丁目・井上ビル）、エスプリ事務所（西八丁目・日本鉱業会館）は銀座にあった。「三日」は三月の誤植の可能性。「新橋千疋屋」は銀座千疋屋の旧称。羅甸区《らてんく》は草野心平の弟天平が一九三三年に開店。「日動画廊のテイルーム」は銀座西五丁目。「ブルークボンド」（原文はブルークポンド）は英国紅茶のブランド・ブルックボンド。

2 「グランマガザン」はデパートのフランス語。パリのボン・マルシェは世界最初の百貨店といわれる。「チコンキ」は蓄音機の転訛。「マアチャント」は商売人、業者の意。（島田）

地図は東京紅團ＨＰ「昭和五年から一〇年の銀座」より

銀座・文芸レビュー事務所跡

銀座・エスプリ事務所跡

左川ちか書簡

九〇年近く前に死んだ左川ちかについては、残された書簡類はきわめて少ない。ただ、二四歳で亡くなったとはいえ、同時代の文学者のように、頻繁に手紙、ハガキを出して知人、友人らとコミュニケーションを取っていたことは明らかであり、短い生涯ながら、彼女の書いた書簡類はかなりの量があったものと思われる。わずかに残されたものを読んでみても、その書簡は文学味の濃いものであり、残されていれば「左川ちか」の作品として十分に味読、鑑賞できるものであっただろうと思われる。ここでは、『左川ちか全集』（書肆侃侃房）に収録されたものと、その後に新発見されたものを含めて現時点で確認される書簡とそれについての簡単な解説を付した。受取人が自身の文章の中で、直接、間接に引用したものも含む。今後、新たな書簡類の発見を期待したい。なお、今回掲載できなかったが、この他に伊藤整宛ての左川ちかの手紙が一通現存しているのが確認されている。（川村）

北園克衛宛①（一九三二年一月一日）全集未収録

あけまして
おめでとう
昭和七年元旦
世田谷町二九九四川崎方
左川ちか

○葉書／発信年月日：三二年一月一日／消印局名：淀橋　三二年一月二日消印／発信人：世田谷町二九九四川崎方　左川ちか／受信人：下谷区谷中町二九小山様方　荘生様方気付
北園克衛様

＊手書きの文字にはデザイン的な特色がある。差出人の後に●と塗りつぶされている（巻頭「左川ちかアルバム」参照）。北園克衛（一九〇二〜七八）は詩才に最も早く注目した人物の一人。「ございます」を省いた「あけましておめでとう」との文言はカジュアルで、上下関係を意識しない親しい関係にあったことを思わせる＝ジョン・ソルト氏のご教示。（島田）

北園克衛宛②（一九三五年二月二三日）全集未収録

あまりごぶさたしてますので少し恥かしいと思ひます。／お変りございませんか。江間さんが銀座で北園さん／にお会ひしたといふはがきを呉れましたので、明るい銀／座の舗道をなつかしくなりました。いつかのやうに北園さん／は外套の襟を立ててこれがおしやれなんだなんておつしや／て街を歩いてらつしやるのでせうか。今迄非常につまら／なかつた銀座もきつといい銀座になつたのでせう。春とともに。／さう、私はもぐらのやうに土の匂をかいだり、太陽をまぶし／いと思つたり、麦畑が風の吹く度に伸びるのを眺めたり／してますのでございます。これはちつともいいことではございません。

○葉書／発信年月日：三五年二月／消印局名：世田谷　三五年二月二三日／発信人：世田谷五ノ二九九四　左川ちか／受信人：市内大森区馬込町一丁目一六四九　北園克衛様

＊左川ちかは北園克衛とともに、『エスプリ』という雑誌を編集した。その編集室は銀座西八丁目七番の日本鉱業会館の三階にあった。年下の親友・江間章子と一緒にお茶したり、買い物をしたりしたらしい。『エスプリ』は、おしゃれな文化誌だった。ファッションや都市風俗、建築、映画・演劇などの話題を記事にしたり、写真、図版を編集したりした。彼女のモダン・ガール的な感性、感覚が雑誌編集に生かされていたようだ。（川村）

春山行夫宛①（一九三二年二月一四日）

拝啓

お手紙ありがとうございました。

生れて始めて原稿料をいただきました／ので、うれしくて、どうしていいのかわ／かりません。四人も五人ものひとに御／馳走するつて約束してしまひました。

ほんとうに色々とありがとう存じまし／た。二、三日うちに御礼にまいりたく存／じます。

春山さんのお部屋はいつもどつさり花／があつていいと思ひます。菜種の花は／もうしほれたか知ら。

私はお友達からすけつちぶつくを貰つ／たので毎日いたづらしてをります。

こんどおみせ致しませう。さようなら

十四日

左川ちか

○書簡／発信年月日：三二年二月一四日／消印局名：淀橋　二月一五日消印／形態：封書（丸善印行原稿用紙二〇×一〇・二枚）／発信人：府下世田谷町二九九四　川崎内　左川ちか／受信人：市外中野町城山四十　春山行夫様

＊初めて原稿料を貰った詩とは、文芸誌『若草』（宝文館）掲載の竹中郁・北園克衛・春山行夫・沢木隆子・杉田千代乃との合作詩「冬の詩」のこと。春山行夫（一九〇二〜九四）は『詩と詩論』の編集者で、『若草』にも何度か寄稿していた。（島田）

春山行夫宛②（一九三二年九月）全集未収録

［清浄カ］□□□□□□たま［は？］／□めり□□□□□□□□□□／小さな花び□□□□□□□□／でございます［が？］□□□□□□□／たいへんさむく□□□□□□□□／私、帰京しやうと［思？］□□□□□／ます。

どうぞごきげんよう

札幌市
左川ちか

○葉書／発信年月日：三二年九月／消印局名：札幌　九月二九日消印／形態：葉書（表面にCARTE POSTALE/UNION POSTALE UNIVERSELLEと印刷・裏面は「札幌　北海道帝国大学学庭の一部」と記したカラー絵葉書）／発信人：左川ちか・住所未表記／受信人：［東］京府［下中野］町四〇

＊葉書表面は破損が激しく文章の判読は困難。三二年秋に左川ちかは四年ぶりに帰郷。数週を過ごしていた。このとき、母と妹は札幌に移り住んでいた。北園克衛と内田忠にも札幌から葉書を投函している。「札幌はあまり静かなので不安で臆病になりそうです。」（北園「左川ちかと室楽」『椎の木』一―一〇、三二年一〇月／『天の手袋』、春秋書房、三三年）、「札幌は静かな冷たい街です。あまり清浄な静かな空気が心臓を刺戟しすぎますので人たちは羊毛の襟巻を覆つて居ります。」（内田「序論的に」『椎の木』三―二、三四年二月）。（島田）

春山行夫宛③（一九三四年一〇月一一日）

お便りたまはりましてありがたう存じました。

先日モダン日本社から速達がございまして詩を十一月号に間に／合はせていただきました。いつもながらご配慮のことほんとうに／ありがたうございます。詩がお金になりましたのは三度目／でございます。威張りたいみたいなとてもうれしうございます。／みな春山さんのおかげでございます。

はじめはいつかの若草と、それから行動と、こん度と、あの為替を／もつて郵便局に行くときの気持は私にとりまして忘れられない／ものでございます。いつまでもこんなではいけないと思ふ心だ／けでございますけど、勉強いたしたく存じます。どうぞ今后と／もよろしく御願ひ申上げます。

雨が降ると寒くて手なんかかぢかんでしまひさうになります。／庭が大部荒れて、垣根から向ふの畑がすけて見えます。春に草と／一緒にコスモスを摘んでしまひましたら、この秋は少ししかなくて、／それが雨の中で開いたものですから色が薄いやうな気がいたし／まして、花の少いのは悲しいやうに思ふときがございます。

自動車学校の方へ参りますと草に蔽はれた川があつて、杉の林の／道があつて、其処を大きな声で話して歩くとたいへん気持が／ようございます。お天気になりましたら、私共の方へもお出か／け下さいますやう。

さようなら。

十月十一日
左川ちか

春山行夫様

○書簡／発信年月日：三四年一〇月一一日／消印局名：渋谷一〇月一二日消印／形態：封書（鳩居堂製書簡箋・四枚）／発信人：世田谷区世田谷五ノ二九九四　川崎方　左川ちか／受信人：市内中野区高根町二八　春山行夫様

＊生前、多くの雑誌、詩誌に作品を掲載した左川ちかだが、原料を貰ったのは、『若草』『行動』『モダン日本』の三誌からに過ぎなかったようだ。なお、『若草』のものとは、北園克衛など六人による合作詩「冬の詩」のこと、『行動』には「The street fair」「雲のやうに」「雪の門」「他の一つのもの」を、『モダン日本』には「季節」を寄稿している。いずれも春山行夫が関係していた雑誌で、その手蔓《てづる》で原稿料が貰えたのだろう。左川ちかは、高岡の『女人詩』、浜松の『呼鈴』、横浜の『海盤車』などの詩誌に寄稿していたが、もちちん原稿料は発生しなかった。（川村）

内田忠宛（抄）①（一九三二年二月頃）

　なまけてばかりをります私でございますので、他人の美しい衣裳を眺めてゐるやうな、少しさびしい気がいたします。文学といふやうなものにしかよりどころがないくせに、むりやりにしがみついてゐるのがたまらなくなります。なまけてゐる時は自分に釈明して。何てやせがまんばかりしてゐるのだらうとつまらなくなります。此の頃は私、少しくさつてゐるみたいでございます。

　先日百田さんとこへ参りましたら、内田さんが福井へ帰られたお話をしていらつしやいましたのですけど、丁度新聞でそちらの方大雪を報じてましたので無事かしらと少し心配いたしました。吹雪で息が出来なくなるやうな冬の日なんかもう忘れてしまひましたけど。私の祖父の長左衛門といふ長い名のひとも福井でございましたので、小さい時に聞かされた越前の話を想ひ出すのでございます。

　二月に入つて東京も十センチ程積つて見事な雪景色でございます。

＊内田忠「左川ちかのこと」（『日本詩壇』五―三、三七年四月／『詩のために』椎の木社、四〇年）に掲載。年不明・二月。内田忠（一九〇五～四四）は『今日の詩』『椎の木』の同人。内田が福井県丸岡町に帰郷したのが三一年一二月であることから三二年二月の書簡と推定した。祖父川崎長左衛門に言及している。（島田）

内田忠宛（抄）②（一九三四年夏頃）

すつかり盛夏になりまして、舗道を歩いてゐると、脳がくらくらして倒れさうになります。

それでも夏が好きで夏が好きでたまりません。そして夏といへば真赤なかたまりのひな罌粟《げし》を想ひます。またこの夏もどこへも行けさうもなく、働かなければなりません。海や山のことを話してをります。まるでいまにも行きさうに。たのしいのですけど、子供の頃のやうに。

銀座の毛皮屋がとても夏向きの店に変りました。花と、植木と熱帯魚と金魚と、大きな水槽に金魚がたくさんをりますの。熱帯魚がほしくて、いつでものぞいて見てまいります。お金が出来たら、銀座のやうなところへ江間章子さんと店を出したいと話してますの。江間さんは帽子屋と写真屋、私は本屋、シルビアビーチの本屋のやうなの。早くお金が出来るといいと思ひます。そしたら内田さんもお客さまになつていらして下さいますやうに。

＊掲載は①と同じ。左川ちかのエッセイ「明るい夢と江間章子さん」（『文芸汎論』五―八、三五年八月）と内容が一部重なることから、三四年盛夏の書簡と推定した。S・ビーチがセーヌ川左岸に開いた書店シェイクスピア&カンパニーのような本屋を銀座に開きたいと打ち明けている。左岸にはちかが訳したジョイス、ミナ・ロイら文学者が集っていた。（島田）

川村欽吾宛（一九三四年八月一五日か）

マラルメの紀念詩集たまはりましてありがとうございました。御礼がたいへんおくれてしまひまして。花葩のやうにレエスの卓上を飾って、ほんとうにうれしうございました。

夏のお休みもだいぶすぎましたけど、楽しくおすごしでいらっしゃいますか。どうぞお元気でいらっしゃいますやうに。私はどこへも行かずに、ボンヤリして家におります。暑くなると壁にひろげられた世界地図をながめております。ちょっとの間、たのしいです。

太陽が私たちにあまり近すぎるのでせうか。本も読めない程、私はなまけております。

九月にはまたお元気なお姿にお目にかかることが出来ますことでせう。

御機嫌を祈上げます。　さようなら

八月十五日　左川ちか

川村欽吾様

○書簡／発信年月日：八月一五日／形態：封書（黄色和紙・鳩居堂用箋）／発信人：東京市世田谷区世田谷五ノ二九九四　左川ちか／受信人：山形県東田川郡余目町茶屋町二〇　川村欽吾様

＊川村欽吾「詩人左川ちか回想」（『地球』六八、七九年七月）に掲載。川村欽吾（一九〇八～二〇〇一）は『マダム・ブランシュ』『詩法』同人。川村は「昭和五年」（三〇年）と述べているが、二

人の面識はアルクイユのクラブ時代（三二年〜）、世田谷区発足は三二年五月、手紙のクラブ発行「ステファン・マラルメ記念詩集」（川村欽吾『LA　MER』）が三四年七月であることから、三四年八月の書簡と推定した。（島田）

浦和淳宛（抄）（一九三三年夏頃）全集未収録

……塩寺さんの詩はたいへん清楚で気品があり好感の持てる作品ですね……

＊塩寺はるよ（一九一四〜三四）は、左川ちかの三歳年下の女性詩人。浜松出身で、若くして病没し、『化粧匣の都邑』が、所属していた詩誌『呼鈴』の主宰者・浦和淳の編集によって刊行された。『呼鈴』では二〇号に、塩寺はるよの追悼文を浦和淳、岩本修蔵などが書いている。左川ちかは、同性の詩人として江間章子、山中富美子、くらたゆかり、塩寺はるよなどに好感を抱いていたようだ。（川村）

江間章子宛（抄）（一九三五年一〇月頃）全集未収録

……私は、あなたが帰って行くのを、窓から見ていたのに、あなたは振り返ってくれなかった……

＊江間章子『埋もれ詩の焔ら』（講談社、八五年、一一二頁）に掲載。江間章子（一九一三〜二〇〇五）は『椎の木』『マダム・ブランシュ』同人で最も仲の良い友人だった。病床の様子は同書に詳しい。病床からの手紙。この年の初夏、ちかは自宅がある世田谷を写生して「森へゆく」とかいた絵の便りを江間章子に出していた（江間「左川ちか氏」（『文芸汎論』五―八、三五年八月）。（島田）

賀状（一九三六年一月）全集未収録

＊「賀正　ウラノ南天畑　昭和十一年　元旦」との宛先のない絵入りの賀状をしたためていたが、未投函に終わった。この他、鹿児島の藤田文江とも文通をしていたが、遺族によると現存していないという＝谷口哲郎氏のご教示。（島田）

※ご協力頂いた市立小樽文学館、橋本スミ子氏、ジョン・ソルト氏、市橋文夫・節子氏に感謝申し上げます。

文献解題

ジェイムズ・ジョイス著／左川ちか訳・『室楽』(椎の木社・発行者百田宗治、一九三二年八月) 翻訳監修伊藤整。三〇〇部限定。生前唯一の単著。底本は『chamber music』(London:The Egoist Press, 1923, third edition)。訳者附記に「原詩の韻を放棄し、比較的正しい散文調たらしめるにつとめた」とある。国会図書館デジタルコレクションで閲覧可能。

伊藤整編『左川ちか詩集』(昭森社・発行者森谷均、一九三六年一一月) 遺稿詩集。収録詩七六篇。百田宗治「詩集のあとへ」、伊藤整「左川ちか詩集覚え書―刊行者―」、川崎昇「左川ちか小伝」収録。三岸節子装画。普及版三〇〇部・特製版四五部・書痴版五部、計三五〇限定。書痴版には三岸肉筆デッサン画入り。国会図書館デジタルコレクションで閲覧可能。

小野夕馥・川崎浩典・曽根博義編『左川ちか全詩集』(森開社、一九八三年一一月)『左川ちか詩集』収録詩篇に加え拾遺詩六篇・散文九篇・『室楽』・追悼録・書誌・解題・未収録翻訳目録・年譜収録。栞(浦和淳・千葉宣一・鶴岡善久・小松瑛子・川崎昇・曽根博義)。普及版五〇〇部・特製版五〇部、計五五〇部限定。

小野夕馥編・曽根博義編集協力『左川ちか全詩集新版』(森開社、二〇一〇年一一月) 全詩集旧版収録詩篇に加え拾遺詩四篇・散文五篇・解題・翻訳作品目録・書誌・年譜収録。普及版・上製版計五〇〇部。二〇一一年に『左川ちか飜訳詩集』(翻訳詩文一〇篇収録、五〇〇部)、二〇一三年に新版未収録散文を加えた『左川ちか全詩集別装版』(一〇〇部) 刊行。

『江古田文学』六四号「特集天才左川ちか」(日本大学芸術学部江古田文学会、二〇〇六年一一月) 城戸朱里・曽根博義・新井豊美・鶴岡善久・中保佐和子・クリハラ冉などの論考・資料収録。小松瑛子による評伝再録。『えこし通信』創刊準備六号「天才　詩人左川ちか小特集」(二〇〇四年三月) の中村文昭など各論再録。

紫門あさを編『左川ちか資料集成』(えでぃしおんうみのほし・東都我刊我書房、二〇一七年一二月) 雑誌掲載時の作品を集めた影印本。一二〇部限定。詩篇に錯簡・錯誤、キャプションに誤記・誤植が多く研究用に用いるには注意を要する。他に『新編左川ちか詩集前奏曲』(二〇一七年、三〇〇部) など。

島田龍編『左川ちか全集』(書肆侃侃房、二〇二二年四月) 詩八八篇・翻訳詩文二二篇・散文一五篇・日記・書簡五通及び年譜・解題・解説・ブックガイド収録。名久井直子装幀・タダジュン装画。三刷七〇〇〇部。

『ねむらない樹』九号「特集　詩歌のモダニズム」「小特集・左川ちか」(書肆侃侃房、二〇二二年八月) 島田龍・蜂飼耳・鳥居万由実座談会、水田宗子・藤井貞和・菊地利奈・川野芽生・マーサ・ナカムラ・小津夜景・西崎憲・高原英理・高遠弘美・木村朗子・内堀弘・西島伝法・中保佐和子・ホルカ・イリナ・田中綾・中村多文子・小澤京子などの論考収録。

川村湊・島田龍編『左川ちか論集成』(藤田印刷エクセレントブックス、二〇二三年一〇月) 小松瑛子・富岡多恵子・江間章子・新井豊美・川村湊・水田宗子・坂東里美・エリス俊子の評伝・評論再録。伊藤整・春山行夫・北園克衛などの追悼・回想録及び全詩集旧版の栞再録。解説・年譜他収録。

左川ちかによる翻訳作品一覧

＊人名・作品名（掲載誌の表記及び英語表記）、ジャンル（詩は明記しない）、掲載誌名、推定底本の順に記した。底本調査は島田龍「左川ちか翻訳考：一九三〇年代における詩人の翻訳と創作のあいだ―伊藤整、H・クロスビー、J・ジョイス、V・ウルフ、H・リード、ミナ・ロイを中心に」(『立命館文学』六七七号、二〇二二年三月) による。

①フエレンク・モルナアル「髪の黒い男の話」(左川千賀名義) Molnár Ferenc（モルナール・フェレンツ）「Love and Deception」一話　小説『文芸レビュー』一―二(一九二九・四)『Vanity Fair』三一―六（一九二九・二）

②アルダス・ハクスレイ「イソップなほし書き（一）～（三）」(左川千賀) Aldous Leonard Huxley（オルダス・ハクスリー）「Aesop Revised」小説『文芸レビュー』一―四～六（一九二九・六～八）『Vanity Fair』三一―五（一九二九・一）

③フエレンツ・モルナアル「蠅のスープ」(左川千賀) Molnár Ferenc「Three Legends」三話　小説『文芸レビュー』一―八（一九二九・一一）

『Vanity Fair』三二—三（一九二九・五）

④フエレンツ・モルナアル「二つの話」（左川千賀） Molnár Ferenc「Three Legends」一・二話　小説　『文芸レビュー』一—九（一九二九・一二）『Vainity Fair』三二—三（一九二九・五）

⑤シヤウッド・アンダアスン「闘争」（左川千賀） Sherwood Anderson（シャーウッド・アンダーソン）「The Fight」　小説　『文芸レビュー』二—一（一九三〇・一）『Vanity Fair』二九—二（一九二七・一〇）

⑥ハリイ・クロスビイ「SLEEPING TOGETHER」（これ以降左川ちか名義） Harry Crosby（ハリー・クロスビー）「SLEEPING TOGETHER」『レスプリ・ヌウボオ』三（紀伊國屋書店、一九三〇・一〇）『transition』一九／二〇合併号（一九三〇・六）

⑦ジエイムズ・ジヨイス「室楽」 James Joyce（ジェイムズ・ジョイス）『chamber music』　雑誌版：一～七章『詩と詩論』一〇（一九三一・一）、八～一五章『詩と詩論』一一（三一・三）、一八～二〇章『今日の詩』六（三一・五）、二一～二三章『今日の詩』九（三一・八）、二五～三〇章『今日の詩』一一（三一・一〇）、三一～三四章『椎の木』一—一（一九三二・一）、三五～三六章『椎の木』一—二（三二・二）『chamber music』（London: The Egoist Press, 一九二三）

⑧アアネスト・ジオンズ「芸術と精神分析」 Alfred Ernest Jones（アーネスト・ジョーンズ）「ART And LITERATURE」　評論　『新文学研究』一（一九三一・一）『Psycho-analysis』（London, Ernest Benn Limited, 一九二八）

⑨ノオマン・ベル・ゲッズ「新レパアトリイ劇場の設計解説」 Norman Bel Geddes（ノーマン・ベル・ゲッデス）「SIX THEATER PROJECTS」（「The Repertory Theater」）解説　『新文学研究』一（一九三一・一）『Theater Arts Monthly』一四—九（一九三〇・九）

⑩ヴアジニア・ウルフ「憑かれた家」 Adeline Virginia Woolf（ヴァージニア・ウルフ）「A Haunted House」　小説『今日の詩』五（一九三一・四）『Monday or Tuesday 』（London: Hogarth Press, 一九二一）

⑪ハアバアト・リイド「男・手風琴・雪の破片」 Herbert Edward Read（ハーバート・リード）「Man,melodion,snowflakes」『新形式』一（一九三一・四）『Ambush』（London: Faber & Faber, 一九三〇）

⑫ヴアジニア・ウルフ「いかにそれは現代人を撃つか」 Adeline Virginia Woolf「How it strikes a Contemporary」　評論　『新文学研究』二～四（一九三一・四・七・一〇）『The Common Reader』1st series（London: Hogarth Press, 一九二五）

⑬チヤアルズ・レズニコフ「詩の一群」 Charles Reznikoff（チャールズ・レズニコフ）「A GROUP OF VERSE」『白紙』一四（一九三一・七）『Pagany』二—二（一九三一・四～六）

⑭ジヨン・チイヴア「遅い集り」 John Cheever（ジョン・チーヴァー）「LATE GATHERING」　小説　『新文学研究』六（一九三二・五）『Pagany』二—四（一九三一・一〇～一二）

⑮ブラヴイグ・イムブズ「花が咲いてゐる」 Bravig Imbs（ブラヴィック・インブズ）「BLOOMED」『椎の木』二—六（一九三三・六）&『海盤車』二—九（一九三三・六）『Pagany』三—一（一九三二・一～三）

⑯フランセズ・フレチア「媚態」 Frances Fletcher(フランシス・フレッチャー)「COQUETTE」　小説　『文芸汎論』三—六（一九三三・六）『Pagany』三—一（一九三二・一～三）

⑰ハウワアド・ウイイクス「POEM」 Howard Weeks（ハワード・ウィークス）「POEM」『海盤車』二—一〇（一九三三・八）&『文章法』三（一九三四・六）『Pagany』二—二(一九三一・四～六）

⑱マイナ・ロイ「寡婦のジヤズ」 Mina Loy（ミナ・ロイ）「THE WIDOW'S JAZZ」『文学リーフレット』一〇（一九三三・九）『Pagany』二—二(一九三一・四～六）

⑲デイヴイド・コオネル・ドジヨン「眠れる者からの帰り」 David Cornell De Jong（デイヴィッド・コーネル・デヨング）「RETURN FROM THE SLEEPER」『椎の木』三—一（一九三四・一）『pagany』三—一（一九三二・一～三）

⑳ラルフ・チイヴア・ダニング「瞑想」 Ralph Cheever Dunning（ラルフ・チーヴァー・ダニング）「MEDITATION」『文章法』五（一九三四・一一）『The Dial』八三（一九二七・一一）

㉑アル・エス・フイザーラード「夜の想念」 Robert Stuart Fitzgerald（ロバート・スチュアート・フィッツジェラルド）「NIGHT IMAGES」『文芸汎論』五—五（一九三五・五）『Pagany』三—一（一九三二・一～三）

㉒ノオマン・マクロード「谷間の方へ」 Norman Maclead（ノーマン・マクロード）「EARLY WALK TO THE VALLEY」『日本詩壇』三—六（一九三五・六）『Pagany』三—一（一九三二・一～三）

左川ちか略年譜

一九一一年（明治四四）

二月一四日、北海道余市郡余市町に生まれる。本名川崎愛（ちか）。あいと呼ばれることもあった。母は川崎チヨ。父不詳。異父兄妹に昇とキク。

一九一七年（大正六）　六歳

明治末年から川崎家は没落。この年、愛は母たちと別れ、中川郡本別村（現本別町）の親族のもとに預けられる。本別尋常小学校に入学。

一九二三年（大正一二）一二歳

余市に戻り家族との生活が再開。町立大川尋常小学校に転校。家族は熱心な金光教信徒だった。春、北海道庁立小樽高等女学校（現小樽桜陽高校）に入学。この頃、兄の親友伊藤整を知る。

一九二四年（大正一三）一三歳

女学校を卒業、小学校の教員免許が取得できる補習科師範部に進学。

一九二八年（昭和三）一七歳

小樽高女補習科修了後、夏に上京。中野の兄昇宅に同居し、新橋の貯金局に非常勤で勤務。百田宗治ら詩人との交流が広がる。

一九二九年（昭和四）一八歳

四月、兄と伊藤らの『文芸レビュー』に左川千賀名義でM・フェレンツの翻訳小説「髪の黒い男の話」を発表。文芸レビュー社には編集アシスタント左川麟駛朗として参加。一二月、兄夫妻とともに世田谷に転居。

この年、散文一篇、翻訳文七篇発表。

一九三〇年（昭和五）一九歳

初夏、北園克衛と出会う。詩才を認めた北園は詩誌『白紙』のメンバーに加える。八月、初めての詩（「青い馬」「昆虫」）を左川ちか名義で『白紙』『ヴァリエテ』に発表。

この年、詩五篇、翻訳詩篇一篇、翻訳文一篇発表。

一九三一年（昭和六）二〇歳

一月、J・ジョイス『室楽』の翻訳を『詩と詩論』などに発表開始。詩と訳詩を各誌に発表し始める。

この年、『室楽』に加え、詩一一篇、翻訳詩文六篇発表。

一九三二年（昭和七）二一歳

三月、従兄川崎喜代治の『北海青年』に在京の編集スタッフとして参加。五月、北園克衛たちとアルクイユのクラブ結成。『マダム・ブランシュ』創刊号の巻頭を「白と黒」で飾る。江間章子と出会い生涯の友人となる。この頃から自分がデザインした黒い服を好んで身に着けるようになる。緋色の裏のついた黒い天鵞絨の短衣、細い黒い線のある絹のシャツ、黒天鵞絨のスカート、広いリボンのついた踵の高い黒い靴、黄金虫の指輪、水晶の眼鏡、黒いベレー帽姿。八月、訳詩集『室楽』を椎の木社より刊行。夏頃から新訳を一年近く中断し、詩作に集中する。秋に四年ぶりに帰郷。札幌や余市で数週間を過ごした。

この年、詩二二篇、翻訳文一篇発表。

一九三三（昭和八）二二歳

春頃、富山県高岡市の女性詩誌『女人詩』同人となる。一二月、北園克衛と流行文化誌『エスプリ』を創刊。編集者として翌年四月の四号まで発行。

この年、詩一八篇、散文二篇、翻訳詩文四篇発表。

一九三四年（昭和九）二三歳

二月、「椎の木同人論　左川ちかの作品」と題し『椎の木』で特集が組まれる。四月、『椎の木』に『左川ちか詩集』（百田宗治編、椎の木社）近刊広告（未刊行）。八月末、江間章子・三浦逸雄・朱門父子・小松清らと伊豆の新島に取材旅行。

この年、詩一九篇、散文七篇、翻訳詩二篇発表。

一九三五年（昭和一〇）二四歳

二月、アメリカンスクール在学生保坂百合子の家庭教師となる。夏頃から腹部の疼痛に悩む。九月末、順天堂病院に通院。一〇月九日、西巣鴨の癌研究所附属康楽病院に入院、胃癌の末期症状と診断。一二月二七日、本人の希望で世田谷の自宅に戻る。

この年、詩一一篇、散文五篇、翻訳詩二篇発表。

一九三六年（昭和一一）

一月七日、自宅で死去。「みんな仲良くしてね」「ありがとう」と言い残す。二四歳一一ヶ月。遺骨は余市に埋葬、金光教余市教会に合祀。『椎の木』『海盤車』で追悼特集。一一月、『左川ちか詩集』刊行（伊藤整編・三岸節子装画、昭森社）。

この年、詩二篇、散文（日記）一篇の遺作発表。

＊島田龍「左川ちか年譜稿」（『立命館大学人文科学研究所紀要』一二三号、二〇二〇年二月）に拠った。

川村湊（かわむら・みなと）
1951年、北海道生まれ。文芸評論家、法政大学名誉教授。『左川ちか論集成』（島田龍・共編著、藤田印刷エクセレントブックス）、『川村湊自撰集』（全五巻、作品社）、『闇の摩多羅神　変幻する異神の謎を追う』（河出書房新社）など著書多数。

島田龍（しまだ・りゅう）
1976年、東京都中野区生まれ。立命館大学人文科学研究所研究員・同文学部授業担当講師。専門は日本文化史。著作に『左川ちか全集』（編著、書肆侃侃房）、『昭和の文学を読む』（共著、ひつじ書房）、『左川ちか論集成』（川村湊・共編著、藤田印刷エクセレントブックス）、「左川ちか翻訳考」（『立命館文学』六七七号）など。

左川ちか　モダニズム詩の明星

2023年10月20日　初版印刷
2023年10月30日　初版発行

責任編集　川村湊・島田龍

発行者　小野寺優
発行所　株式会社河出書房新社
〒151-0051
東京都渋谷区千駄ヶ谷2-32-2
電話　03-3404-1201（営業）
03-3404-8611（編集）
https://www.kawade.co.jp/

装丁・組版　中島浩
編集協力　阿部晴政
印刷・製本　図書印刷株式会社

Printed in Japan
ISBN978-4-309-03143-9